ハヤカワ文庫NV

〈NV1404〉

プラダを着た悪魔　リベンジ！

〔上〕

ローレン・ワイズバーガー

佐竹史子訳

早川書房

7928

REVENGE WEARS PRADA
by
Lauren Weisberger

Translated by
Fumiko Satake
Published 2017 in Japan by
HAYAKAWA PUBLISHING, INC.
This book is published in Japan by
arrangement with
ICM PARTNERS
acting in association with
CURTIS BROWN GROUP LTD.
through THE ENGLISH AGENCY (JAPAN) LTD.

RとSへ
愛をこめて

目次

1 すぐにわかるベルの音 11
2 ハンプトンズを好きになった二〇〇九年 35
3 やっぱり歩いていかなきゃ、だめでしょ 68
4 ついに結婚! 81
5 彼はあなたにメロメロ 98
6 死亡記事を書いたからって、それが現実になるわけではありません 131
7 男の子はどこまでも男の子 168
8 お手頃価格のハネムーンもかしこい節約法もない 195
9 どこでもバージン・ピニャコラーダ 228
10 ふたりのためにつくられたローブ 244

11　ビヨンセより有名？　262
12　でっちあげられたハラスメント　281
13　そのときまでには、わたしはもう死んでいる　308

下巻目次

13 そのときまでには、わたしはもう死んでいる（承前）
14 ミランダ・プリーストリーから「きれいになった」と言われた日
15 努力してなくもないということは、努力していることです
16 彼を試乗
17 ジェームズ・ボンドが『プリティ・ウーマン』に出会う。そこへ『メリー・ポピンズ』のエッセンスを少々
18 黙って、立ち去りなさい
19 セヴィチェとヘビの革。恐怖の夜
20 コンテナひとつぶんのボトックス
21 心の底からきみのためを思って
22 彼はわたしを敵に回した
23 小麦色に日焼けしたハンサムボーイを可愛がる、獰猛《どうもう》な年上女
24 以上、おしまい
謝　辞
訳者あとがき

プラダを着た悪魔　リベンジ！〔上〕

登場人物

アンドレア

(アンディ)・サックス……結婚雑誌《プランジ》の発行人兼編集者

マックス・ハリソン………アンディの婚約者。メディア企業の三代目CEO

エミリー……………………《プランジ》の共同発行人

マイルス……………………エミリーの夫。テレビのプロデューサー

バーバラ……………………マックスの母

リリー………………………アンディの親友

ジル…………………………アンディの姉

アレックス…………………アンディの昔の恋人

アガサ………………………アンディとエミリーのアシスタント

セント・ジャーメイン……有名写真家

ナイジェル…………………《ランウェイ》のファッション・ライター

ミランダ・

プリーストリー……アンディの元上司。イライアスークラーク社幹部

1　すぐにわかるベルの音

横なぐりの冷たい雨が容赦なく降りそそぎ、強風が四方から吹きつけて、傘やレインコートやレインブーツをほとんど意味のないものにしていた。とはいえアンディには傘がなく、レインコートもレインブーツも身につけていなかった。二百ドルしたバーバリーの傘はどうしてもひらかず、無理やりひらこうとしたら折れてしまった。大きな襟《えり》がついたフードのないラビットファーのショートジャケットは、ウエストにぴったりフィットしているものの、歯の根が合わないほどの寒さは防げない。おろしたてのスエードのプラダのハイヒールは、あざやかなフーシャピンクがおしゃれだけど、足のほとんどをむき出しにしている。スキニーレギンスをはいていても生足でいるような感じ。革のレギンスの防寒効果は絹のストッキングほどしかない。ニューヨークをおおっている四十センチほどの根雪が溶けて、灰色の泥水になってきている。これまで何度も願ったことがあるけれど、ここ以外の場所に住めたらどんなにいいかとアンディは思った。

彼女の物思いを中断させるかのようにタクシーが黄色信号を猛スピードで走ってきて、この状況で横断歩道を渡るという重大な罪をおかしたアンディにクラクションを鳴らした。アンディは中指を立てたくなる気持ちをじっとこらえた。昨今はだれもが武器を携帯している。代わりに歯ぎしりして、声には出さずに呪いの言葉を吐いた。高いハイヒールをはいているわりには、それから二、三区画は問題なく歩いていった。五十二丁目、五十三丁目、五十四丁目……もうそれほど遠くない。すくなくとも、オフィスへ急ぎ足でもどる前に暖《だん》を取る時間がいくらかある。ホットコーヒーが飲めるはずよ、と自分をなぐさめる。ついでにチョコレートチップクッキーにもありつけるかも。と、そのとき、どこからか例のベルの音が聞こえてきた。

どこから？　アンディは周囲を見まわしたが、道を行き交う人々は気づいていない様子。しかし、その音は刻一刻と大きくなっていく。トルルルル！　トルルルル！　あのベル。死なないかぎり、すぐにわかる音。とはいえ、いまだにこれを着信音に使っているひとがいるのはおどろきだった。もう長いあいだこの音は耳にしていないけど……記憶が一気によみがえってきた。バッグから携帯を出す前から電話をしてきた相手はわかっていたものの、それでもディスプレイに表示されている名前を見てぎょっとした。ミランダ・プリーストリー。

出ないことにしよう。というか、出られない。深呼吸をしてから〝イグノア〟ボタンを押し、携帯をバッグに放りこむ。と、ほぼ同時にまた鳴りだした。心臓の鼓動が速くなりどんどん息苦しくなる。もはや降りしきる霙《みぞれ》となりつつある雨が顔に当たらないように顎を引き、息を吸って吐いてと自分に言い聞かせる。ともかく歩くしかないのよ。目指すレストランはもうすぐそこ。かすかにきらめくあたたかい希望の光のように、前方に店の灯りが見える。しかしそのとき、ことさら激しい強風にあおられて前によろけたアンディは、バランスを失って冬のマンハッタンの最悪な風物詩へとじかに足を突っこんでしまった。泥水や塩やゴミ、さらにはなにやら得体の知れないものが混じりあった、どろどろした水たまり。そういう水たまりは不潔で凍えるほど冷たく、ぎょっとするくらいに深い。はまり込んだら最後、なす術もなく降参するしかない。

そしてまさにアンディも、縁石と道路のあいだにたまった地獄の水たまりにはまり込んだまま、降参したのだった。一本足で優雅に池に立つフラミンゴさながら、もう一方の足はきたならしい水たまりの上に見事に浮かせ、ゆうに三、四十秒そのポーズを保ちつつ、このさきどう行動すべきか検討した。通行人はみな、どろどろの小さな沼とアンディをよけて行き交い、水たまりのなかに果敢にも足を踏みいれるのは、膝までの丈のゴム長靴をはいた人々だけ。手を差し伸べてくれるひとはいない。じきに、もう一方の足で水たまりをまたぎ越せないことを悟った彼女は、あまりの冷たさにさらに身をふるわせることを覚悟して、左足を右足の横におろした。冷やかな水が両脚のふくらはぎまでせりあがってきて、フーシャピンクの靴と革のレギンスの裾を十センチ以上水没させる。涙をこらえるだけで精いっぱいだった。

靴とレギンスはこれで台無し。両脚はあまりの冷たさに、手のほどこしようがない凍傷にかかったかのように感じる。おまけにここから抜けだすには、泥水のなかを歩くしかない。ミランダ・プリーストリーの電話に出なかったからこんな目にあったのだ、としかいまは考えられない。

とはいえ、みじめな気分に浸っている暇はなかった。なぜなら歩道まで歩いていって立ちどまり、足元がどれほどのダメージを受けたかたしかめようとするや、また電話がかかってきたからだ。さきほどは大胆にも、というか無謀にも、電話を無視した。今度ばかりはそれはできない。水浸しで寒さに凍えながら泣きだしたい気持ちでディスプレイをたたき、もしもしと電話に出た。

「アーンドレーア？ あなたなの？ 出ていったきりいつまで経っても帰ってこないわね。一回しか訊かないわ。わたしの、ランチは、どうしたの？ いつまでも待っている気はないわよ」

もちろん、わたしはアンドレアよ。わたしの番号にまちがいありません。ほかにだれが出るっていうの？

「たいへん申し訳ありません、ミランダ。ちょうどいま、ひどい目にあってしまって。できるだけ――」

「至急帰ってくるように。以上、おしまい」アンディの答えも聞かずに、電話を切った。

ハイヒールのなかの水が爪先のあたりでぐちゅぐちゅしてこれ以上ないほどに鬱陶しかったけれど、ただでさえ歩きにくいハイヒールが水浸しになったけれど、雨が凍りはじめて歩道が刻一刻とつるつる滑りやすくなっていたけれど、アンディは走りだしていた。一区画を全速力で走り、残るはあともう一区画になったとき、名前を呼ばれた。

アンディ！　アンディ、とまって！　ぼくだよ！　走らないで！

どこで耳にしても、この声の主はだれかわかる。でも、マックスがここでなにをしているの？　今週はニューヨーク州の北のほうへ行って留守にしているのに。どういう用件だったかは、思いだせないけれど。そうじゃなかった？　立ちどまってふり返り、彼の姿をさがす。

こっちだよ、アンディ！

つぎの瞬間、彼の姿が目にとまった。アンディの婚約者が、ふさふさした黒っぽい髪とすべてを見抜くような緑色の瞳の、男らしい美男子が、大きな白馬にまたがっていた。二年生のとき落馬して右の手首を骨折して以来、アンディは馬がそれほど好きではないけれど、その馬はとても人なつっこい感じだった。嵐のマンハッタンのど真ん中でマックスが白馬に乗っていることに、疑問は感じなかった。ともかく彼に会えたことに舞いあがっていて、どうしてなのか質問する気すら起きなかった。

慣れた身のこなしでさっと馬から降りるマックスを見て、ポロの選手だったという話を聞いたことがあっただろうかとアンディは記憶をさぐった。彼は大股で三歩前に出てそばにくると、腰に両腕を回してこの上なくやさしく情熱的に抱きしめてくれた。その胸に身をゆだねると、全身の力が抜けていった。

「かわいそうに」マックスが囁いた。ふたりをながめている通行人にも馬にも、いっさい注意を払わない。「こんなところにいたら、凍えてしまう」

携帯の、例の携帯の着信音が、ふたりのあいだから聞こえてきて、アンディはあわてて身を離し電話に出た。

「アーンドレーア！　〝至急〟って言葉の意味のどの部分があなたにはわからないのか、わたしは理解に苦しんで――」

ミランダの金切り声が耳をつんざき、アンディは全身をふるわせた。しかし彼女が行動を起こす前に、マックスが携帯をさっとうばいとってオフボタンをたたくと、手元を狂わせることなく放り投げ、さきほどアンディの足を飲みこんだ水たまりに捨てた。「彼女とはもう縁を切ったんだ、アンディ」羽毛布団で彼女の肩をつつんだ。

「だめよ、マックス、なんてことしてくれるの？　すでにすごく遅れているのよ！　まだレストランにすら着いていない。ランチを持ってオフィスに帰らなかったら、彼女になにをされるかわから――」

「しーっ」マックスはアンディの唇に人差し指と中指を当てた。「もう安心して。ぼくがついている」

「でも、もう一時十分過ぎなのよ。この時間帯にランチが届いてないと、彼女は――」

マックスはアンディの両腋に腕を差しいれると難なく持ちあげ、白馬の背に横乗りにするようにそっと乗せた。マックスによると、馬は山賊《バンディット》という名前らしい。

アンディがびっくりして言葉を失っていると、マックスはずぶ濡れのハイヒールを脱がして縁石に放り捨てた。そしていつも持っているダッフルバッグから、アンディが愛用している、裏にフリースを張ったショートブーツ風の室内履きを出すと、あかぎれができている足に滑らせてくれた。羽毛布団を彼女の膝にかけ、自分が身につけていたカシミアのマフラーで彼女の頭をつつんで首のところで結び、魔法瓶を渡してくれた。特別に取り寄せたダークチョコレートのココアだよ、と彼。彼女の好物だ。それからしなやかな身のこなしで颯爽と馬にまたがると手綱を手にした。アンディがなにか言葉を発する間もないまに、ふたりを乗せた馬は七番街を颯爽と歩きだしていた。パトカーが馬を先導して、車や歩行者に道をあけさせている。

愛情をたっぷり受けてぬくもりにつつまれたアンディはようやく人心地ついたが、ミランダに命じられた仕事を途中で放りだしたという恐怖をぬぐい去ることはできなかった。当然クビだろうけど、もっとひどい目にあったりして？　怒り心頭に発したミランダがその無限の権力を使って、どこにも再就職できないようにされるとか？　ミランダ・プリーストリーのもとを去ったら——それも一度ならず二度も——どういうことになるか、教訓としてとことん思い知らされるとか？

「もどらなきゃ！」じきに馬が駆けだすと、アンディは風が吹きすさぶなか声を張りあげた。「マックス、馬の向きを変えてもどってちょうだい！　仕事を投げだすわけにはいかない……」

「アンディ！　聞こえる？　アンディ？」

はっとして目をひらく。感じられるのは、胸のとどろきだけ。

「だいじょうぶだよ。なにも怖いことはない。ただの夢さ。それにしても、とんでもない悪夢だったようだね」マックスがやさしい声で囁くと、ひんやりした掌でアンディの頬をつつみこんだ。

わずかに上体を起こしたアンディは、窓から早朝の光が射しこんできているのに気づいた。雪も霙も馬もない。素足だったけれど、蕩《とろ》けるようにやわらかいシーツの下で足元はぽかぽかしていて、頼りがいのあるたくましいマックスが寄り添ってくれている。深呼吸をして、マックスの香りを思いっきり吸いこむ。彼の息、肌、髪の匂いを。

ただの夢だった。

アンディは部屋を見まわした。妙な時間に起きたせいかぼんやりして、まだ半分眠っているような感じ。ここはどこ？　なにがあったの？　モニーク・ルイリエの皺ひとつないゴージャスなドレスがドアにかかっているのを目にして、ようやくこの見慣れない部屋がブライダルスイートルーム――彼女が泊まっているブライダルスイートルーム――で、自分が花嫁であることを思いだした。花嫁！　アドレナリンが全身を駆けめぐりいきなり起きあがると、マックスがおどろいて声をあげた。「どういう夢を見ていたんだい？　今日の式に関係することじゃないといいけど」

「まったく関係ないわ。過去の幽霊が出てきただけ」かがみこんで彼にキスすると、ふたりの愛犬マルチーズのスタンリーがあいだに割りこんできた。「いま何時？　というか、一体どういうつもり？」

マックスはアンディが好きな茶目っ気のある笑みを浮かべ、ベッドからおりた。いつものことだけれど、彼の広い肩幅と引き締まったお腹には見とれずにはいられない。二十五歳の肉体を維持している。ううん、それよりもすばらしい。筋肉むきむきではなく、引き締まって均整がとれている。

「六時だ。二時間前にここに忍びこんできた」フランネルのパジャマズボンをはきながらこたえた。「淋しくなってさ」

「だれかに見られる前に、出ていったほうがいいわ。式の当日に花嫁と花婿は顔を合わせてはいけないって、お義母《かあ》さまが何度も言ってたもの」

マックスはアンディをベッドから出るようにうながすと、彼女の腰に両腕を回した。

「だったら黙っていればいい。丸一日きみに会わないでいるのは無理だった」

アンディは怒ったふりをしたけれど、彼がベッドに忍びこんでほんのちょっとでも添い寝をしてくれたことを内心では喜んでいた。悪夢にうなされたことを思えばなおさら。

「まあ、いいか」彼女は大袈裟にため息を漏らした。「でも、だれにも見られないように部屋にもどってよ。わたしは人気《ひとけ》がないうちに、スタンリーを散歩に連れていくから」

マックスが腰を押しつけてきた。「まだ早いよ。急いですませればだいじょうぶ――」

アンディは声をあげて笑った。「だめ！」

彼はもう一度、今度はやさしいキスをして、スイートルームから出ていった。

スタンリーを抱きあげ、濡れた鼻にまともにキスする。「さあ、いよいよ当日よ、スタン」愛犬は興奮してうなり声をあげ、逃げようともがいた。腕を引っかかれて傷がついたら困るので、放してやる。ありがたいことにほんの数秒間、今朝の悪夢をなんとか忘れられたけど、すぐにまた細部にいたるまであざやかによみがえってきた。深呼吸をして、頭を実践的な思考へ切りかえる。結婚式当日だから神経過敏になっているだけ。不安なときによく見る悪夢にすぎないわ。それ以上でも、それ以下でもない。

ルームサービスで朝食を頼み、スタンリーにスクランブルエッグとトーストをすこし食べさせ、アンディが支度に取りかかるのをいまかいまかと待ちわびている母と姉とリリーとエミリーからの興奮気味の電話に対応し、それがおわると、スタンリーにリードをつけ、てんやわんやになる前にすがすがしい十月の空のもとで短い散歩をした。ブライダルシャワーのプレゼントとしてもらった、ヒップに〝ブライド〟と大きな文字があるショッキングピンクのパイル地のスエットパンツをはくのは、いくぶん気恥ずかしい。でも、実はひそかに誇らしくもあった。髪を野球帽のなかに押しこんでスニーカーの紐を結び、パタゴニアのフリースのファスナーをあげて、〈アスターコート・エステート〉の広大な敷地に出ていく。途中、人影はまったくなかった。スタンリーは短い脚が許すかぎり嬉しそうに跳ねまわり、敷地のはずれの並木へと彼女を引っ張っていく。そこでは早くも紅葉が始まって、葉が燃えるような赤に色づいていた。三十分あまり歩いただろうか。どこに行ったのかと、そろそろみんなが心配しはじめるだろう。空気はさわやかで、起伏に富んだ農場の景色もうつくしく、今日の結婚式のことを考えるとくらくらするほど気分が昂った。それでもアンディは、頭からミランダを追いだすことがどうしてもできなかった。

　いまだに彼女におびえているなんて、どう考えてもおかしい。パリから逃げだし、《ランウェイ》の編集長ミランダのアシスタントという骨の折れる仕事を辞めてから、ほぼ十年が経っているのに。あの忌《い》まわしい年から、わたしはかなり成長したはず。なにもかもが変わった。それもいい方向へ。《ランウェイ》を辞めてしばらくはフリーランサーとして働き、じきに結婚をテーマにしたサイト〝永遠《とわ》に幸せに〟に寄稿する仕事が定期的に入るようになった。そこで数年間たくさん原稿を書いたのち、雑誌《プランジ》をみずから発刊するまでになった。高級感が売りのゴージャスな雑誌で創刊からすでに三年経つが、周囲の予想に反して収益をあげている。《プランジ》は様々な賞にノミネートされるようになり、広告をぜひ掲載してほしいとの企業からの依頼が引きも切らない。そしていま、仕事が絶好調のさなか、結婚する！　お相手は、故ロバート・ハリソンの御曹司にして、大恐慌のわずか数年後に〈ハリソン・パブリッシング・ホールディングス〉を創業して、多大の利益をあげるアメリカ屈指の大企業〈ハリソン・メディア・ホールディングス〉に成長させた伝説的人物アーサー・ハリソンの孫、マックス・ハリソン。結婚したい男性ナンバーワンとして長いあいだ羨望の的でありつづけ、ティンズリー・モーティマー、アマンダ・ハーストなどニューヨークでソーシャライトとして活躍する数々の令嬢と浮名を流し、さらにはその令嬢たちの姉妹、従姉妹、友人たちともつきあっていたマックス・ハリソンが、アンディの婚約者なのだ。今日の午後にひらかれる若き御曹司とその花嫁を祝福するパーティには、市長クラスの重要人物も出席する予定となっている。でもなにより大事なのは？　アンディがマックスを愛しているということ。彼は一番の親友。手放しの愛を注いでくれるし、愉快なことをして笑わせてくれるし、仕事を評価してくれる。ニューヨークの男性はなかなか身を固める覚悟をしないという説は、かならずしも真実ではないような気がする。マックスは出会いから数ヵ月で結婚話をするようになったのだから。そして三年後、晴れて結婚式の日を迎えた。アンディはくだらない夢を思いだして時間を無駄にした自分を叱りつつ、スタンリーを連れて部屋にもどった。部屋では数名の女性たちが集まって、花嫁が逃げだしたかもしれないとあわてふためいていた。アンディが部屋に足を踏みいれるなり、いっせいに安堵のため息が聞こえ、ウェディングプランナーのニーナがさっそくてきぱきと指示を出しはじめた。

それからの数時間は飛ぶように過ぎていった。シャワー、ヘアブロー、ホットカーラー、マスカラ、ティーンエイジャー並みの艶肌をつくるべく、顔のあちこちにつけて伸ばすファンデーション。アンディの爪先にかかりきりの者あり、下着を身につけさせている者あり、口紅の色を検討している者あり。アンディ本人はなにがなんだかわからなかったが、気がつくとアイボリー色のウェディングドレスを広げもった姉のジルに着るようにうながされ、つぎの瞬間には、背後にいた母がアンディの体を締めあげんばかりにファスナーを引きあげていた。アンディの祖母は嬉しそうに喉を鳴らし、リリーは目に涙を浮かべた。エミリーはだれにも気づかれないだろうとたかをくくって、ブライダルスイートのバスルームでこっそりタバコを吸った。アンディは一連の準備にひたすら没頭しようと努めた。

そしていま、ひとりになっている。式場に向かう予定時刻まで、あといくらかある。その合間に自分の身支度をするべく、みな部屋を出ていったのだ。房飾りのついたアンティークの椅子にぎこちなく腰をおろし、完璧な身支度に皺ひとつ寄せるまい、この装いをいささかも崩すまいとする。あと一時間もしないうちに、わたしは人妻となる。このあとの人生をマックスと歩む誓いを立て、マックスもこのあとの人生をわたしと歩む誓いを立てる。あまりにも大それたことで、どうもピンとこない。

スイートの電話が鳴った。相手はマックスの母だった。

「おはようございます、バーバラ」アンディはできるだけ愛想よく言った。バーバラ・アン・ウィリアムズ・ハリソンはアメリカの建国に関わる人物の子孫が運営する慈善団体〝アメリカ革命の娘たち〟の会員で、彼女の先祖には合衆国憲法に署名した人物がひとりならずふたりもいる。さらに、マンハッタンの社交界でことのほか重視されている慈善活動のすべての役員名簿に、バーバラは毎年かならず名前を連ねている。髪をオスカー・ブランディのヘアクリームでセットして、足元はシャネルのバレエシューズできめているバーバラは、アンディにたいしていつも完璧なまでに礼儀正しい。というか、彼女はだれにたいしても完璧なまでに礼儀正しい。しかし感情はいっさい見せない。悪意があってのことではないとアンディはいつも自分に言い聞かせようとしているし、きみの考えすぎだとマックスは言っている。交際が始まったばかりのころ、バーバラはアンディのことを息子の軽い恋の相手で、どうせまたすぐに別れるだろうと思っていたのかもしれない。しばらくしてバーバラがミランダと面識があることを知ったアンディは、義理の母と仲良くなれるかもしれないという希望を捨てた。でも最近は、これは単にバーバラの性格なのだということがわかってきた――彼女はだれにたいしても慇懃無礼《いんぎんぶれい》にふるまうのだ。実の娘にたいしてでも。この女性に親しみを込めて〝ママ〟と呼びかける場面など、とうてい想像できない。もっとも、そうしろとも言われていないけど……。

「おはよう、アンドレア。あなたにネックレスを渡してなかったことに、ついさっき気づいたんです。今朝あれこれ準備するのにそれはもう大あわてで、ヘアメイクに遅刻してしまって！　電話をしたのは、ネックレスの入ったベルベットの箱がマックスの部屋にあるってことを知らせたかったから。ホテルの従業員の目にとまるのはいやだから、あの子の野暮ったいダッフルバッグのサイドポケットに、箱を入れておきましたからね。あなただったら、あの子にもっとまともなバッグを持たせられるんじゃない？　マックスときたら、わたくしがいくら言っても、ちっとも聞いてくれな――」

「ありがとうございます、バーバラ。わたしがいま、彼の部屋に行って取ってきます」

「とんでもない！」甲高い声をあげた。「お式の前に新郎新婦が顔を合わせるのは、タブーなんですよ。縁起が悪いことなんです。お母さまかニーナに取りにいってもらえばいいでしょ。ともかくだれかほかのひとを。いいですね？」

「わかりました」アンディはこたえた。受話器を置いて廊下に向かう。バーバラの命令には決してさからわず、言うなりにしたほうが無難だということは、初期の段階で学んでいる。言い争うだけ無駄だ。そういうわけでバーバラのたっての希望で、アンディが結婚式のさいに身につける〝古いもの《サムシングオールド》〟は彼女の家族のだれかの持ちものではなく、ハリソン家の家宝となった。ハリソン家の結婚式において六代にわたって花嫁が身につけてきたネックレスを、マックス・ハリソンと結婚するアンディも今回身につける。

マックスが泊まっているスイートはドアがかすかにあいていて、なかにはいるとバスルームからシャワーの音が聞こえてきた。こういうのってありがちよね、と思う。こっちは五時間もかけて支度したっていうのに、新郎はいまごろシャワーを浴びている。

「マックス？　わたしよ。出てこないで！」

「アンディ？　どうした？」バスルームのドアの向こうから声が聞こえてきた。

「お義母さまのネックレスをとりにきたの。頼むから出てこないで、いい？　ドレス姿をあなたに見られたらまずいでしょ」

ダッフルバッグの前のポケットをさぐる。ベルベットの箱はなかったが、彼女の手は折りたたんだ紙をつかんでいた。

クリーム色の厚手の便箋で、バーバラのイニシャル〝BHW〟が濃紺のモノグラムで浮き彫り加工されている。老舗の高級文具店〈デンプシー&キャロル〉の経営は、バーバラが大量の文房具を購入することでつづいているのかもしれない。バーバラはこの四十年間、バースデーカード、サンキューカード、ディナーパーティの招待状、お悔やみ状などすべてに、オリジナルのモノグラムがついたものを使っている。伝統と格式を重んじる彼女のことだ。無作法なEメールやさらにもっとおぞましいショートメールを人様に送るくらいだったら、死んだほうがましと思うのだろう。そんなバーバラが結婚式を迎える息子に昔ながらの手書きの手紙を送るのは、なるほどよくわかる。元の場所にもどすべく便箋をたたみなおそうとしたとき、アンディの目に自分の名前が飛びこんできた。なにをしているのか自分でもわからないまま、手紙を読みだしていた。

マックスウェルへ

お母さんがあなたの人生にできるだけ口をはさまないようにしていることは、わかってくれますね。でも、これほどまでに大切な事柄にかぎっては、もはや口をつぐんではいられません。こちらの心配事をあなたに切りだすと、あなたはいつだって、あとでよく考えてみると言いました。しかし、いま、いよいよ結婚式という時になったからこそ、わたしは本心を忌憚《きたん》なくつつみかくさずお話しせずにはいられなくなりました。

マックスウェル、お願いです。アンドレアとはどうか結婚しないで。

誤解しないでください。アンドレアはいいお嬢さんですし、いずれきっと、どなたかの申し分のない奥さんになるでしょう。でも、あなたにはもっとすばらしいお相手がいるはず！　しかるべき家柄の、きちんとした家庭のお嬢さんが。ご両親の不和と苦しみしか経験していない、壊れた家庭出身のお嬢さんではなくて。わが家のしきたりと、生活様式を理解してくださるお嬢さん。ハリソンの名前を次世代にきちんと残してくれるお嬢さん。なによりも大事なこととして、家庭そっちのけで仕事にはげむ自分勝手な女性ではなく、夫と子どもを最優先する女性。慎重に考えなければいけませんよ。雑誌の編集をして頻繁に出張する妻がいいのか、それとも、ハリソン家が代々行なってきた慈善活動に従事する、尽くすタイプの妻がいいのか。自分の野心を満たすために仕事をする女性より、家庭を守ってくれる女性のほうが好ましいと思いませんか？

前にも言ったけれど、あなたがバミューダでキャサリンとばったり会ったのは、なんらかのサインだったような気がします。彼女と再会できて、あなたはそれはもう嬉しそうだった！　あのときの自分の気持ちを、どうかないがしろにしないでください。まだなにも決まっていない。いまからでも遅くないのです。あなたが以前からキャサリンを憎からず思っていたことはたしかだし、彼女が人生のすばらしいパートナーになることは、それ以上にたしかなことです。

あなたはこれまでずっと自慢の息子でした。天国にいるお父さまがわたしたちを見おろして、あなたが正しい選択をするように応援してくださっていますよ。

愛を込めて

母より

シャワーの音がとまり、びくっとしたアンディは手紙を床に落とした。拾うためにかがみこんだとき、手がふるえていることに気づいた。

「アンディ? まだいる?」ドアの向こうからマックスの声がした。

「ええ。ちょっと……待って。いま出ていくところだから」なんとか言葉を返す。

「見つかった?」

どうこたえたらいいのか、わからない。部屋中の酸素が吸いとられたような気がした。

「ええ」

かさかさと音がして、水を出してはとめる音がした。「もういいかい? そっちにいって、服を着なきゃいけないんだ」

〝アンドレアとはどうか結婚しないで〟耳元でずきずき脈が打っている。〝彼女と再会できて、あなたはそれはもう嬉しそうだった!〟バスルームに飛びこんでいくべきか、それともこの部屋から走りでるべきか? このつぎにマックスと顔を合わせるとき、わたしは三百人の列席者の前で彼と指輪を交換することになっている。そのなかには、もちろんバーバラもいる。

ノックの音がして、扉がひらいた。「アンディ？　ここでなにしてるんです？」ウェディングプランナーのニーナが言った。「やだ、ドレスが台無しになるじゃないですか！　お式の前は新郎と顔を合わせませんって、たしかおっしゃってましたよね。そうじゃなかったら、どうして事前の写真撮影をしなかったんです？」一方的にまくしたてられて、アンディはどうかなりそうだった。「マックス、そのままバスルームにいてください！　あなたの花嫁はヘッドライトの光に立ち往生しているシカみたいにかたまってるから。待っててくださいね、あとほんのすこし！」アンディが立ちあがってドレスの乱れをなおそうとすると、ニーナがさっと駆け寄って手を差しだした。

「つかまって」アンディを立ちあがらせると、マーメイドラインのドレスの裾を手でならした。「さあ、行きましょう。失踪した花嫁ゴッコはもうこれきりにしてください、いいですね。なんです、それ？」アンディの汗ばんだ手から手紙をうばうと、目の前にかざした。

アンディの耳には、自分の心臓が早鐘を打つ音が実際に聞こえていた。一瞬、心臓発作を起こしたのかもしれないと思った。口をあけて言葉を発しようとしたが、吐き気が波のように襲ってきた。「ううっ、もどしそう――」

ニーナはまるで魔法のように、いや、実際こういう場面を何度も経験しているからかもしれないが、間一髪でゴミ箱を手に取るとアンディの顔にぴったり押しつけた。プラスチックのへりが顎の下のやわらかい部分に食いこむのをアンディは感じた。「だいじょうぶですよ」ニーナが悲しげだけれどどこか心なぐさめられる、鼻にかかった声で言った。「神経過敏の花嫁はあなたが初めてじゃありません。このさきもきっと、そういう花嫁がいるでしょう。ドレスが汚れなかっただけよかったと思いましょう。ラッキーだったたって」ニーナはアンディの口元をマックスのTシャツでふいた。彼の匂いと石鹸、愛用しているバジルミントのシャンプーの匂い（普段は好ましいと思っている香り）が入り混じった、くらくらする匂いをかいだとたん、いま一度もどしてしまった。

ドアをノックする音がまたした。有名な写真家セント・ジャーメインとかわいらしいアシスタントが部屋に入ってきた。「マックスの身支度を撮影するように依頼されているんだ」なんとなく気取った感じの、どこのものかわからない訛りで言った。ありがたいことに、彼もアシスタントも、アンディに目を向けもしなかった。

「どうなっているのかな？」いまだにバスルームに閉じこめられているマックスの声が、聞こえてきた。

「マックス、まだそこにいてください！」ニーナが有無を言わさぬ様子で声を張りあげた。

それからアンディのほうへ向きなおった。ここから百メートルほど離れた自分の部屋に、はたして歩いて帰れるだろうか。「メイク直しをしないといけませんね……ああっ、その髪も……」

「ネックレスを持っていかないと」アンディは囁くように言った。

「はい？」

「バーバラのダイヤモンドのネックレス。待って」よく考えて、考えるのよ、考えてちょうだい。それってなに？　わたしはなにをしなきゃいけないんだっけ？　なんとか腰をあげて例のおぞましいダッフルバッグに向かおうとしたが、嬉しいことに、ニーナがゆく手をふさいでバッグをベッドの上に引きあげた。間髪をいれずに逆さまにして中身をベッドにぶちまけ、サイドにカルティエと刻まれているベルベットの黒い箱を取りあげた。

「これがさがし物ですね？　さっ、行きましょう」

アンディは連れていかれるままに、廊下に出た。ニーナは写真家とアシスタントにマックスをバスルームから解放させるように命じ、ドアをバタンと閉めた。

マックスとの結婚を反対されるほどバーバラに嫌われていたことが、アンディは信じられなかった。それだけではない。バーバラは息子のマックスに花嫁候補まで見つけていた。キャサリン。彼の妻によりふさわしい、自分勝手ではないお嬢さん。すくなくともバーバラの話によると、バカンス先でマックスと再会した女性。キャサリンについての情報は、アンディもあらかた知っている。フォン・ヘルツォーク家の資産の女子相続人で、彼女の名前を検索エンジンでかたっぱしから調べてすぐに入手できた情報を思いだすかぎり、彼女はいわばオーストリアの下級貴族の令嬢で、マックスの通っていたコネティカットの名門プレップスクールの寮に両親のすすめで入ったそうだ。キャサリンはその後アマースト大学でヨーロッパ史を専攻したが、そこへ入学できたのは、第二次世界大戦中ナチに忠誠を誓ったオーストリアの貴族だった祖父が大学に多額の寄付をしたからにほかならない。感謝した大学側は、構内の学生寮にその貴族の亡き妻の名前をつけた。マックスはキャサリンのことを気取り屋で堅苦しく、なにかにつけて上品すぎる、と言っている。あの娘《こ》は退屈なんだ。あまりに保守的で、世間体ばかり気にするんだよ。それでも彼女と五年間くっついたり離れたりを繰り返していた理由を、彼はきちんと説明しない。なにか事情があったにちがいないとアンディはうすうす思っていた。あのときの予感はまちがっていなかったようだ。

最後にマックスがキャサリンのことを話題に出したとき、彼はアンディとの婚約を彼女に電話で知らせるつもりだと言っていた。数週間後、高級デパート〈バーグドルフ〉からカットクリスタルのうつくしいボウルが届き、末永くお幸せにとメッセージが添えられていた。夫のマイルスを通してキャサリンを知っているエミリーは、心配することないわよと請けあった。退屈で堅苦しい娘《こ》なの、まあたしかに巨乳だけど、それ以外はどこを取ってもあなたのほうがいい女よ。あのとき以降、キャサリンのことはあまり思いださなくなっていた。だれにでも過去はある。以前クリスチャン・コリンズワースとつきあっていたことを、わたしは自慢に思っているのだろうか？　元彼のアレックスとの恋愛を、洗いざらいマックスに打ち明ける義務がわたしにはあるのか？　まさか、そんな義務はない。とはいえ、〝あなたは元彼女と結婚するべきだ〟と未来の姑が息子であるフィアンセに訴えている手紙を結婚式当日に読んでしまったとなると、話はまったくちがってくる。そのフィアンセは男友だちとの独身最後の旅行でおとずれたバミューダで元彼女に再会して、とても嬉しそうにしたとのこと。おまけに彼は、元彼女と再会した事実を未来の妻に報告することを都合よく忘れていた。

アンディは額をもんで、必死で頭を働かせようとした。あの悪意に満ちた手紙をバーバラはいつ書いたのか？　マックスはどうしてあれを大事に持っていたのか？　わずか六週間前にキャサリンに会っておきながら、その件はいっさい話さなかったのはどうしてなのか？　男友だちとのゴルフやディナーに食べたステーキや日焼けのことは、事細かに話したくせに。なんらかの理由があったにちがいない。絶対に。でも、それはなに？

2　ハンプトンズを好きになった二〇〇九年

高級避暑地ハンプトンズにほとんど一回も行ったことがないのが、数年前まではアンディの自慢だった。交通渋滞、人混み、しかるべき場所ではしかるべき格好をしておしゃれに装わなければならないプレッシャー……どれをとっても、あまりリラックスできない。ニューヨークシティの生活の息抜きにはあまりならない。ひとりシティに残って夏のストリートフェアを楽しんだり、セントラルパークのシープメドウで日なたぼっこしたり、ハドソン川沿いをサイクリングしたりするほうがよっぽどいい。その期間は、どんなレストランも予約なしで入れるし、街にひとがいなくなるからこれまで行ったことがない地域も探索できる。夏の週末は疎外感に悩まされずにアイスコーヒーを飲みながら読書ができるから、とても嬉しい。エミリーは、そういう休日は耐えられないらしい。彼女はシーズンに一度は、夫の両親の別荘があるハンプトンズにアンディを引っ張ってきて、華やかなホワイトパーティに出席したりポロの試合を観たり、ロングアイランドの半分を占めるほどのトリー・バーチを着たおしゃれな女性たちに会うべきだと言い張った。もう二度とここには来るものかと毎年のように心に誓うアンディだったが、結局はまた夏がめぐってくると義務感から旅支度をして、果敢にもジットニーバスに揺られて高級避暑地におもむき、仕事関係のシティのイベントでしょっちゅう会っている人々に交じって、楽しんでいるふりをする。でも、あの週末はちがった。アンディの職業人としての人生を決定するかもしれない週末だったのだ。

短いノックの音が一回して、エミリーがずかずかと入ってきた。その表情から判断するに、アンディがタオルで頭をくるみ、また別のタオルを体に巻きつけたまま豪華な掛布団の上に横になり、服であふれかえっているスーツケースをぼんやりながめているのを見て、彼女はいきなり気分を損ねたようだった。

「どうしてまだ服を着てないの？　もうそろそろ、みなさんがいらっしゃるのよ！」

「着るものがない！」アンディは涙声でこたえた。「ハンプトンズのしきたりがわからない。わたしはここのグループには入れない。持ってきた服はすべてちぐはぐだし」

「アンディ……」エミリーは紫がかったピンク色の絹のドレスにつつまれた腰を突きだした。ちょうどその下あたりで三重に巻きつけた金のチェーンベルトによって、たっぷりしたシルクがぎゅっと締められている。彼女のウエストたるや、大方の成人女性の太ももよりも細い。仔馬のような脚は小麦色に日焼けしていて、足元は金のグラディエーターサンダル。ドレスとマッチしたピンク色のつややかなペディキュアをしている。

アンディは友人の完璧にセットした髪と、きらきら光る頬と、淡いピンクのリップグロスをしげしげと見た。「あなたの肌の輝きがラメの入ったパウダーの効果だってことを祈るわ。素肌がつやつやだからだけじゃなくて」ずけずけ指摘する。「そんなにきれいなのは不自然よ」

「アンディ、今夜がどれだけ大事か、あなただってわかってるはずでしょ！　今夜の集まりにどうか出席してくださいって、マイルスがみなさんに何度となくお願いしてくれたのよ。わたしにしたってこの一ヵ月お花やケータリングの手配をしたり、苦手な姑を説得したりで大変だったんだから。この家でディナーパーティをひらかせてくださいってマイルスの両親にお願いするのが、どんなにむずかしいことかわかる？　姑ときたら、まるでビールパーティを企画している十七歳の女の子を相手にしているみたいに、ああしろこうしろって口うるさいの。あなたは、おしゃれをしてディナーの席につき、感じよくほほえんでいさえすればいいのよ。なのに、なんなのよ、そのざまは？」

「だから、約束通りにここに来たでしょ？　感じよくほほえんでるように、できるだけ努力もする。三つのうちのふたつを満たせばいい、ってことにしてよ」

エミリーはため息を漏らし、アンディは思わずにやっとした。

「助けて！　センスのかけらもないかわいそうな友人を助けて。ふさわしい装いとはいえないけれど、大勢の初対面のひとたちにお金の無心ができるくらいにはまともなコーディネートを考えてやって！」エミリーを喜ばせるためにそう言ったものの、ニューヨークに住むようになってから自分のファッションセンスもそれなりに磨かれたはずだとアンディは思っていた。ならば、エミリーとおなじくらいエレガントなコーディネートができるのか？ それはもちろん無理。それでも、まったくお話にならないというわけでもないだろう。

エミリーはベッドの真ん中に積まれている衣類の山をつかんで一点いってん検討すると、鼻に皺を寄せた。「一体どういうコーディネートにするつもりだったの？」

アンディは服の山のなかから、ロープ風のベルトがついたネイビーブルーの麻のシャツドレスを手に取り、おなじ色合いのプラットホームのエスパドリーユを指さした。シンプルかつエレガント、流行りすたれのないオーソドックスなスタイル。いささか皺が寄ってはいる。でも、今夜にふさわしいコーディネートだろう。

エミリーは青ざめた。「冗談でしょ」

「このシャツドレスのゴージャスなボタンを見て！ 安物じゃなかったのよ」

「どこがゴージャスなんだか！」エミリーは甲高い声で言うと、ドレスを部屋の向こうへさっと放りなげた。

「マイケル・コースなのよ。それなりにおしゃれじゃない？」

「あれはマイケル・コースのビーチウェアでしょ、アンディ。水着の上に着るものなの。

まさか、〈ノードストローム〉デパートのオンラインショップで買ったの？」

アンディが口をつぐんでいると、エミリーはいらだたしげに両手をあげた。

アンディはため息を漏らした。「だったらお願い、手伝って。わたしがいますぐにでもベッドにもぐりこむ可能性は、かなり高いのよ……」

そうおどかすとエミリーは即座に行動を開始したが、まったく成長しないんだからとぶつぶつ愚痴った。服のカット、フィット感、生地、スタイルについてひっきりなしに教えてあげてるのに……靴はもちろんだけど。靴はなににおいても大事なのよ。アンディが見守るなか、エミリーはもつれあう衣類を一枚ずつ手に取って高くかかげて広げていったが、どの服を見ても苦虫を嚙みつぶしたような顔をして、ぞんざいに投げ捨てた。その動作が殺気立った雰囲気のなか五分間つづいたあと、エミリーはなにも言わずに部屋を出て、しばらくしてまた現われた。この上なくうつくしいトルコ石がついた、きれいなパステルブルーのジャージ素材のマキシドレスに、シルバーのシャンデリアピアス。「はいこれ。シルバーのサンダルを持ってるわよね？　わたしの靴はサイズがちがうから」

「それもきっと入らないわ」ゴージャスなドレスを用心深く見つめながら、アンディがこたえた。

「だいじょうぶ、入るわよ。体がむくんだときのために、いつもより一サイズ大きいのを買ったんだから。それに、腰回りはドレープになってるの。あなたでもきっと入るわ」

アンディは声をあげて笑った。エミリーとは数年来の友人だから、いまやこの手の辛辣なコメントも聞き流せるまでになっている。

「なによ？」エミリーがとまどった顔をした。

「なんでもない。完璧だわ。ありがとう」

「オッケー。じゃあ支度して」その言葉に句点を打つかのように、階下で玄関のチャイムが鳴ったのをふたりは耳にした。「最初のお客さまだわ！　急がなきゃ。愛想よくにこにこして、男性には仕事の話を女性には慈善活動の話をうかがうのよ。だれかに尋ねられるまでは、わたしたちの雑誌の話はあれこれしないように。今夜のディナーは仕事がらみじゃないのだから」

「仕事がらみじゃない？　全員に出資をお願いするんじゃなかったの？」

エミリーは腹立たしげにため息を漏らした。「そうよ、でもそれはもっとあと。それまでは、ゲストと親交を深めて楽しんでいるだけですっていうふりをするの。アンディとエミリーはすばらしい構想を持った知的で責任感のある女性だ、とみんなに思ってもらうことがなにより大事なのよ。お客さまの大多数は、マイルスのプリンストン大学時代の友人よ。メディア関係の事業に投資するのがともかく好きなヘッジファンドのひとたちが、大勢来ることになってる。だからよく聞いて、アンディ、にこにこして彼らに興味を示して、チャーミングな素《す》のあなたでいればいいの。といってもこのドレスは着なきゃだめだけど。

ともかく、そうすればうまくいくから」

「にこにこして、興味を示して、チャーミング。了解」アンディは頭に巻いたタオルを取って、髪にブラシをかけはじめた。

「忘れないで。あなたはファルーク・ハミドの隣の席よ。彼のファンドは最近、今年もっとも収益をあげた投資会社トップ五十に選ばれたの。で、反対側の隣には〈ハリソン・メディア・ホールディングス〉のマックス・ハリソンがすわるわ。彼はいま、その会社のCEOなの」

「そのひとのお父さん、亡くなったばかりじゃない？ 数カ月前に」アンディはテレビで葬儀の様子が流れたことを思いだした。当時は新聞記事、追悼文、手向けの言葉など、報道機関は丸二日間CEOの死で持ちきりだった。その人物はかつてない規模を誇るメディア帝国を築きあげたものの、二〇〇八年の金融危機の直前に危険きわまりない一連の投資に手を出し（のちに巨額詐欺事件の犯人として逮捕されるマドフや、政情不安定な国の油田など）、自社を財政的危機に追いやっていた。会社は計り知れないほどのダメージを負っているはずだ。

「そうよ。で、マックスがあとを継いだの。いまのところはかなり手堅く仕事をしているって評判よ。メディア関連のベンチャービジネスに投資すること以上にマックスが好きなのは、ただひとつ。魅力的な女性が立ちあげたメディア関連のベンチャービジネスに、投資することなのよ」

「まあ、エム、わたしが魅力的だってこと？　やだわ、顔が赤くなっちゃう」

エミリーはふんっと鼻を鳴らした。「自分のことを言ったまでよ……まあ、いいわ。五分後にはおりてこられるわね？　いてくれないと困るんだから！」エミリーは部屋を出ていった。

「わたしもあなたが大好きよ！」アンディは呼びかけると、早くもストラップレスのブラを拾いあげていた。

ディナーはびっくりするほど和やかな雰囲気で、エミリーがひどく張りつめていた割には、あっけないくらいに和気あいあいだった。エヴァレット家の裏庭に設置された天幕からは海が望め、天幕の両サイドはオープンになっていたため、潮の香りをふくんだそよ風が吹きこみ、一晩中灯されていた無数の小さなランタンが控えめなエレガンスを演出していた。メイン料理は目の前で焼かれるシーフードで、とてもおいしかった。一・三キロの下ゆでしたロブスター。ハマグリのレモンバターソース。ムール貝の白ワイン蒸し。ニンニクとローズマリー風味のローストポテト。メキシコのコティハチーズをまぶした、軸付トウモロコシ。バターがたっぷり入ったあたたかいロールパン。ライムを添えた冷たいビール、さわやかな飲み口のピノ・グリージョ、アンディがこれまで味わったなかで一番おいしかった塩がぴりっときいたマルガリータなどが、いくらでも出てくる。

全員がホームメイドのアップルパイとアイスクリームを食べおえると、みな、芝地の隅でスタッフが熾《おこ》している焚火のほうへのんびりと移動した。そこには、溶かしたチョコレートとマシュマロをクラッカーでサンドしたスモアや、マシュマロを浮かべたココア、バンブーレーヨンとカシミアを掛けあわせた極上の肌触りの夏用ブランケットが用意されていた。みな引きつづきアルコールを飲んで談笑していたが、じきにマリファナの回し飲みとなった。吸わなかったのは自分とマックスだけだということに、アンディは気づいた。ふたりともマリファナが回ってきても、そのまま隣のひとに渡している。彼が席をはずすことを詫びて屋内へ向かったとき、アンディは思わずそのあとを追っていた。

「あの、ちょっと」リビングを出たところにあるテラスで彼に追いつくと、ふいに恥ずかしくなった。「わたし、えっと、その、お手洗いをさがしていたの」嘘をついた。

「アンドレアだったたっけ?」ディナーの三時間ずっと隣にすわっていたのに、マックスは訊いた。彼は左側にいた女性とずっと話していたのだ。だれかの奥さんでロシア出身のモデルだった。英語はあまり理解できない様子だったけれど、さかんに笑い声をあげて長い睫をばさばささせ、マックスの気を引いていた。アンディはもっぱらファルーク・ハミドと会話をしていた。いや、彼の話を聞いていたというべきか。彼は今年の初めにギリシャでつくらせたヨットの話から、《ウォールストリート・ジャーナル》に掲載された最新のプロフィールまで、ひたすら自慢話をしていた。

「アンディと呼んで」

「だったらアンディ」マックスはポケットに手を入れてマルボロライトを取りだすと、アンディにすすめた。数年前に禁煙したにもかかわらず、彼女はためらいなく一本抜きとった。

マックスが無言のまま彼女と自分のタバコに火をつけ、ふたりは長々と煙を吐きだした。

「とても盛大なパーティだな。きみたちも準備がさぞたいへんだっただろう」

アンディは笑みを浮かべずにはいられなかった。「ありがとう。でも、ほとんどエミリーがやってくれたの」

「どうして吸わないのかい？　あの上物のことだけど」

アンディはマックスをじっと見た。

「あなたとわたしだけだったわね……吸わなかったのは」

マリファナの話をしているだけということはわかっているけれど、マックスに注目してもらったことが嬉しかった。アンディはマックスをすでに知っていた——寄宿学校時代からマイルスの親友で、新聞の社交欄やメディアのサイトにしょっちゅう取りあげられる有名人。しかしエミリーは念のために教える必要があると思ったのか、マックスの華麗なる女性遍歴をアンディに手短に教えてくれていた。きれいだけれど頭がからっぽの女の子たちと何度となく浮名を流してきたこと。たいへん頭が切れて、友人や家族をつねに心にかけている思いやりのある男性だけれど、ひとりの女性と真剣な関係を築くことはできないこと。エミリーとマイルスは、マックスは四十代まで独身だろうと予想している。しかしそのうち、早く孫の顔が見たいとお母さんにせっつかれるプレッシャーに耐えきれず、二十三歳のとびきりの美女と結婚する──彼をひたすら崇拝し、彼の言動にいっさい疑問をさしはさまない若い女性と。アンディはそれらをすべて覚えていた。マックスについての評判は慎重に耳をかたむけたし、自分でもあるていどリサーチして、エミリーの言っていたことはどうやら嘘ではないらしいとも思っていた。でもこうして本人に面と向かっていると、どうしたわけかあまりピンとこない。彼についての評判は的外れのように感じた。

「別に意味はないの。大学時代に仲間と吸ったけど、好きになれなかった。その場からそっと抜けだして、部屋にもどるのがつねだったわ。それから鏡をのぞいて自分の顔をじっと見ながら、それまでの自分のまちがった決断や、ひとりの人間として自分に欠けているものを、一つひとつ挙げるの」

マックスはほほえんだ。「さぞ楽しかったろうね」

「で、思ったの。人生はただでさえ苦しいものだ。でしょ？　だったら、軽い気晴らしていどのドラッグで自分を不幸に追いやる必要もない、とね」

「まったくその通り」彼はタバコを吸った。

「あなたは？」

マックスはしばし考えこんでいる様子だった。マリファナを吸わない理由はいくつかあるけれど、そのうちのどれを話そうかと思案しているみたいに。アンディの目の前で、マックスはハリソン家の男性に特徴的ながっしりした顎をこわばらせ濃い眉を寄せている。新聞に載っていた彼の父親にそっくりだ。マックスはアンディと目が合うとまた笑ったけれど、今度はどこか悲しげだった。「つい最近、親父が亡くなった。表向きの死因は肝臓がんになっているけれど、ほんとうは肝硬変だった。生涯、アルコールの問題をかかえていてね。それでも人生の大半はすこぶるうまくいっていた。毎晩のように酔っぱらっているのが、うまくいっているといえるかどうかはわからないけれど。でも最後の数年間は、財政的な危機や会社がかたむきかけたこともあって、そうはいかなくなった。ぼくも大学に入ってからしこたま飲むようになった。五年も経つと歯止めがきかなくなった。だから酒を断った。酒にもドラッグにも手を出さない。やるのはタバコのみ。これだけは手放せそうもない……」

言われてみれば、ディナーの席でマックスは炭酸入りのミネラルウォーターしか飲んでいなかった。あのときはさほど気にもとめなかったけれど、いまその理由を知って、アンディは心の奥底で彼を抱きしめたい気持ちに駆られた。

アンディは物思いに耽ってぼんやりしていたらしい。マックスがいきなり言った。「簡単に想像つくだろうけれど、最近のぼくはどのパーティに出ても、陽気なチャラ男だ」

アンディは声をあげて笑った。「わたしは別れの挨拶もしないでパーティ会場から消えることで有名なの。家に帰ってジャージに着替えてのんびり映画を観たいから。お酒を飲む飲まないにかかわらず、あなたはわたしよりチャラチャラしているようね」

さらに数分間、気軽なおしゃべりをしてタバコを吸いおわり、マックスにうながされるまま一緒にみんなのところにもどったが、いつの間にか彼の注意を引こうとしている自分に気づくたび、あのひとは根っからの遊び人なのよとアンディは自分に言い聞かせた。たしかに人目を引くハンサムであることは、否定できない。普段のアンディなら、女心をもてあそぶ危険なタイプは遠ざける。でもその夜にかぎっては、そういう男性のなかに傷つきやすい誠実な面を見たように思っていた。父親のことを打ち明けたり、自分の飲酒問題を話したりする必要はなかったのに。マックスはおどろくほど率直で、百パーセント地に足がついたひとだった。アンディは男性のそういった面に、ことに魅力を感じるのだった。でもあのエミリーですら、マックスのことをスキャンダラスな男性だと見なしているのよ、と自分をいましめる。しかし、エミリー自身がマンハッタンで有名な遊び人と結婚したことを考えれば、なにか別の意味合いがあるような気もする。午前零時を回ってマックスは暇を告げ、アンディの頬に触れるか触れないかのキスをして「お会いできて嬉しかった」とありきたりの社交辞令を口にした。これでよかったのよ、とアンディは心のなかでつぶやいた。この世にすてきな男性はごまんといるのだから、なにもロクデナシを好きになることもない。たとえそのロクデナシが魅力的で、どこをとっても誠実で信頼できるひとだったとしても。

翌朝の九時、エミリーがアンディの部屋に入ってきた。白いミニ丈のパンツにバティックプリントのブラウス、かぎりなく高いプラットホームサンダルといった装いで、早くもおしゃれに決めている。

「お願いがあるんだけど」とエミリー。

アンディは腕で顔をおおった。「それってベッドから出なきゃいけないこと？　昨夜のマルガリータにやられて起きられないんですけど」

「マックス・ハリソンと話したのは覚えてる？」

アンディはぱっと目をひらいた。「もちろん」

「さっき彼から電話があったの。あなたとわたしとマイルスで早めのランチをとりにきませんか、ってお誘いがあったわ。彼はいま、ご両親の別荘にいるの。《プランジ》について話がしたいんですって。うちの雑誌への投資を真剣に考えてくれているようね」

「すばらしい！」アンディは声を張りあげたが、食事の招待と投資話のどちらをより喜んでいるのかは自分でもわからなかった。

「ただ、マイルスとわたしはお義母さまとお義父さまと一緒にクラブでブランチをすることになってるのよ。お義母さまたちは今朝、こっちに着いたんだけど、すぐにでも行きたがってるの。十五分後にはここを出なきゃいけない。これぱかりは避けられなくて。でもね、断ろうとはしたのよ。ひとりでマックスのお相手ができる？」

アンディはしばし考えこむふりをした。「ええ、たぶんね。あなたがそうしろって言うのなら」

「よかった。だったら話は決まりね。一時間後に彼が迎えに来るわ。水着を持ってくるように、って」

「水着？　だったらほかにも――」

エミリーがダイアン・フォン・ファステンバーグの大きな籠のトートバッグを差しだした。「ビキニが入ってるわ。あなたの体型を考えて、もちろんハイウエストよ。あとは、とびきりかわいいミリーの羽織りもの、折りたためる帽子、SPE30のオイルフリーの日焼け止め。そのあとは、昨日あなたがはいていたベルト付きの白いショートパンツにこのリネンのチュニックを合わせて、キュートなトムズの白い靴をはいてちょうだい。なにか質問は？」

アンディは声をあげて笑うと、行ってらっしゃいとエミリーに手をふってから、トートバッグの中身をベッドの上に空けた。帽子と日焼け止めはバッグにもどし、持参したビキニとデニムのショーツとタンクトップを加える。エミリーの押しつけがましいファッションコードにしたがうにも限度がある。それに、マックスがわたしの服装を好きになれなかったら、それは彼の問題だ。

その日の午後は最高だった。アンディとマックスは彼の小さなスピードボートに乗ってクルージングを楽しみ、海に飛びこんで体を冷まし、フライドチキンとスイカ、ピーナッツバタークッキーとレモネードのランチを食べた。真昼の太陽も気にせず浜辺を二時間近く散歩し、ハリソン家のプールサイドに置かれたおしゃれなリクライニングチェアで眠りに落ちた。プールにはだれもいなくて、水面がきらきら輝いていた。ようやく目を覚ましたとき、アンディは何時間も眠っていたような気がした。マックスが彼女をじっと見つめていた。「シーフードの蒸し料理は好き？」彼が愉快そうなほほえみを浮かべて訊いた。

「シーフードの蒸し料理が嫌いなはずないでしょ」

水着の上にマックスのスエットシャツを着て、ふたりでジープ・ラングラーに飛び乗った。髪が潮風にあおられて豪快なまでに乱れたけれど、アンディはかつてない解放感に浸っていた。アマガンセットの海小屋風の店の前で車がとまったとき、彼女はこれまでの考えを変えた。マックスが一緒にいてくれて、溶かしバターソースが添えられたシーフードの蒸し料理がそばにあるかぎり、ハンプトンズは地球で一番すてきな場所だ。ニューヨークシティでの週末なんて、つまらない。ここは地上の楽園だ。

「とてもうまいだろ？」マックスはハマグリの身を取って、殻をプラスチックの容器に投げ捨てた。

「新鮮すぎて砂がまだ残っているのもあるわ」アンディは口をもぐもぐさせながらこたえ

た。顎にバターがしたたっているのも気にせずに、軸付トウモロコシを無心で頬張る。

「今度きみが手がける雑誌に投資したいんだ、アンディ」マックスが彼女の目をまっすぐに見て言った。

「ほんとに？　嬉しいわ。ううん、嬉しいなんてものじゃない。ほんとうにすばらしい。あなたが関心を持ってくれたようだとエミリーは言ってたけど、わたしとしてはそんなつもりは――」

「その手腕を高く評価しているんだ」

アンディは顔が赤らむのを感じた。「でも、正直なところ、すべてエミリーがやったようなものなの。あの娘《こ》の企画力には頭がさがるわ。人脈はいうまでもないけれど。わたしはビジネスの立ちあげ方すら知らないし、まして――」

「ああ、たしかに彼女はすごい。しかし、きみの手腕を高く評価しているとぼくは言ってるんだ。数週間前にエミリーから連絡をもらったとき、過去にさかのぼってきみが書いたものをほとんどすべて読ませてもらった」

アンディは言葉もなくマックスをまじまじと見つめた。

「きみが寄稿している結婚サイトをね。〝永遠に幸せに〟だっけ？　正直な話、結婚についての記事はあまり読まないのだけど、きみのインタビュー記事は秀逸だった。チェルシー・クリントンの記事は、彼女がちょうど結婚するときに書いたんだろ？　実によかった」

「ありがとう」消え入りそうな声でこたえる。

「《ニューヨーク》誌に寄稿した取材記事も読んだ。レストランの衛生状況をアルファベットで評価するレターグレードについての記事。とても興味深かった。あと、ヨガ道場に行ったときの旅行記も。あれはどこだった？　ブラジル？」

アンディはうなずいた。

「ぼくも行きたくなった。誓って言うが、普段のぼくはヨガをやるようなタイプじゃない」

「ありがとう。ほんとに、その……」咳払いをして、顔がほころびそうになるのを必死でおさえる。「そういっていただけて、とても嬉しいわ」

「きみを喜ばせようと思って言ってるわけじゃないさ、アンディ。ほんとうのことを語っているまでだ。《プランジ》の創刊にあたってきみが描いている大まかな構想をエミリーから聞いたときも、これはいけると思った」

今度ばかりはアンディも我慢せずに満面の笑みを浮かべた。「実は正直なところ、エミリーから《プランジ》の話を持ちかけられたとき、あまり乗り気じゃなかったの。あらたな結婚情報誌を世の中が必要としているようにも思えなかったし。その市場に参入する余地はないように感じた。でも彼女と話しあっていくうちに、《ランウェイ》風の結婚情報

ているの。クオリティの高い写真が掲載されてい誌が深刻なまでに欠如していることに気づいたの。クオリティの高い写真が掲載されてい

て、甘く感傷的なところがいっさいない、ゴージャスでおしゃれな超高級誌が。セレブやソーシャライトの結婚式を紹介している雑誌が、いまはないのよ。庶民にはとても手が届かないけれど、夢やいろいろなヒントをあたえてくれるような結婚式を載せている雑誌がね。都会的で経済力のあるおしゃれに敏感な女性たちに、参考になる記事をたくさん提供する雑誌。かすみ草のブーケや、染め直して普段使いできるウェディングシューズや、ティアラを紹介した雑誌はいまでもごまんとあるけれど、より洗練された女性に結婚式のノウハウを示す雑誌はない。《プランジ》はそのニッチを狙えるはず」

マックスはルートビアの壜を右手に持ったまま、目を丸くした。

「ごめんなさい。長々と宣伝をするつもりはなかったんだけど。ついつい夢中になってしまって」アンディはコロナビールを飲んだ。お酒を断ったマックスの前でビールを飲むのは、無神経だっただろうかとふと思う。

「きみたちに投資しようと思ったのは、着想がしっかりしていたし、エミリーの話に説得力があってきみがとても魅力的だったからだ。きみも彼女にまさるともおとらず説得力のある話し手だってことには、気づかなかった」

「わたし、ちょっと熱くなりすぎだったわね」アンディは両手で額をおおった。「ごめんなさい」謝りながらも、マックスが自分のことをとても魅力的と言ったことしか考えられ

なかった。

「きみは文章が上手なだけじゃないんだね、アンディ。来週シティで会って、細かいところまで話を詰めよう。とりあえずいまは、これだけ伝えておく。〈ハリソン・メディア・ホールディングス〉は《プランジ》の主要投資会社になりたい」

「エミリーを代弁して申しあげるに、とても光栄に存じます。もちろんわたし自身もそう思っていますけど」アンディはこたえたものの、堅苦しい言い方をしたことをとっさに後悔した。

「力を合わせてたくさん稼ごう」マックスはルートビアの壜をかかげた。

アンディはコロナビールの壜を打ちあわせた。「ビジネスパートナーとして手を組んだことに、乾杯」

マックスは奇妙な顔をして彼女を見たが、さらに壜を打ちあわせてルートビアを飲んだ。一瞬、決まりの悪い気分になったアンディだったが、妙なことは言っていないはずとすぐに自分に言い聞かせた。どのみち、マックスは遊び人だ。モデルやマッチ棒のように細い社交界の女性たちと交際している。でも、これはビジネスだ。ビジネスパートナーという言葉には、まっとうで折り目正しい響きがある。

空気が変わっていたことは火を見るよりも明らかだったから、昼下がりのシーフードの料理を食べたあと、マックスが車でまっすぐエミリーの夫の両親の別荘に向かってアンディをおろしても、彼女はおどろかなかった。彼は頬に軽くキスをすると、今日はつきあってくれてありがとうと言った。彼の会社の会議室でエミリーと一緒に弁護士と会計士も交えて会う約束はしたものの、またふたりで会おうと誘ってはこなかった。

なぜ彼がわたしを誘うの？　アンディは心のなかでつぶやいた。わたしにいくらか気があるようなそぶりを見せて、きみは魅力的だと言ってくれたから？　たった一日だけど、すばらしい時を一緒に過ごしたから？　そんなものはすべて、マックスにしてみれば調査活動でしかないのよ。例によって魅力的で感じのいい自分を演出して投資先をきっちり品定めしつつ、ついでにわたしに気があるようなそぶりをいくぶん見せていちゃついて楽しんだだけのこと。エミリーから聞いた話とアンディ自身がネットで知った情報によれば、マックスはまさにそういうことをする人物だった。しかも、実にたくみに頻繁にそういうことをする人物。彼がわたしにわずかなりとも関心を寄せているなんてこと、ありえない。

いい結果を出せた一日だったことを知ってエミリーは有頂天になったが、翌週の木曜のシティでのミーティングはさらにすばらしい結果となった。雑誌《プランジ》の立ちあげと運営資金として、〈ハリソン・メディア・ホールディングス〉はなんと数十万ドルの融資をするとマックスは約束してくれた。エミリーもアンディも想像だにしていなかった金額だった。さらにはすばらしいことに、ミーティングの流れで三人でお祝いのランチでもどうかとマックスが誘うと、自分は用事があるので参加できないとエミリーが断った。

「あそこの予約を取るのがどれほどむずかしいか知ったら、あなたたちだってキャンセルすればいいだなんて言わないはずよ」エミリーはほぼ五カ月間予約待ちをした、有名な皮膚科のクリニックへ急ぎながら言った。「あの女医さんに診てもらうのは、ダライ・ラマに会うのよりむずかしいのよ。そのあいだ、わたしの額の皺は刻一刻と深くなっていくんだから」

そういうわけで、マックスとアンディはまたふたりきりになり、二時間の予定のランチがまた五時間に延びて、しまいにはミッドタウンのステーキハウスの給仕長が、ディナーを予約したお客さまのためにテーブルをセットしなければいけないのでお帰りくださいと丁寧に言った。マックスは三十ブロック離れたアンディの家まで、手をつないで送ってくれた。彼と一緒に歩くのは、心地よかった。わたしたちはまさにお似合いのカップルなんだわ。熱いまなざしを交わしあう様子がほほえましいのだろう、すれちがう人々が笑みを浮かべている。アンディのアパートメントの前まで来ると、マックスはこの上なくすてきなキスをしてくれた。唇が触れあっていたのはわずか数秒。それでもやわらかくて完璧で、彼がさらに唇を押しつけてこないことにほっとする気持ちとうろたえる気持ちが、アンディの胸に交互に込みあげてきた。マックスはつぎに会う約束をしなかったし、彼はいつでもどこでもしたいときに女性にキスをするということはよくわかっていたけれど、じきにすぐ彼から連絡がくるだろうと、なんとなく予感していた。

予感はあたった。まさに翌日の朝、彼から連絡がきた。その日の夜に、ふたりはいま一度会った。五日後には、しぶしぶ出勤するとき以外は片時も離れられなくなっていて、どちらかのアパートメントに泊まって夜を共にし、あちこちでデートした。マックスに連れられてクィーンズの込みいった地域のギャング映画に出てきそうなイタリアンレストランに行くと、店のスタッフはみな彼の名前を知っていた。おどろいたアンディが眉をつりあげると、小さいころ月に二度は家族とここに来ていたからだとマックスは説明した。アンディはコメディアンが舞台に立つ、ウエスト・ヴィレッジのお気に入りのナイトクラブにマックスを連れていった。ふたりはテーブルに飲み物をこぼしてしまうくらいにコメディアンの芸に笑いころげ、そのあとマンハッタンの中心街の半分近くをそぞろ歩き、夏の夜を満喫した。アンディのアパートメントにもどったときは、すでに夜明け近かった。レンタル自転車を持ってケーブルカーでルーズベルト島へ行き、サイクリングをしながら六つもの屋台に立ち寄り、職人のこだわりアイスクリーム、凝った具を入れたタコス、フレッシュロブスターのサンドイッチなどを食べた。頭のなかが真っ白になるようなセックスをした。何度も。日曜日になるころには、ふたりとも疲労困憊して、すっかり満たされていた。そして、すくなくともアンディは恋に夢中になっていた。十一時にようやく起きだして、スプレッドを塗った特大サイズのベーグルをデリバリーで注文して、マックスのアパートメントのリビングでピクニックをしながら、ＨＧＴＶの住宅リフォームのリアリティ番組とUSオープンを交互に観た。

「そろそろエミリーに言うべきだと思う」プロ仕様のエスプレッソマシーンでつくったラテをアンディに渡して、マックスが言った。「彼女がなにを言おうが、絶対に真《ま》に受けないって約束してくれ」

「なにそれ？　あなたが大した女たらしで、若い女の子を口説くのが好きだとか？　わたしがそんな話に耳を貸すはずないでしょ」

マックスはアンディの頭をぽんとたたいた。「かなり脚色してるな」

「うん。まあね」冗談めかした口調で言ったけれど、彼の評判は実際のところとても気になっていた。でもマックスはそんな男性ではない。女たらしがHGTVの番組を寝転がって観るはずないもの。でも、彼に夢中になった女の子はみな、そう思うのか？

「きみは四つ年下だ。でも問題ないだろ？」

アンディは声をあげて笑った。「かもね。わたしはまだ三十にもなっていない。どう見てもまだ可愛い女の子だわ。そしてあなたは、わたしよりはるかに年上。そう、それにかんしては問題ないわ」

「ぼくからマイルスに言ってもらいたい？　もしそうだったら、喜んでそうするけど」

「ううん、だいじょうぶ。エミリーは今夜うちに来ることになっているの。ふたりでスシを食べながら『ドクター・ハウス』の再放送を観るのよ」

エミリーがどういう反応をするか、気になって仕方なかった。どうしてもっと早く打ち明けてくれなかったのと、裏切られたような顔をする？　ビジネスパートナーが出資者と恋仲になってしまったことに憤慨する？　マックスとマイルスは友人同士だからバツが悪そうにする？　そういうことばかりに気をとられて、ひょっとしたらエミリーは前からうすうす感づいていたかもしれないとはまったく思わなかった。

「ほんとに？　気づいてたの？」アンディは言うと、中古ショップで買ったカウチの上で靴下につつまれた足を伸ばした。

エミリーはサーモンの刺し身にしょうゆをつけると、口に放りこんだ。「わたしがそんなに鈍感だと思ってたの？　わたしの目は節穴じゃないのよ。もちろん気づいていましたとも」

「いつ……どうやって？」

「さあね。マックスと初めてふたりきりで過ごした日、マイルスの実家の別荘にもどってきたあなたが人生最高のセックスをしたような顔をしてたからかも。あるいは、彼のオフィスでのミーティングがおわったあと、いつまでもふたりで見つめあっていたときだったかもね。わたしがなぜランチを断ったんだと思う？　この一週間はずっと行方知れずで、こちらが電話しようがメールを送ろうが音沙汰なしで、どこに行ってるのか絶対に教えてくれなかったでしょ。親にかくれて男の子とつきあっている高校生以上に、こそこそしてたわ。気づくなというほうが無理よ、アンディ」

「言っときますけど、ハンプトンズでは深い関係にはならなかったのよ。それどころか、わたしたちは――」

エミリーは片手をあげた。「くわしい話はいいわよ。それに、あなたにはいちいち説明する義務もない。よかったと思ってるわよ。マックスはすてきなひとだもの」

アンディはおずおずとエミリーを見た。「彼がいかにプレイボーイか、何度も話してたくせに」

「まあね。でもそれはもう過去のこと。人間は変わるわ。わたしの旦那は確実に変わらないけど。レイとかいう小娘からメールがきてたこと、話したっけ？　確固とした証拠はないけど、さらにさぐっていく必要はあるわね。それはともかく、マイルスが浮気性だからって、マックスがひとりの女性に落ち着けないってことにはならない。まさにあなたは、彼がさがし求めていた理想の女性なのかもしれないし」

「ううん、一週間だけの遊び相手かも……」

「いずれ時が経てば、わかるって。わたしは経験から知ってる」

「たしかにね」そうこたえるしかなかった。マイルスの評判はマックスのそれとまったくおなじだったが、デリケートな性格だという噂はいっさいない。マイルスはとても愛想がよくて社交性がある。彼とエミリーはパーティや贅沢な旅行や高価な服が好きで、共通するところがとても多い夫婦のような気がする。エミリー夫婦とはもう何年もつきあってきたけれど、アンディは親友の夫がどういう人物なのかいまだによくわからない。エミリーは頻繁にマイルスの〝浮気性〟をさらっと口にするけれど、アンディがさらに突っこんだ話を訊こうとすると、口を閉ざしてしまう。アンディの知るかぎり、よそに女性がいる具体的な証拠はない――すくなくとも人目にはついていないことは、たしかだ――とはいえ、だからといってほんとうのところはわからない。マイルスは抜け目がなく慎重だし、テレビのプロデューサーという仕事柄ニューヨークを離れることも多いから、なにがあってもおかしくない。よそに女性をつくっている可能性も高い。エミリーがそれを知っている可能性も。でも、彼女は気に病んでいるのだろうか？　不安と嫉妬で気が気ではない思いをしているのだろうか？　それともよくあるように、大っぴらに恥をかかされないかぎりは見て見ぬふりをしているのか？　いつも不思議に思うアンディだったが、それはエミリーとのあいだで決して話題にしないと暗黙の了解が成立している唯一の話題だった。

エミリーが首を横にふった。「いまだに信じられない。あなたとマックス・ハリソンがねえ。あなたたちふたりをくっつけようとは、絶対に思わなかったもの。それがいまや……どうよ」

「結婚が決まったわけじゃないのよ。ただおつきあいしているだけ」口ではそう言ったもののの、アンディはマックス・ハリソンとの結婚を早くも空想するようになっていた。出会ってまだ二週間も経っていないのだから飛躍しすぎだけれど、マックスとの関係はアレックスはおそらく別として、これまでつきあってきたほかの男性との恋愛とはちがうという気がすでにしていた。これほど胸がときめくのは、実に久しぶりだった。マックスはセクシーで頭がよく、はっきりいって家柄がいい。彼のような男性との結婚を想像したことはまったくないけれど、まんざらでもないような気がした。

「まっ、了解したわ。大いに楽しめばいい。いい恋愛をしなさいよ。経過報告は忘れないで。晴れて結婚することになったら、大いに感謝してちょうだい」

一週間後、マックスの会社に有名なミュージシャンを両親にもつグロリアという雑誌編集者がいて、彼女がこのたび幼少時代の回顧録を刊行し、会社主催の出版記念パーティをひらくことになったから、パートナーとして参加してほしいとマックスに頼まれたとき、アンディがまっさきに電話をかけた相手はエミリーだった。

「なにを着ればいい？」アンディはパニックを起こしていた。

「いわば共同ホストのようなものだから、ゴージャスな装いにしたほうがいいわ。あなたの〝クラシカル〟な服はほとんど問題外ね。わたしのを貸してあげましょうか？　それとも買いにいく？」

「共同ホスト？」アンディが消えいりそうな声で訊いた。

「マックスが主催者であるホストで、あなたがそのパートナーであれば……」

「えっ、どうしよう。わたしにはつとまらないわ。ちょうどファッションウィークだから、たくさんのひとが来るってマックスは言ってた。そんな心の準備はしてないもの」

「《ランウェイ》で働いていたころのモードに、気持ちを切り替えればいいだけのことよ。例の彼女もおそらく来るわよ。ミランダとグロリアはおそらく顔見知りだから」

「無理だわ……」

パーティ当日の夕方、アンディは会場の準備を監督するマックスを手伝うために、〈カーライル・ホテル〉に一時間早く向かった。エミリーから借りたセリーヌのドレス、大ぶりのゴールドのジュエリー、ゴージャスなハイヒールといった出で立ちで、会場に入っていく。アンディに気づいたときのマックスの表情といったら……それを見られただけでも出席してよかったと思った。アンディは自分がとても決まっていることを知っていたし、自信もみなぎっていた。

マックスは両腕をアンディの体に回し、まぶしいぐらいにすてきだと耳元で囁いてくれた。その夜は、彼は知り合い全員——仲間、会社のスタッフ、様々な編集者、ライター、写真家、広告主、PR会社の重役——にアンディを恋人として紹介してくれたから、喜びに胸がいっぱいになった。マックスの会社のスタッフと気軽に言葉を交わし、いい印象を持ってもらうべくできるだけ愛想よくふるまい、われながらうまくいっていると思っていた。そう、マックスの母親が現われて、獲物の周りを泳ぐサメよろしく息子の恋人を追いつめ、アンディを不安におとしいれるまでは。

「マックスがいつも話題にしているお嬢さんだもの、ぜひお会いしなければと思ってましたわ」ミセス・ハリソンはどことなく堅苦しい調子で言った。英国風というよりは、マンハッタンの高級住宅地パークアベニューに長年住んでいる人間独特の口調だ。「あなたがアンドレアなのね」

アンディはきょろきょろしてマックスをさがした。お母さまが来ることを、彼はにおわせもしなかった。じきにまた、シャネルのツイードスーツに身をつつんでいる見上げてしまうほど長身の女性に、全神経をもどした。「ミセス・ハリソン？　お会いできて光栄です」おだやかな声で挨拶しなくては。

〝バーバラと呼んでちょうだい〟も〝なんて感じのいいお嬢さんなのかしら〟も〝こちらこそお会いできて光栄だわ〟もなかった。マックスの母はアンディをじろじろ品定めしたあげく、「思ってたより痩せてらっしゃるのね」とのたまった。

ちょっと待った。マックスがわたしのことを太っていると言ってたんですか？　それとも独自にだれかに調査させたとか？　アンディは心のなかでつぶやいた。

こほんと咳払いをする。逃げるか身をかくすかしたかったけれど、バーバラはよどみなく話しつづけた。「ええ、わたくしがあなたくらいの年齢のときは、もっと痩せてました。エリザベスだったらそのくらいでいいんでしょうけど。マックスの妹にはもう会いました？　じきに来るはずよ。でもあの娘《こ》の体型は、父親似なんですの。ごつごつして筋肉質。太っているわけではないのだけど、あまり女らしくないというか」

自分の娘について、そんな言い草はないでしょうが。マックスの妹がどこにいるかわからないけれど、アンディは即座に彼女が気の毒になった。バーバラの目をまっすぐに見て言葉を返す。「まだお会いしていません。写真で拝見したことはありますが、きれいな方でしたわ！」

「あら、そう」バーバラは納得いかない様子でつぶやいた。乾いた、どこか革のような感触の手でアンディの手首をつかみ、きついくらいに握りしめると、ぐっと引っ張った。

「こちらにいらしてちょうだい。腰をおろして、親交を深めましょう」

アンディはマックスの母に息子にふさわしい女性と思ってもらいたい一心で、必死で感じよくふるまった。《プランジ》の話をするとミセス・ハリソンは鼻に皺を寄せ、アンディの実家がハリソン家が所有している古い乗馬クラブのあるリッチフィールド郡の近くではないことを知ると、どことなく軽蔑したようなコメントを口にしたけれど、アンディはもうだめだと見切りをつけて会話を打ちきりはしなかった。興味津々といった顔でこの場にふさわしい質問をバーバラにして、マックスとの愉快な思い出話を語り、ハンプトンズで出会った馴れ初めを、バーバラに喜んでもらえるように細部にわたって話した。しまいには、ほとんど破れかぶれで、一時期《ランウェイ》のミランダ・プリーストリーのアシスタントをしていたと話した。するとミセス・ハリソンはハッとして居住まいを正し、身を乗りだしてその件について追及してきた。《ランウェイ》の仕事は楽しかった？　ミズ・プリーストリーのもとで働くのは、この上なくいい勉強になった？　マックスの同級生の女の子たちはみな《ランウェイ》で働けるのなら死んでもいいと思ってるのよ、彼女たちにとってミランダは憧れの的で、いずれあの雑誌に取りあげられることを夢みているの、とまでバーバラは言った。〝これから立ちあげる事業〟がうまくいかなかったら、《ランウェイ》にもどることも考えていらっしゃるのかしら？　バーバラは顔を輝かせて生きいきと話している。アンディは必死で笑みを浮かべ、できるだけ熱心にうなずいた。

「おふくろはきみのことを気に入ったようだよ、アンディ」アッパー・イーストサイドの二十四時間営業のダイナーの席に落ち着くと、マックスが言った。ふたりともパーティの余韻に浸っていて、いまだ気分が昂っている。

「それはどうかな。気に入ってもらえたとはいえないような気がする」アンディはチョコレートシェイクを飲みながら言った。

「みんなきみが気に入っていたさ、アンディ。うちのCFOも、実にユーモアのセンスがある女性だと言ってたし。ニューハンプシャーのハノーバーの話をしたんだろ？」

「ダートマス大学の出身者には、あの話をすると決めてるの」

「アシスタントたちはくすくす笑いながら、きみがいかに感じのいいチャーミングな女性だったかを方々で広めていた。パーティで彼女たちとまともに話をするひとは、あまりいないんだろうね。気をつかってくれて、感謝しているよ」マックスはケチャップをつけたポテトフライをアンディに差しだし、彼女が断ると自分の口に放りこんだ。

「みんなとても感じがよかった。お話ができて楽しかったわ」マックスの冷やかな母親だけは例外だったけれど、いろんなひとと出会えてよい一時を過ごしたことを思いだしながらこたえる。さらに喜ばしいことには、ミランダは現われなかった。ありがたいかぎりだったが、人脈が広いハリソン家の跡継ぎとつきあっているからには、ミランダとはいずれ顔を合わせることになるだろう。

アンディはテーブル越しにマックスの手を握った。「今夜はすばらしかった。招待してくれてありがとう」

「こちらこそありがとう、ミズ・サックス」マックスはこたえるとアンディの手にキスして、彼女の胸をずきっとさせる、いつもの表情を浮かべた。「ぼくのところに来る？　夜は始まったばかりだよ」

3　やっぱり歩いていかなきゃ、だめでしょ

「だいじょうぶですよ。結婚式当日は、どんな花嫁も不安になるんですから。といっても、承知してますよね。お仕事柄、これまでそういうのを何度も見てきたでしょうから。でしょ？　そうだ、それについて一緒に本を出しましょう！」

ニーナはアンディの腰にしっかり手を当てて、彼女をブライダルスイートに連れていった。部屋には天井から床までの大きな嵌《は》め殺しの窓があって、赤やオレンジや黄色に色づく紅葉がはるか彼方まで見渡せた。ラインベックは世界屈指の紅葉スポットにちがいない。わずか数分前、アンディはこの絶景を目にして故郷のコネティカットを思いだし、幸せな気分に浸っていた。フットボールシーズン開幕から始まって、リンゴ摘みがあり、じきに新学期が始まって、秋が日一日と深まっていく。しかしいまは、色とりどりの紅葉はくすんで見え、空もどこか不吉に感じられた。アンディはアンティークの書き物机をつかんで体をささえた。

「お水をもらえるかしら？」口のなかが酸っぱくて、またしても吐き気が込みあげてきそ

うだった。

「もちろん。気をつけて飲んでください」ニーナはキャップを取ると、ミネラルウォーターを彼女に渡した。

水は金気《かなけ》くさかった。

「リディアのチームが、ブライドメイドとお母さまのヘアメイクをほとんどすませました。いまあなたのメイクを直しにこの部屋に来ますから」

アンディはうなずいた。

「だいじょうぶよ、花嫁さん。なにもかもうまくいきますって！　いくらか緊張するのはごく当たり前のことです。チャペルの扉がひらけば、ハンサムな花婿が通路の向こうで待っていてくれる……そうしたらもう彼の胸に飛びこんでいくことしか、考えられなくなるはずですよ」

アンディは身ぶるいした。じきに夫となるひとの母親に、自分は嫌われている。そこまでいかなくても、結婚を反対されている。嫁と姑は大抵あまりうまくいかないことは承知しているけれど、アンディの場合はうまくいかないどころではない。よくいっても前途多難。悪くいえば、結婚生活が悪夢となる前兆だ。バーバラとすこしでもいい関係が築けるように、働きかけることはできる。努力するつもりではいる。でもわたしはキャサリンにはなれない。それに、バミューダ諸島にキャサリンがいたって、どういうこと？　マックスはなぜ、彼女に会ったことを話してくれなかったの？　疾《やま》しいことがなにもないのだったら、どうして秘密にしているの？　ふたりが会ったことが事実としても、どういうことなのか説明してもらわなければ気がすまない。

「思いだすわ。カタールの石油王の花嫁のお世話をしたときのこと、お話ししたことありましたっけ？　口の減らない、それはもう勝気なお嬢さんだった。列席者は千人あまり、英領ヴァージン諸島のネッカー島を借りきって、列席者やスタッフ全員をチャーター便で島まで運んだんですよ。それはともかく、新郎と新婦は一週間ずっと喧嘩しっぱなし。席の割りふりから、どっちの母がさきにダンスをおどるかにいたるまで、ことごとく対立してた。まあ、これはよくあることですけど。でも式の当日、新婦がテレビのニュース番組のアンカーの仕事について、自分のいとこにこう言ったんです。〝六カ月か一年、地方の放送局につとめてから、キー局の仕事をするつもりなんだろう、とあるひとに言われたのよ〟って。それを聞くやカタール人の新郎はむっとした。怒気のこもった低い声で、どういうつもりだって彼女に詰め寄ったの。結婚したら家庭に入ることになってたじゃないか、って。わたしとしては、ワオ、これをあらかじめ決めておかなかったのは大問題ね、って感じでした」

前頭葉のあたりが緊張のあまり、ずきずきする。アンディは気もそぞろだった。ニーナに口を閉じてもらいたくて仕方がない。

「ニーナ、あのね——」

「待ってください、このさきが傑作なんだから。で、わたしはふたりで話しあってもらおうと思って、席をはずしたんです。三十分後にもどったら、ふたりとも落ち着いた様子だった。一件落着したみたいだった。というわけで、パンパカパーン、新郎が通路に出ていって、ブライドメイドとフラワーガールの小さい女の子がそのあとにつづき、その場にいるのは花嫁とそのお父さんとわたしだけになった。なにもかもスケジュール通りに運んでいたわ。花嫁とその父が入場するときの音楽が流れはじめ、列席者全員の視線が彼女に向けられると、花嫁はにっこりほほえんで、わたしの耳元に顔を寄せて囁いた。なんて言ったと思います？」

アンディは首をふった。

「〝非の打ちどころがない式を準備してくれてありがとう、ニーナ。まさにわたしが望んだとおりよ。このつぎの結婚式も、きっとあなたにお願いするわ〟って言ったの。それからお父さまと腕を組み、まっすぐ前を向いて歩いていったわ！　信じられる？　歩いていったんですよ！」

ひどく体が火照《ほて》って熱っぽかったにもかかわらず、アンディは鳥肌が立った。「それから彼女から連絡はあったの？」

「ええ、ありました。二カ月後に離婚して、その一年後に婚約した。二度目の結婚式は前のよりいくぶんこぢんまりしてたけど、やはり豪華だった。でもね、いいですか。婚約を解消したり、結婚式の招待状を送ったあとで結婚を取りやめたりするのは、それはそれで大事《おおごと》だけど、ままあることです。でもね、式の当日はどうでしょう？　やっぱり歩いていかなきゃ、だめでしょ。通路を歩いて、結婚式ですべきことをしなくては」ニーナは声をあげて笑うと、自分のミネラルウォーターをごくごく飲んだ。彼女のポニーテールが元気よく揺れた。

アンディはおとなしくうなずいた。その手のエピソードはエミリーともよく話題になる。《プランジ》を創刊してから三年あまりが経っているが、結婚式の数週間前に婚約解消する例をたくさん見てきた。でも、式当日のキャンセルは？　さすがにない。

「さあさあ、ケープをつけて椅子にすわってください。すぐにリディアが来ますからね。写真撮影のあとは、ちゃんとメイクを薄めにしてくれますよ。ああ、あなたの結婚式の写真が載った号が出るのが待ちきれない！　一兆部売れますよ」

如才ないニーナは、自分とアンディがともに内心で思っていることを言葉にはしなかった――今回の結婚式を特集した《プランジ》が大いに売上を伸ばすのは、《プランジ》の発行人自身の結婚式だからでも、この世でひとつしかないウェディングドレスをデザインしたのがモニーク・ルイリエ本人だからでも、バーバラ・ハリソンがその財に物をいわせて一流のウェディングプランナー、フローリスト、ケータリング業者を手際よく調達したからでもなく、新郎のマックスがアメリカでもっとも大きなメディア企業の三代目CEOだからなのだ。景気の悪化と先代の投資判断のミスが重なって、マックスが一族の不動産を切り売りしなければならない現状など、関係ない。会社の財務状況をマックスが始終心配していることなどは、世間の人々にとってはどうでもいいことなのだった。ハリソン家の人々という事実が、容姿端麗なルックスやこの上なく上品な身のこなしや高学歴とあいまって、マックスと彼の妹と母親が実際よりもはるかに裕福だという印象を世間にあたえつづけている。《フォーブス》のアメリカの金持ちランキングに彼らの名前が載ったのは数年前のことだけれど、金持ちという認識だけは人々のあいだに残っている。

「そうなることまちがいなしね」背後から朗らかな声が聞こえてきた。「今回の結婚式を特集した号は、売店で飛ぶように売れるはずよ」エミリーがくるっと一回転してお辞儀をした。「このドレスがブライドメイド史上初のそれほどみっともなくないドレスだってこと気づいてる？　そもそもわたしはブライドメイドそのものがダサいと思っているわけだけど、どうしてもブライドメイドになってほしいってあなたが言うから、せめて、ドレスくらいはセンス悪くないものを着たいのよね」

アンディはエミリーのドレスをちゃんと見るべく、椅子にすわったまま身をよじった。髪をアップにして、優美な長い首を見せているエミリーは、繊細で華やかな陶器のお人形のようだった。プラム色のシルクのドレスが頬をピンク色に見せ、ブルーの瞳を際立たせている。胸元とヒップにゆるやかなドレープが入っているドレスで、丈は足首まで。自分が花嫁のときはもちろんのこと、友人のブライドメイドをつとめるときでも自分をうつくしく見せることにこだわるとは、まったくエミリーらしい。

「きれいよ、エミリー。ドレスを気に入ってもらえてとても嬉しいわ」アンディはほんのわずかなりとも、気分がまぎれてほっとしていた。

「そんなに見とれないでよりもしてないけど。〝気に入った〟っていうほどでもないし。でもまあ、うんざりもしてないけど」。それはそうと、くるっと回って衣装を見せてちょうだい……ワオ！」

エミリーがすぐそばまで身を乗りだすと、ミントタブレットとタバコが入り混じった匂いがアンディの鼻をかすめた。またしても吐き気が込みあげてきたが、今度はすぐにおさまった。「すごくエレガントだわ。どうやって胸をそんなに盛ったの？　ひそかに豊胸手術をしたわけ？　まさか、わたしに内緒にしてたとか？」

「腕のいい職人さんが、ヌーブラを縫いつけてくれたのよ。大した技でしょ」アンディはこたえた。

部屋の向こう側にいたニーナが、花嫁にはさわらないでと叫んだが、エミリーのほうが素早かった。「ふーん。いい感触ね。この豊かな感じ、とてもいいわ」アンディの胸元をさわって感想を言った。「それはそうと、この悩殺物のおっぱいの上にずいぶん大きいダイヤをつけてるのね。うーん、すばらしい。マックスもうっとりするわよ」

「花嫁はどこ？」スイートルームのリビングからアンディの母の声が聞こえてきた。「アンディ？　あなたなの？　お祖母《ばあ》ちゃんを連れてジルと一緒に見にきたのよ！」

ニーナが母と姉と祖母を部屋に招きいれ、アンディにあまり近寄らないように様々な警告を口にした。花嫁はちょっとめまいを起こしているので、どうかあれこれかまわないでくださいね。じきに彼女は、式の最終チェックをするために出ていった。

「なんだい、あれは？　病院の面会じゃあるまいし」アンディの祖母が言った。「アンディ、なにがあった？　初夜におびえているんだね？　それはもっともだよ。これだけは覚えておきなさい。アレを好きになる必要はないけど、やるべきことはしないと――」

「ママ。お祖母ちゃんをやめさせて」アンディはこめかみに指を当ててつぶやいた。

ミセス・サックスは自分の母親に顔を向けた。「お母さん、黙って」

「なんなの？　昨今の若い娘たちはみな、自分をちらっと見た男とすぐに深い仲になるから、なにもかもわかってるつもりでいるってことかい？」

エミリーがおもしろがって手をたたいた。アンディは姉にすがるような目を向けた。

「お祖母ちゃん、アンディ、きれいじゃない？」ジルが割ってはいった。「お祖母ちゃんが結婚式のときにつけていたのとよく似たピアスをしているなんて、すばらしいわよね。ティアドロップのピアスは不滅のアイテムだわ」

「十九歳だった。あんたたちのお祖父《じい》ちゃんが娶《めと》ったのは、穢《けが》れなき処女だった。それでわたしは、だれもがそうだったようにハネムーンベイビーを授かった。いまの若い娘みたいに卵子を冷凍させるなんてことは、いっさいなかった。おまえはやったのかい、アンドレア？　おまえくらいの娘はみな卵子を冷凍保存させるべきだって、どこかに書いてあったけど。相手がいるいないに関係なく」

アンディはため息を漏らした。「お祖母ちゃん、わたしは三十三歳なの。マックスは三十七歳。できればいずれ子どもを授かりたいわ。でも、さっそく今夜から子づくりに取り組むつもりはないの」

「アンディ？　みんなどこ？」

「リリー？　みんなここよ！　入って」アンディはこたえた。

一番の親友が滑るように入ってきた。ほかのブライドメイドたちとおなじプラム色のシルクでできたホルタースタイルのドレスをまとった彼女は、きれいだった。その横には、二十代後半のマックスの妹エリザベスがいた。やはりおなじ色合いのシルクドレスを着ている。彼女とマックスは体格がよく似ている。筋肉質の脚、女性にしてはいくぶん広すぎる、がっしりした肩幅。それでも、笑うときにできる目尻の皺やチャーミングなそばかすが、女の子らしさをただよわせている。加えて、背中に波打っている豊かな天然のブロンドの髪は、目が覚めるほど艶やかでうつくしかった。エリザベスはつい最近、彼氏ができたばかりだった。コルゲート大学の同級生、ホールデン・ホワイト。チップを気前よく弾むので、あだ名はチッパー。ふたりは彼の父親をしのんで毎年開催される、テニスの慈善トーナメントで知りあった。父親はチッパーが十二歳のとき、自家用機を操縦中にチリの山で事故にあった。アンディはいやな予感を覚えた――エリザベスもわたしのことを、兄のマックスにふさわしくないと思っているのだろうか？　母のバーバラとおなじ考えをもっていて、キャサリンのすばらしいゴルフのハンデや、耳に心地よい貴族風の訛りを母とふたりで懐かしんでいるのだろうか？

ニーナの掛け声で、アンディは物思いからわれに返った。

「みなさん。ちょっと聞いてくれますか？」気ぜわしげな様子で、戸口に立っている。「外の大ホールにそろそろ集合する時間ですよ。お式はおよそ十分後に始まります。スタッフがみなさんのブーケをあずかって階下《した》で待っていますから、指示にしたがってくださいね。ジル、坊やたちの準備はできましたね？」

アンディは作り笑いを浮かべた。部屋を出ていく前に母と祖母と友人が、じゃあがんばってねと口々に声をかけて彼女の手を握りしめた。ジルかリリーに話を聞いてもらって、気にしすぎよとなぐさめてもらう時間はもはやなかった。

十月ともなると日がどんどん短くなり、すでに黄昏時となっていた。十台以上もある大きな銀の枝付き燭台が、ニーナが約束したとおり厳《おごそ》かな雰囲気を演出している。会衆席はそろそろ列席者で埋まりだしているだろう。センスのいいウェディングプランナーが式の前に流す曲として選んだハープシコードの音楽が、静かに流れているはずだ。人々がフルートグラスに注がれたシャンパンを味わっている様子が、アンディの頭にまざまざと浮かんだ。

「アンディ、ちょっといい？　これを渡しておくわ」ニーナが戸口からアンディの席までの距離を、三歩で歩いてきた。折りたたんだ紙を手にしている。

アンディはそれを受けとると、怪訝に思ってニーナを見た。

「さっきの手紙。あなたがもどしてしまったときの。わたしのポケットに入ってたんです」

アンディはよほどぎょっとした顔をしたのだろう。ニーナがあわてて言いたした。「だいじょうぶ。読んではいないから。書いた本人の新郎や新婦は別として、結婚式の当日にラブレターを読むのはだれにとっても不吉なこととされているのよ」

アンディはまたしても胸がむかむかしてきた。「すこしだけひとりにさせてくれるかしら？　お願い」

「もちろんいいですよ。でも、ちょっとだけですからね！　じきにあなたを階下に連れていくために、もどってくる――」アンディは最後まで聞かずに、部屋の扉を閉めた。

手紙をひらき、内容はすでにしっかりと記憶に焼きついていたけれど、いま一度、文面を目で追う。慣れないドレス姿に四苦八苦しながらも、思わずバスルームへ小走りで向かい、手紙をびりびりに破いてトイレに捨てていた。

「アンディ？　聞こえてる？　お手伝いしましょうか？　その格好のまま、ひとりでお手洗いはすませないでくださいね」ニーナの声が聞こえてきた。

アンディはバスルームから出た。「ニーナ、わたし――」

「ごめんなさい、もう時間よ。今日この日のために十カ月前から準備して着々と計画を進めてきたことが、ついに本番を迎えるんですよ。新郎に会った話はしたかしら？　タキシードをぱりっと着こなして、それはもう、すてきだった。彼はすでに祭壇の前にいるんですよ、アンディ！　あなたを待ってるんです」

すでに祭壇の前にいる。

アンディは脚を思うように動かせず、ニーナに手を引かれて角を曲がっていった。両開きのドアの横に笑みを浮かべた父が立っていた。

父は近づいてくるとアンディの手を取って頬にキスし、とてもきれいだと褒めた。「マックスはとても幸せな男だ」アンディが腕を組めるように、左腕を差しだした。

短いセリフを思わず口にしそうになったけれど、すんでのところで言葉を飲み込んだ。マックスが幸せですって？　ううん、お義母さまが言うように、とんでもないまちがいを犯しているのでは？　父にたった一言伝えれば、なにもかもなかったことにしてくれるだろう。父の耳元で〝パパ。いまはいやなの〟と小声で言うことができたらどんなにいいか。

五歳のとき、市民プールの端の一番深い場所で、飛び込み台から飛びこむように父にうながされたときみたいに。しかし音楽がいきなり大きく聞こえたのと同時に、幽体離脱したような夢うつつの感覚で気づいた——スタッフによって両開きの扉があけられ、奥の部屋にいる人々全員が自分を待ち受けていることに。三百人がいっせいに新婦のほうへ顔を向け、ほほえんで彼女をはげましている。

「いいかい？」父が耳元で囁き、アンディはわれに返った。

深呼吸をする。マックスはわたしを愛している、と自分に言い聞かせる。わたしも彼を愛している。わたしがなかなか結婚に踏み切れなかったから、この日を迎えるのに三年かかった。たしかにお義母さまはわたしを嫌っている。たしかにマックスの元彼女が長い影を落としている。でも、そんなことくらいで、マックスとわたしの絆は揺るがない。でしょ？

アンディは友人や家族、同僚や知人を見て不安を押し殺した。マックスが通路の奥で誇らしげに立っている。笑みをたたえた彼の瞳に神経を集中させ、なにもかもうまくいっているとと自分に言い聞かせる。鼻から深呼吸して胸を反らせ、いま一度、自分に言い聞かせる——わたしのやっていることは百パーセント正しい。そして歩きだした。

4　ついに結婚！

朝、電話の音でアンディは目覚めた。びくっとして上体を起こし、またしても自分がどこにいるかわからなくなったが、つぎの瞬間には、様々な映像が入り乱れて頭によみがえってきた。しずしずと通路を歩く彼女を、ほほえみながら見守る顔、顔、顔。手を差し伸べてきたマックスの顔に浮かんだ、やさしさと崇拝。唇を重ねあって知人縁者全員の前で誓いの言葉を封印したときの、愛の喜びと不安がないまぜになった気持ち。ゲストがカクテルを楽しんでいるあいだ、テラスでポーズを取って写真撮影したこと。バンドの司会者に、マックスウェル・ハリソンご夫妻と呼ばれたこと。ヴァン・モリソンの曲に合わせておどったこと。アンディの母の心のこもった、涙を誘う乾杯の挨拶。マックスの大学時代の親睦クラブの面々がうたった、荒っぽいけれど爽快な大学の応援歌。ケーキカット。父とおどったゆっくりしたダンス。拍手喝采のなか、甥っ子たちがマイケル・ジャクソンの『スリラー』に合わせて披露したブレイクダンス。それはまちがいない。だれもはたから見たら、絵に描いたように完璧な結婚式だった。

アンディの胸のうちに気づいている様子はなかった。ことに新郎はまったく気づいていないようだった。彼女のなかでは、悲しみと怒りが渦を巻いていた。義母のバーバラが苦虫を噛みつぶしたような顔で、「新郎新婦の結婚を祝って乾杯」と音頭を取ったときに感じた戸惑い（新郎の母のあれほど他人行儀なお祝いの言葉は、聞いたことがなかった）。マイルスを始めとするマックスの友人たちは、キャサリンとバミューダにかんして、わたしの知らないことを知っているのだろうか？　疑惑がひっきりなしに頭に浮かぶ。どうすればいいの？　こちらからさりげなく訊いてみる？　姉のジル、両親、エミリー、リリー、そのほかの友人や親族、マックスの友人や親族はみな、心からの祝福の言葉を一晩中かけてくれて、アンディをハグし、ドレスを褒め、きれいな花嫁さんねと言ってくれた。輝いているわよ。あなたは幸せね。完璧だわ。アンディの一番の理解者であるはずのマックスですら、彼女の気持ちにはまったく気づいていないようで、〝楽しいけどいくぶんばかげるってぼくも思うさ。でも、一生に一度のことなんだから、みんなと一緒に弾けよう〟といかにもわかっているような顔を彼女に向けて、目で訴えていた。

午前一時になるとバンドの演奏もようやくおわり、最後まで残っていたゲストたちが地ワインとはちみつとネクタリンを詰めたエレガントな麻のギフトバッグを手に引きあげていった。アンディはマックスに連れられてブライダルスイートに向かった。さっそくバスルームで吐いてしまったが、音が聞こえたのだろう、トイレから出るとマックスがひどく気づかわしげな顔で駆けよってきた。

「かわいそうに」囁いて、火照《ほて》った頬をなでてくれた。気分がすぐれないとき彼にそうしてもらうと、いつも心がなぐさめられる。「自分の結婚式の夜に、シャンパンを飲みすぎてしまったんだね」

彼の誤解はあえて正さないことにした。ひどく熱っぽくて吐き気がしていたから、ドレスを脱ぐのを手伝おうとするマックスの申し出を受けいれ、そのままどっしりした四柱ベッドに運ばれた。ひんやりとした枕に頭をあずけて、ようやく人心地がつく。マックスが冷たいタオルを手にもどってきて額に載せてくれたが、彼はそのあいだ、バンドの選曲、マイルスのウィットに富んだ祝いの言葉、アガサのセクシーすぎるドレス、パーティの途中で好きな銘柄のウイスキーがなくなってしまったこと、などについてひっきりなしに話していた。じきに、バスルームの洗面台を使う音とトイレの水を流す音がして、バスルームのドアがぱたんと閉められた。マックスがベッドに横たわり、裸の胸をアンディの胸に押しつけてきた。

「マックス、今夜は無理」刺々《とげとげ》しい口調になってしまった。

「だいじょうぶ」彼が静かに言った。「気分がすぐれないのはわかってる」

アンディは目を閉じた。

「きみはぼくの妻だ、アンディ。ぼくの妻。きっといい夫婦になる」髪をなでてくれた。

そのやさしさに、思わず泣きだしそうになる。「すばらしい家庭を築いていこう。このさきずっときみを幸せにすると誓うよ。なにがあっても」頬にキスしてベッドサイドの照明を消した。「ぐっすり眠れば気分もよくなる。おやすみ、愛しいひと」

アンディはおやすみなさいとつぶやき、あの手紙を心の外に追い払おうとした。あのことは忘れようと自分に言い聞かせるのは、いったい何度目だろうか。ほどなくして、どうにか眠りに落ちた。

バルコニーに通じる木のスライドドアの羽板《はね》から日が射しこんできて、朝だとわかった。ホテルの電話が鳴りやんだかと思うと、またすぐに鳴りだした。隣にいたマックスがかすかにうめいて、寝返りをうっている。電話をかけてきたのはおそらくニーナで、今日はあたたかいから、ブランチは屋外にしましょうとの内容だろう。どこでブランチを取るかについては、今週末の予定のなかで唯一まだ決めていない事柄だった。昨夜から着替えていない下着だけの格好であわててベッドをおり、リビングに走っていく。マックスが目覚める前に、なんとか電話に出なくては。彼と面と向かって顔を合わす心の準備が、まだできていない。

「ニーナ?」ぜいぜいしながら電話に出る。

「アンディ? ごめんなさい。お取りこみ中だったんでしょ……あとでかけなおすわ。もう邪魔しないから」エミリーが笑みを浮かべている様子が、アンディの目にまざまざと浮かんだ。

「エミリー？　いま何時なの？」部屋にある時計をさがしながら訊く。

「ごめん。七時半。結婚式の翌朝におめでとうって言葉をかける、最初の人間になりたかったの。《ニューヨーク・タイムズ》の記事、最高よ！　あなたたちが結婚欄の最初のページに載ってるの。すてきな写真もね！　あれって婚約発表のときの写真？　ドレスがとってもおしゃれだわ。どうして見せてくれなかったのよ」

《ニューヨーク・タイムズ》の記事。ほとんど忘れかけていた。数カ月前、マックスとアンディは新聞社に結婚式の詳細を報せた。いつだったか事実確認のための電話がかかってきたこともあったが、記事として載る保証はどこにもないわとアンディは自分に言い聞かせた。当然のことながら、浅はかだった。マックスの家柄を考えればふたりの結婚記事が掲載されるのは当然で、問題は大々的なものになるか、ごく普通の紹介にとどまるかの一点でしかなかったけれど、アンディはそれを心の隅に追いやっていたのだった。バーバラのたっての願いで新聞社に情報を提供したものの、いまからすると、あれは要請というよりは命令だったように思う。〝ハリソン家の婚礼の記事を《ニューヨーク・タイムズ》に載せなさい、以上、おしまい〟みたいな。あのときは、いつの日か子どもに見せたらおもしろいだろうと思って、アンディは気を鎮めたのだった。

「部屋の外に新聞が届いているはずよ。それに目を通して電話をかけなおして」エミリーは電話を切った。

ホテルのローブをはおってコーヒーメーカーをセットしてから、部屋のドアノブにかかっていた紫色のベルベットの袋を取り、分厚い日曜版の《ニューヨーク・タイムズ》をどさっと机に置く。スタイルセクションの第一面にナイトクラブの若き経営者のカップルが紹介されており、その下に、流行りのレストランで根菜メニューが出されるようになったとの記事がある。そして、エミリーが言っていたとおり、マックスとアンディふたりの晴々しい結婚を伝える小さなセクションがあった。そう、結婚欄の最初に。

アンドレア・ジェーン・サックスとマックスウェル・ウィリアム・ハリソンが土曜日、第一巡回区控訴裁判所の判事ヴィヴィアン・ホイットニーの媒酌により、ニューヨーク州ラインバックのアスターコートで結婚した。

ミズ・サックスは三十三歳。今後も仕事では旧姓を使うとのこと。彼女はブライダル雑誌《プランジ》の共同創立者かつ編集者である。ブラウン大学を優秀な成績で卒業。

母はロバータ・サックス、父はリチャード・サックス博士。ともにコネティカット州エイヴォンに住んでいる。母はハートフォード郡で不動産ブローカーをしている。父は精神科医としてエイヴォンで開業している。

ミスター・ハリソンは三十七歳。父から受け継いだメディア会社〈ハリソン・メディア・ホールディングス〉の代表取締役社長兼CEOである。デューク大学卒、ハーヴァード大学にてMBAを取得している。

ニューヨーク在住のバーバラと故ロバートのハリソン夫妻の息子。母はホイットニー美術館の理事と、スーザン・コーメン乳がん基金の役員をつとめている。新郎の父は、亡くなるまで〈ハリソン・メディア・ホールディングス〉の代表取締役社長兼CEOをつとめていた。彼の自伝『出版人』は国内のみならず、世界各国のベストセラーとなった。

アンディはコーヒーを飲んで、マックスがベッドサイドにいつも置いている、サイン入りの『出版人』を思い浮かべた。あの本を見せてもらったのは、つきあいはじめてから六カ月経ったころだった。いや、八カ月だったかもしれない。マックス本人がそう言ったわけではないけれど、その父の自叙伝が彼にとって一番の宝物であることをアンディは知っていた。表紙の裏の見返しに、〝マックスへ　添付したものに目を通しなさい　父より〟とのメッセージが書きこまれて、手紙がカバーにクリップでとめてあった。きちんと三つ折りにした、四枚のシンプルな黄色いリーガルパッド。手紙の内容は、マックスの父がいったんは発表しようとしたものの、あまりにも個人的な内容のため、マックスに恥をかかせ家族の私生活を暴露することになるかもしれないとの懸念から削除した章だった。そこには、マックスが誕生した夜から（七五年夏の記録的猛暑の日）、願ってもないような優秀な若者に成長するまでの三十年がこと細かに綴られていた。それを見せてくれたときマックスは泣いていなかったけれど、顎がこわばって声が上ずっていることをアンディは見逃さなかった。そしていま、一族の財産はミスター・ハリソンが晩年に下したあまたの過《あやま》った決断によって、深刻なダメージを受けている。父の名声を取りもどし、母と妹の面倒をみる責任はすべて自分の肩にかかっている、とマックスは思っている。家族を大切にするそういった彼の姿に、アンディは強く惹かれたのだった。父の死は彼にとって一大転機だったにちがいない。つきあいだしたのは死後まもなくで、そのころに彼のあたらしい恋人になれたことは幸運だったとアンディはつねづね思っている。もっともマックスはその恋人、つまりアンディのことを〝あたらしい恋人〟ではなく、「最後の恋人だ」と呼んでいるけれど。

また新聞を手に取って、つづきを読む。

ふたりは二〇〇九年に共通の友人夫婦を介して出会った。友人夫婦には、ふたりを結びつけようという意図はなかったとのこと。「仕事がらみのディナーパーティのつもりで参加した席で、彼女に出会ったのです」ミスター・ハリソンは語った。「デザートが出るころには、このつぎに彼女に会えるのはいつだろうとばかり考えていました」

「ふたりきりで話すために、そっと席を離れたときのことを覚えています。いえ、わたしが席を立って彼を追いかけたと言ったほうが正確かもしれない。彼をストーキングしたというか」ミズ・サックスは笑った。

すぐさま交際が始まり、加えて仕事上のパートナーシップも築いていったふたり。ミスター・ハリソンはミズ・サックスが手がける雑誌に多額の投資をしている。二〇一二年に婚約してからは住まいを共にし、たがいに仕事を持ちつつささえあっていくことを誓った。

このさきふたりは、コネティカット州ワシントンにある新郎の先祖代々からの家と、マンハッタンの二カ所を拠点に活動するとのこと。

二カ所を拠点に？　アンディは思った。これはちょっとちがうわ。マックスの父が亡くなって家族の逼迫した経済状況が明らかになったとき、バーバラは突然のことに頭が真っ白になった。〝わたくしは殿方のようにビジネスに向いた頭脳を持っていない〟とは本人の弁だ。そんなバーバラのために、マックスは一連のきびしい選択をした。つきあい始めのころから、そうした話し合いについてはあまり知らされなかったアンディだったが、彼とすばらしい夏の一日を過ごした日からわずか六十日後にハンプトンズの家が売却されたときのマックスの苦渋に満ちた顔は覚えていたし、彼が幼いころ住んでいた家、つまりマジソンアベニューの広大なタウンハウスを手放すしかないとマックスが思い定めたころの、眠れない夜は忘れもしなかった。バーバラはすでに二年前から、八十四丁目とウエストエンド街の角にある歴史のある壮麗なビルの一画に移っていて、多くのうつくしい絨毯《じゅうたん》や絵画、最高級のリネン類に囲まれ、寝室がふたつある瀟洒《しょうしゃ》な住まいで暮らしているけれど、二軒の屋敷を失った痛手から立ち直れないのか、わたくしはウエストサイドに〝追放〟されたのだ、といまでもことあるごとに愚痴を漏らす。フロリダの海に面したペントハウスは、ハリソン家が家族ぐるみで親しくしているデュポン家に売られたが、パームビーチに行く時間やエネルギーはもうないとのバーバラの見え透いた嘘をデュポン家の人々は真に受けたふりをしてくれた。スキーリゾートで有名なジャクソン・ホールの別荘は、ネットビジネスで成功した二十三歳の青年実業家にひどく安い値で買いたたかれた。唯一残ったのは、コネティカット州の別荘だけ。ゆるやかに起伏する十四エーカーの広大な農地で、四頭の馬を飼育できる馬小屋、ボート遊びができる広い池があるが、屋敷そのものは七〇年代から手入れされないまま放置されていて、飼育に費用がかかりすぎるために家畜類はすでにいない。屋敷に最新の設備を取りつけるには莫大な費用がかかるので、週や月、ときには週末単位で頻繁に貸しだすようにしている。口が堅い信用のおける仲介業者を通じて貸しているので、架空のオーナーから屋敷を借りていることにはだれも気づかない。

アンディはコーヒーを飲みおえて、また記事に目を向けた。結婚欄で紹介されている幸せそうな花嫁とハンサムな花婿の写真を食いいるようにながめ、学歴や仕事、ふたりの今後、生まれ育ったバックグラウンドなどをあれこれ検討するようになったのは、一体いつからだろう。自分もいつの日か結婚欄に載るだろうか、載るとすればどういうプロフィールが紹介されるのか、写真は紹介されるだろうか、とこれまで何度想像したことだろう。十回近く？　あるいはそれ以上？　そして今朝、髪を無造作なポニーテールにまとめて擦りきれたトレーナーを着た若い女性たちが、ワンルームのアパートメントでカウチに丸くなり、アンディの結婚発表を読んでいるのだと思うと不思議な気分になった。彼女たちはきっと心のうちでつぶやいているのだろう――〝まさに非のうちどころのないカップル！ふたりとも高学歴ですばらしい仕事に就いている。満面に笑みを浮かべた写真からも、熱愛ぶりが伝わってくる。あたしはどうしてこういう男性に出会えないの？〟

実際は、そんないいことばかりじゃないのよ。そう、あの手紙。あの手紙のことは、考えたくなくても考えてしまう。でも、心に引っかかるのは、あれだけじゃない。その昔、当時つきあっていたアレックスと晴れて結婚したときに、《ニューヨーク・タイムズ》にどういう記事を載せるか、自分で書いたことがあった。思いだすと、また吐き気が込みあげてきた。彼とつきあっていたころは、様々なプロフィールを何度も想像したものだった。

新婦アンドレア・サックス、新郎アレグザンダー・ファインマン。ともに○×大学出身で、なんとかかんとか。数えきれないくらいに頭に描いていたから、アンドレアの横にマックスの名前が並ぶとなんとなく違和感を覚える。

なぜ最近は、昔のことがよみがえってくるのか？　最初はミランダ。そしていまはアレックス。

左手の薬指に結婚指輪をはめた手でホテルのふかふかしたローブの襟元をかきあわせ、別の人生もあったかもしれないと物思いに耽るのはよしなさい、と自分に言い聞かせる。もちろん、アレックスはすばらしい恋人だった。それだけではない。なんでも打ち明けられる信頼の置ける人間であり人生のパートナーであり、一番の親友だった。とはいえ、おどろくほど頑固で、すくなからず口うるさい一面もあった。アンディが《ランウェイ》でアシスタントに就いたほぼ直後から、あの仕事をくだらないものと見なしていたし、キャリアを積もうとするアンディに彼女が望むような理解は示してくれなかった。口に出してこそ言わないけれど、教職や医療関係や非営利団体などの奉仕の精神が必要とされる職に彼女が就かなかったことにアレックスは失望していると、アンディは感じずにはいられなかった。

一方、マックスはアンディの仕事を全面的に応援してくれた。出会ってすぐに《プランジ》に投資して、今回の出資は自分がこれまで行なってきたビジネス上の意思決定のなかで、もっとも大胆ですばらしい決断だと言ってくれた。アンディのやる気と好奇心を高く評価して、クリスマスにセント・バーツ島に一緒に行くメンバーやつぎの慈善パーティ以外のことに関心をもつ女性との交際は、刺激的だとつねに口にしていた。どんなに忙しいときでもアンディの記事のアイディアに耳をかたむけ、人脈を紹介し、広告主を確実に増やすにはどうしたらいいかアドバイスしてくれた。ウェディングドレスやフォンダンケーキについてはなにも知らなかったけれど、そんなことはどうでもいい。アンディとエミリーが手がけた雑誌を褒めて、きみは自慢の恋人だとことあるごとに言ってくれるのだから。過密スケジュールや常軌を逸した勤務も理解してくれて、残業したり業務時間後に電話したり、雑誌のレイアウトが思いどおりになっているか校了前にたしかめるためだけに土曜日出勤したりしても、決して怒らなかった。それはおそらく、彼自身も仕事に忙殺されているからだろう。あたらしい事業を興し、〈ハリソン・メディア・ホールディングス〉の目減りしつつある有価証券にたえず目を光らせ、各地に飛んでトラブルの収拾にあたったり、傷つけられた自尊心をなだめたりするのが彼の日常だ。マックスとアンディは多忙な者同士、相手に不満をいだくことなくはげましあい、たがいにアドバイスと支援をあたえてきた。〝思いっきり働き、思いっきり遊べ〟という教訓をふたりとも理解していて、それにしたがって生きていた。ただし、一番大事なのはつねに仕事だったけれど。

部屋のベルが鳴って、アンディはいきなり現実に引きもどされた。母にもニーナにも、姉にすらも面と向かう心構えがまだできていなかったから、じっとしていた。帰ってちょうだい、と念じる。しばらくは物思いに耽らせて。

しかし、ベルの音はやまなかった。扉の向こうにいる人物は、さらに三回ベルを鳴らした。アンディは残っていた気力をふりしぼって笑みを浮かべ、ドアをあけた。

「おはようございます、ミセス・ハリソン！」ホテルの支配人が陽気な声で言った。恰幅のいい年配の男性。アンディは名前を思いだせなかった。ルームサービスのワゴンを押している制服姿の女性をしたがえている。「ぜひともお祝いのブレックファーストを召しあがってくださいませ。わたくしどもの感謝の気持ちでございます。ブランチの前に、軽いものでも召しあがったほうがよろしいかなと思いまして」

「まあ、そう、ありがとう。いただくわ」ローブの襟元をかきあわせ、ワゴンが通れるようにわきへ寄る。眠る前にドアノブにかけておいた〝DO NOT DISTURB〟の札が廊下の床に落ちているのが目に入った。ため息を漏らして拾いあげ、ドアノブにかけなおす。

制服姿の若い女性がナプキンをかけたワゴンを押して部屋に入ってくると、嵌《は》め殺し窓のちょうど前にワゴンを置いた。結婚式とそのあとのパーティの話をしながら、彼女はオレンジジュースを給仕してバターとジャムの小さな容器のふたをあけると、ようやくぎこちないお辞儀をして、ありがたいことに部屋を出ていった。

式の前のきびしい食事制限からやっと解放されたことにほっとしつつ、パンの籠をつかんでナプキン越しに伝わってくる香ばしい匂いをかいだ。バターたっぷりのまだあたたかいクロワッサンを手に取って、一口かじる。急に空腹を覚えた。

「おやおや、回復したんだな」マックスがぼさぼさの髪で寝室から現われた。やわらかいジャージのパジャマズボンしか身につけていない。

「こっちにおいで、酔っ払いの花嫁さん。二日酔いはどう？」

まだ口をもぐもぐさせていたのに、抱きしめられた。首筋に彼の唇が押しあてられるのを感じ、アンディはほほえんだ。

「酔っ払ってたわけじゃないのよ」クロワッサンを口に入れたまま囁く。

「これは？」マックスはブルーベリーマフィンを取って口に入れた。それからふたつのカップにコーヒーを注ぎ、アンディが好むティスト（ミルク少々と人工甘味料をふたパック）をつくると、自分のコーヒーを飲んだ。「うん、うまい」

上半身裸のマックスがコーヒーをおいしそうに飲むのを、アンディは見守った。ふたりでベッドにもどり、ずっとシーツをかぶっていたい。一連の出来事は、すべてこちらの妄想だったのか？　悪夢だったのか？　椅子を引いてアンディにすわるようにうながし、冗談めかしてミセス・ハリソンと呼びかけて、膝にナプキンを広げてくれるひとは、十三時間前まではアンディがほかのだれよりも愛し、信頼していた男性だ。あのとんでもない手紙がすべていけないのだ。彼の母親にどう思われようと知ったことではない。マックスが元彼女に出会ったからって、なんだというの？　彼はなにも隠し事はしていない。このひとはわたしを、アンディ・サックスを愛している。

「ねえ、結婚欄を見て」スタイルセクションを差しだす。新聞をさっとうばいとった彼を、ほほえみながら見つめる。「すばらしいわよね」

マックスの目が記事を追った。「いいね」一分後、彼は言った。「完璧だ」

それからテーブルの向こうからやってくると、一年前にプロポーズしたときとまさにおなじように、アンディの前にひざまずいた。「アンディ？」彼女の目をまっすぐ見つめた。彼にこうされると、いつも感動のあまり心臓がとまりそうになる。「きみがなにかにこだわっていることは、わかっている。なにいらだっているのか、なにを心配しているのかは、わからない。でも、これだけは知っておいてほしい。ぼくはきみをほかのだれよりも愛している。きみが胸のうちを話す気持ちになったら、いつでも聞くつもりだ。いいね？」

ほらね！　このひとはやっぱり、わたしの理解者なんだ！　アンディは声を張りあげたくなった。なにかがおかしいということに、彼は気づいている。となれば、なにも問題はないってことよね？　それでも、疑いの言葉がいまにも口から出そうになっている――〝お義母さまの手紙を読んだわ。バミューダでキャサリンに会ったんだってね。それで、なにかあったの？　彼女に会ったことを、どうして黙っていたの？〟でも、実際に声に出すことはできなかった。マックスの手を握りしめて、不安を頭から締めだそうとする。生涯にたった一回の結婚式の週末を、不安と口喧嘩で台無しにしたくなかった。

わたしったら避けてばかり。アンディはかすかな自己嫌悪を覚えた。でも、そうすれば、なにもかも丸くおさまる。それ以上のことはなにも望まない。

5　彼はあなたにメロメロ

アンディは《プランジ》のオフィスとして借りている、ウエストチェルシーにあるビルのロフトの鍵を息を殺してあけた。やった。この場所で九時前にひとの姿を見かけたことは、これまで一度もない。ニューヨークのクリエイターの常識にのっとって、スタッフのほとんどは十時に出勤する。十時半に出てくることもざらだ。今日もまた例外ではなかったことが、嬉しかった。ほかの社員が出社するまでの二、三時間は、アンディにとって断トツに仕事がはかどる時間帯だった。人々がまだ目覚めない早朝からメールを打ったり電話メッセージを残したりする自分が、なんだかミランダのようだと感じることもあるけれど。

結婚式のあとマックスとアンディロンダックへ旅行したが、予定より早く帰ろうとのアンディの提案には、マックスもおどろかなかった。結婚式以降、アンディは二日間吐きつづけ、気の毒なマックスは正式に夫婦になってからセックスできず、ニューヨークにもどったほうがおたがいのためにいいとアンディが言ったときも異議をとなえなかった。それに、十二月のクリスマスシーズンにフィジーへ二週間、正式なハネムーンをすることになっていた。マックスの両親の友人からプレゼントされた旅行で、くわしいことを知らされていないが、ヘリコプター、プライベートアイランド、専属シェフなどの言葉を耳にするたび、アンディは期待に胸をわくわくさせていた。ニューヨーク州北部のアディロンダックは早くも冷えこみがきびしくなって外出もままならなくなっていたから、三日間の旅行を早めに切りあげることにさしてためらいはなかった。

マックスにプロポーズされてから一緒に住みだして、一年が経つ。ふたりの生活には規則正しい日課ができていた。平日は朝の六時に起床。マックスがふたりぶんのコーヒーを淹れ、アンディはオートミールかフルーツスムージーをつくる。朝食のあと十七丁目と十番街の角にあるスポーツクラブに一緒に行って、四十五分間エクササイズをする。マックスはウエイトトレーニングとステップマシーンで体を鍛える。アンディはトレッドミルで時間をつぶすが、ｉＰａｄにダウンロードしたラブコメディをひたすらながめて、早く、早く時間が経ちますようにと必死で祈りながら時速九・三キロで走る。自宅にもどってシャワーを浴び身支度を整えると、マックスは会社の車でアンディを二十四丁目と十一番街の角にある《プランジ》のオフィスまで送り届けて、それからウエストサイド・ハイウェイを渡りミッドタウンの西にある会社に向かう。ふたりとも毎朝八時には、会社のデスクについている。よほどの重病や悪天候でもないかぎり、この日課が変わることはない。とはいえ、今朝のアンディは、いつもより二十分早い時間に携帯の目覚ましをマナーモードでセットし、枕に振動が伝わってくるなりシーツをそっとはいでベッドからおりた。シャワーもコーヒーも我慢して、チャコールグレーのはき心地が抜群にいいパンツ、なににでも合う白いボタンダウン、地味な黒いピーコートを身につけてアパートメントを静かに出ようとしたとき、マックスの目覚ましが鳴りだした。〝今朝は早く出勤しなくてはいけないの、今夜のヨットパーティで会いましょう〟と彼に手早くメールを打ったけれど、胃の調子がいまだすぐれず、筋肉がだるくて痛い。昨夜は熱が三十八度以上あった。

コートを脱がないうちから携帯が鳴った。

「エミリー？　こんな時間にどうしたの？」父が婚約祝いにプレゼントしてくれた華奢な金の腕時計を見る。「いつもなら二時間後に目を覚ますあなたが」

「どうして電話に出たの？」エミリーがとまどいもあらわに言った。

「電話がかかってきたからよ」

「メッセージを残そうと思ってかけたのに。まさか出るとはね」

アンディは笑った。「まあご挨拶ね。だったら、切りましょうか？　で、もう一度やり直すの」

「あなたは大いに飲んだり食べたりする夜にそなえて、のんびりしているはずじゃないの？」

「まあね、マッサージを受けて、それから紅葉狩りをするつもりよ」

「冗談じゃなく、どうしてこんな早くに起きているの？　まだアディロンダックにいるんじゃないの？」

アンディはスピーカーボタンを押し、コートを脱いで椅子にどさっと腰をおろした。「もう何週間もろくに眠っていないような気分。熱もあって。食中毒なのか、インフルエンザなのか、シティに帰ってきたの。頭痛と吐き気がして、熱もあって。食中毒なのか、インフルエンザなのか、ほうっておいてもじきによくなるものなのか、わからないんだけどね。それは別として、マックスが今夜のヨットパーティにぜひ出席したいらしいの。わたしも行かなきゃいけなくて。だから途中で帰ってきたのよ」アンディは自分のみすぼらしい格好を見おろし、早めに退社して急いで家にもどって着替えなくては、と自分に言い聞かせた。

「今夜のヨットパーティ？　どうしてわたしは招待されなかったんだろう？」

「あなたが招待されなかったのは、わたしが行く予定じゃなかったからよ。でもいまはこうして帰ってきたから、きっかり一時間だけ出席してすぐに帰るわ。塗る風邪薬で体をあたためて、テレビでも観ながらのんびりする」

「今年はだれのヨットでひらかれるの？」

「名前は忘れちゃった。例のヘッジファンドの大金持ちよ。わたしたちの手持ちの靴よりも、たくさん家を持っている男性。奥さんはさらに多いんでしょうけど。そのひとはマックスのお父さんの友だちだったの。もっともバーバラは、夫に悪い影響をあたえるって、つきあいを禁じていたらしい。そのひと、カジノも経営していたように思うわ」

「パーティならお手の物って感じのひとなんでしょうね……」

「でも本人はいつも出席しないの。マックスにヨットを貸してくれるだけで。気にしないで、どうせたいしたパーティじゃないから」

「なるほどね。去年もあなたはそう言ったわ。でも、『サタデー・ナイト・ライブ』の出演者が全員出席したのよね」

《ヨット・ライフ》は十年前に創刊して以来一度も黒字を出したことのない雑誌だったけれど、〈ハリソン・メディア・ホールディングス〉が投資をしているなかで、もっとも重要な雑誌のひとつだとマックスは公言してはばからない。所有している船を雑誌で紹介してもらいたいと思っている金持ち全員に、この雑誌はステイタスと優越感をあたえることができる。毎年十月に、《ヨット・ライフ》はヨット・オブ・ザ・イヤー・アワードを記念して、ヨットパーティを開催する。毎年、この催しにはいまをときめくセレブたちが集まり、桁はずれに豪華なヨットのデッキをそぞろ歩く。そのあいだヨットはマンハッタンの周辺をめぐっているが、飲み放題のシャンパンと食べ放題のトリュフ味のオードブルのおかげで、ゲストたちはここがフランス南部の温暖な保養地ではなくて、十月上旬の汚染されたハドソン川だという事実をしばし忘れる。

「そんなに盛り上がってたかしら？」とアンディ。

エミリーはしばし無言だったが、やがて口をひらいた。「それだけ？　体調を崩したヨットパーティ。なにかほかにもあるんじゃないの？」

さすがエミリー。厚かましくて攻撃的で、ひどく不躾《ぶしつけ》なときもあるけれど、だれよりも察しがいい。

「なにかほかにも？　たとえば？」嘘をついたりバツが悪かったりするときのつねで、アンディは声を上ずらせた。

「わからないけれど。だから電話をかけたのよ。週末の結婚式のあなたはとてもきれいだったけど、どこか不安そうだった。高価な買い物をしたあとってだれでも後悔するから、あなたもそういった典型的なバイヤーズ・リモースなんじゃない？　実はわたしも、マイルスと結婚してからの一週間はパニックの発作に見舞われたの。何日も泣きどおし。彼が自分の最後の男になるんだってことが、信じられなかったのよ。もうこのひと以外の男性とは、セックスもキスもしないってことが！　でもね、じきに落ちつくわよ、アンディ」

アンディの心臓の鼓動がいくぶん速くなってきた。義母の手紙を発見してから今日までの三日間、あの件はだれにもまったく打ち明けていない。

「マックスのバッグに、お義母さまの手紙が入っていたの。アンディと本気で結婚するつもりでいるのならそれは大きなまちがいだ、っていう内容だった」

沈黙が流れた。

「なんだ、もっと深刻な話かと思った」しばらくしてエミリーが言った。

「だから安心しなさいよ、ってこと？」

「アンディ、真面目な話、なにを期待しているの？　ハリソン家はとても保守的だわ。それに、嫁を気に入る姑なんていない。息子が連れてくる娘《こ》は、だれであろうとお眼鏡にかなわないものよ」

「キャサリンはお眼鏡にかなうみたいよ。バミューダでマックスが彼女に会ったこと、マイルスから聞いた？」

「なんですって？」エミリーは初耳のようだった。

「バーバラは手紙に書いていたわ。〝キャサリンはそれはもうすばらしいお嬢さんだし、バミューダでキャサリンとばったり会ったのは、なんらかのサインだったように、あなたも思わないか〟って。〝彼女と再会できて、あなたはそれはもう嬉しそうだった〟ともね」

「キャサリン？　やあねえ。キャサリンなんか、恐るるに足りないわよ。自分の誕生日や記念日の前に、好きなアクセサリーのサイトリンクをマックスに送ってたような女よ。ニットのアンサンブルを着てた女。まあ、プラダのものではあったけど、ニットのアンサンブルなんてねえ。マックスの歴代の彼女たちのなかで、もっともダサい娘よ」

アンディは額に指を強く押しあてた。エミリーとマイルスはマックスを昔から知っている。彼がこれまでつきあった娘《こ》を全員知っていて、顔を合わせたことがある。そのことについては、これ以上くわしい話は聞きたくない。

「だったらよかったわ」頭がずきずきしてきた。

「取るに足らないことだから、マックスも話さなかったのよ」とエミリー。「だって彼はあなたに夢中だし」

「エム、わたし——」

「あなたにメロメロだもの。彼が最高にすてきな男性だってことは言うまでもないし。たまに変な娘とつきあうことはあったけどね。それはともかく、元彼女がバミューダにいた。だからなんなの？　マックスは浮気なんかしなかったはずよ！　だれとも浮気しない！　あなただってそれはわかってるでしょ」

　三日前のアンディであれば、エミリーの言うとおりだと断言できただろう。マックスは見るからにプレイボーイ風だけれど根はこの上なく誠実で、そういう人柄にアンディは惹かれたのだった。実は誠実ではないのかもしれないと考えるだけでも、耐えがたい気分になる。しかし彼が隠し事をしていた事実に動揺していることは否定できなかった。

「彼女はマックスの元の恋人なのよ、エミリー！　最初の恋の相手。初体験の相手。彼女と結婚しなかったのは、征服する楽しみがなくなったからにすぎないんだわ。マックスはキャサリンのことを決して悪く言わないの。最後にもう一回だけ、軽い火遊びをしたんじゃないかってどうしても思ってしまう。昔馴染みの女の子と。男友だちと行く独身最後の旅で、羽目をはずす男性って多いでしょ。彼のお父さんみたいに、専業主婦の美人妻がいる生活もそれほど悪くないのかも。でもマックスはそういうのに反発して、それでわたしに目をとめた、ってこと？　なんてラッキーな男性なのかしら」

「あなたは大袈裟なのよ」エミリーが言ったけれど、その口調にアンディはとまどった。それに、浮気という言葉を最初に口にしたのはエミリーのほうだ。彼女があんな身も蓋もないことを言いださなかったら、わたしだってここまで躍起にはならなかった……。

「で、わたしはどうすればいい？　もし彼がほんとに浮気してたとしたら」

「アンディ、ばかなことを言わないでよ。ヒステリックになっちゃだめ。ごく普通にマックスに訊けばいいのよ。そうすれば真実がわかるから」

アンディは喉が締めつけられるのを感じた。彼女はめったに泣かない。泣いたとしても、それは大抵ストレスからで、悲しくて涙が出ることはない。「わかってる。でも、こんなことになったのが信じられないの。もし彼が浮気していたら、許せないような気がする。たぶんマックスは彼女を愛しているんだわ！　わたしは彼と添い遂げるつもりでいたのに、それなのに――」

「アンディ！　いいから本人に直接訊いてみなきゃ。めそめそしないで訊いてみるのよ、いいわね。今日は出社が遅くなるわ。ケイト・スペードのスタッフとブレックファースト

・ミーティングがあるから。でも、携帯にかけてくれたら、いつでも出るし……」
会社のスタッフが出勤してくる前に、落ち着きを取りもどさなくては。アンディはぶるっと身ぶるいして深呼吸をすると、マックスに訊こうと心に誓った。わたしのことだから、できるかぎり後回しにするのだろうけれど。そのときふと、もっとも不吉な疑問が頭に浮かんだ。最悪の場合、アパートを出ていくのはどっち？　もちろん、それはわたしだ。いま住んでいるアパートメントを購入したのはマックスの親なのだから。マルチーズのスタンリーはどっちが引きとる？　別れたことを、みんなにいつ知らせればいい？　知り合いには？　わたしの親には？　マックスの妹には？　彼とわたしは生活を共にして、おなじ寝室に眠り、たがいの夢や抱負を応援しあった一番の親友だったのに、一転して赤の他人になれるのだろうか？　わたしたちはもう、切っても切れない絆を結んでいる。家庭生活やたがいの家族や仕事や日々のスケジュールはすべてひとつだし、将来設計も雑誌も、二人三脚でやっている。なにもかも一緒。彼なしではわたしは生きてゆけない。彼を愛している。
四十区画離れた場所でなにかを感じとったのか、着信音とともにマックスからのメールが届いた。

愛する妻へ

早く出勤したということは、具合がよくなったということだね？　朝はきみがいなくて淋しかった。先週末のすばらしい結婚式のことを、なにかにつけ思いだしています。きみもきっと思いだして、笑みを浮かべていることと思う。とてもいい式だったとのメールを百通ほどもらった。二時までミーティングがあるけど、おわったら今夜のことで電話する。出席してもらいたいけれど、無理はしなくていいよ。返信ください。

ラブ
夫より

妻。わたしはマックスの妻なのだ。頭のなかでその言葉がこだました。奇妙だけれど、どこかしっくり馴染む言葉。深呼吸をして、冷静にならなくてはと自分に言い聞かせる。だれかが瀕死の状態にあるわけじゃない。末期がんが見つかったわけでもない。三人の子どもがいて、家のローンが払えなくなっているわけでもない。それに、義母は煙たいけれど、わたしはマックスを愛している。今年のバレンタインに、マックスはアパートメントの小さなバルコニーをきらきら光る星をちりばめた黒い布でおおって、テーブルをセットしてくれた。そこまでしてくれた男性を愛さずにいるのは、無理というものだ（ちなみにアンディは、バレンタインが苦手だと昔から公言していた――バレンタイン用のありきたりのカードと、これみよがしのピンクのハートが街中に溢れるのにはうんざりする）。おまけに彼はステーキではなく、アンディの好きなアンチョビをはさんだグリルドチーズサンドイッチ、赤ワインではなくぴりっとしたブラディマリー、箱詰めのおしゃれなチョコレートではなくハーゲンダッツのコーヒー味のアイスクリームを丸ごと一パイント、ごちそうしてくれたのだ。ふたりは夜遅くまでバルコニーで過ごし、マックスが借りてくれたプロ仕様の望遠鏡をながめた。都会暮らしは星を見られないのが苦痛だとアンディが数カ月前に漏らしたのを、彼は覚えていた。

だいじょうぶ、わたしたちだったらいまの危機を乗り越えられる。

それからの二、三時間は、その言葉を難なく胸のうちで繰り返すことができた。オフィスは静かで、ほとんどアンディが独り占めしている状態だった。しかし、十時になってほかのスタッフが集まってきて、先週末の結婚式の話題を口にすると、アンディの混乱はまた徐々に増していった。さらにアートディレクターのダニエルが十時に出社して、結婚式をアンディと一緒にふりかえるのが待ちきれないのか、デジタル写真でいっぱいのディスクを持ってきたときは、彼女の緊張はさらにいっそう増大したのだった。

「ゴージャスですよ、アンディ。息をのむような写真です。セント・ジャーメインに頼んだのは大正解でしたね。神経が細かくて口やかましい男だけど、腕は最高だ。ほら、これを見てください」

「週末の写真がもうできたの？」アンディが言った。

「まだ修整していない写真です。早く送ってもらうためにいくら支払ったかは、訊かないでくださいよ」

ダニエルは昨年アンディが十名もの志願者を面接したのち、採用したスタッフだった。彼はメモリーカードを彼女のiMacに直接差しこんだ。写真管理ソフトの写真をインポートしますか、との問いにダニエルはイエスをヒットした。「ほら、見てください」クリックすると、アンディとマックスの写真が二十七インチの画面いっぱいに現われた。まっすぐにカメラを見ている彼女の瞳は目が覚めるようなブルーで、肌にはシミ一つない。マックスが彼女の頬にキスしている。たくましい顎。完璧な横顔。背景には目もあざやかな紅葉が広がっていて、そのオレンジや黄色や赤がマックスの黒いタキシードとアンディの白いドレスをまばゆいばかりに引きたてている。この上なくうつくしい、雑誌のグラビア写真のようだった。

「うっとりしますよね。これはどうですか」さらに二、三回クリックすると、パーティのモノクロ写真が画面いっぱいに出てきた。ダンスフロアの周りにいる数十名のゲストたちがほほえみながら拍手するなか、マックスとアンディが『ウォームラヴ』に合わせて最初のダンスをおどったときの一枚だ。アンディの腰に両腕を回して、額にキスするマックス。アンディの栗色の髪が背中まで波打っている。ドレスの最後の試着で縫いつけることに決めた、裾に散らした飾りボタンがとてもおしゃれだわ、とアンディは思った。ヒールが低めのパンプスをはいたのも正解だった。彼の背の高さがひときわ目立って、写真映えしている。

「ひとりで写っている写真も見てください。とてもきれいですよ」ダニエルはカーソルを〝ポートレイト〟と名づけられたフォルダーに移動させ、サムネイル画像を表示させた。しばらくスクロールして一枚をひらいた。アンディの両肩から上を写したアップの写真がぱっと現われた。シマーパウダーをはたいているから、全体的にきらきら輝いている。ほとんどの写真では、アンディは思いっきり笑うのを控えていた（満面の笑みを浮かべると、どんな細かい皺でも修整できなくなる、とカメラマンに言われたからだ）。しかしこの写真ではためらうことなく笑っていて、目尻と口元の笑い皺がかなり目立っているものの、この上なく自然に撮れている。マックスのスイートに行く前に写したものであることは明らかだ。

セント・ジャーメインに写真を撮ってもらうのは無理だろうとだれもが言ったけれど、アンディはあきらめずに粘った。一カ月にわたってセント・ジャーメインのエージェントに十回以上電話をかけつづけ、そのたびに世界的に有名なクライアントがいる彼にとって《プランジ》ごとき小さな雑誌は相手にもならないけれど、しつこく電話をするのをやめるというならスケジュールを教えてもいいと言われつづけて、ようやくアンディの伝言を取りついでもらうところまでこぎつけた。それから一週間はなんの音沙汰もなかったから、セント・ジャーメインに手書きの手紙をしたため、メッセンジャーに頼んでチャイナタウンにある彼のスタジオに届けてもらった。手紙のなかで、モデル、ロケ地等はすべておまかせして《プランジ》の二号分の表紙写真を依頼したい旨を伝え、どんなに離れた場所での撮影であっても費用はすべてこちらもちですし、そちらが力を入れている慈善活動、ハイチ地震の被災者救援資金を集める今度のイベントでは《プランジ》が共同スポンサーをさせていただきますと約束した。するとセント・ジャーメインの〝友人〟だという女性が電話をかけてきて、セント・ジャーメインがとてもかわいがっている姪──婚約中で今度の秋結婚予定──を《プランジ》の巻頭の特集記事で取りあげてくれと依頼してきた。アンディが承諾すると、めったに予約がとれない写真家セント・ジャーメインがアンディの頼みを全面的に聞きいれてくれたのだった。あの一件はビジネスの上でもまれにみる大手柄で、思いだすと自然と笑みが浮かんだ。

これほどまでに有名な写真家に、とくにヌードを専門にしている写真家に撮られることに内心おびえていたアンディだったが、セント・ジャーメインは緊張をすぐに取り除いてくれた。彼のどこがすばらしい写真家なのか、すぐにわかった。

「ふうっ、よかった!」アンディのブライダルスイートに二名のアシスタントをしたがえて入ってくるなり、セント・ジャーメインは声を張りあげた。彼らが来てくれただけでどういうわけか感謝の念が込みあげてきたのを、アンディはいまでも覚えている。ストラップレスブラと膝から胸元までのインナーしか身につけていなかったけれど、セント・ジャーメインの姿を見たときは、ただただ嬉しくて感動したものだった。

「どういうことです？　今回はひとりのごく普通の花嫁を撮影するだけでいいからですか？　水着姿のモデルの一団なんかじゃなくて。初めまして、アンディです。ご本人につ いにお会いできて、嬉しいわ」

セント・ジャーメインは背が百七十センチにも満たない華奢な男性でひどく色白だったが、その声はラインバッカーのように朗々と響いた。よくわからない訛り（フランス？　イギリス？　オーストラリア？）も、その大声にはそぐわなかった。「ハハッ！　たしかにそのとおり。その手のモデルたちはみんなクレイジーでね、完全にイッちゃってるんだよ！　しかし、真面目な話、愛しい人《マシェリ》、全身メイクをする必要がないのはとても嬉しいよ。あれはえらく面倒だから」

「全身メイクはしませんせん。約束するわ。予定外の撮影をしなければ、わたしが最近ビキニラインのワックス脱毛をしたかどうかも、わからないはずだもの」アンディは声をあげて笑った。仕事を引き受けてもらうまでにさんざん苦労したため、セント・ジャーメインは感じの悪い人物かもしれないと覚悟していたが、実際はとても感じがよかった。アンディは例の〝友人〟の女性から、セント・ジャーメインが《スポーツ・イラストレイテッド》誌の最新水着特集の撮影を行なうリオから、直接ここへやってくることを聞いていた。二十五名のモデル、つまりは日に焼けたすらりとした脚(二メートルとまではいかないが一メートルは確実に超えている)に囲まれ五日間を過ごしてから、こちらへ向かうと。セント・ジャーメインはひどく真面目な話を聞いたように、もっともらしい顔でうなずいた。「それはよかった。いやいや、あざやかなビキニを着た痩せた女の子たちはもう見飽きたよ。もちろん、大抵の男にとって、それは夢のような光景なんだがね。あの子たちの話の内容ときたら……うつくしい女性はたしかにいるが、うんざりしている男もいる。なににうんざりしているかというと……それはきみも聞いたことがあるはずだ」茶目っ気たっぷりに笑った。

「そんなに悲惨な経験をしていたようには、あまり見えないけれど」アンディはほほえんだ。

「ああ、それほどではなかったかもしれない」手を伸ばすと、アンディの顎をつかんで顔を照明のほうへ向けた。「動かないで」

なにがなんだかわからないうちに、アシスタントが薪《たきぎ》ほどの太さのレンズがついたカメラをセント・ジャーメインに渡し、彼は二、三十回シャッターを切った。

アンディは手でさっと顔をおおった。「やめて！　アイメイクをまだ仕上げてないから。ドレスすら着てないし！」

「いいんだ、いいんだよ。そのままでも美人なんだから。実にゴージャス！　怒ったきみはとても魅力的だって、フィアンセもそう言ってるだろ？」

「いいえ、そんなこと言われたことないわ」

セント・ジャーメインがカメラを左側に差しだすと、全身黒ずくめのアシスタントがさっとそれを受けとり、別のカメラを渡した。「ふううむ。フィアンセはそう言うべきだ。そう、そんな感じ。きらきらして、ダーリン」

アンディは肩の力を抜いて、彼の顔をまじまじと見た。「はい？」

「ほら、きらきらして！」

「きらきらしろって言われても。どうすればいいのかわからないわ」

「ラージ！」「セント・ジャーメインが大きな声で呼びかけた。

ソファの後ろで光を反射させるレフ板を持っていた男性アシスタントが、いきなり前に出てきた。ヒップを突きだして唇をすぼめ、小首をかしげて伏し目がちにし、セクシーで挑発的といえなくもないポーズを取った。

セント・ジャーメインはうなずいた。「こんな感じに。ビキニ姿のかわい子ちゃんたちにぼくは言うんだ。きらきらして、って」

あのときのことを思いだして、アンディはまた笑った。それから、ダニエルがスクロールしているサムネイル画像のひとつを、彼女は指で示した。クスリ漬けになっているみたいにぼうっとした表情で、薄目をあけ、アヒル口にしている写真。「見て。わたし、きらきらしているでしょ」

「はあ？」

「なんでもない」

「これこれ」ダニエルが言って、結婚式でアンディとマックスがキスした瞬間の写真を引きのばした。「とても感動的です」

アンディが覚えているのは、両開きのドアがひらいたのと同時に自分の魂が肉体から抜けだして、自分の姿をどこか別のところからながめているような妙な感覚だけだった。パッヘルベルのカノンの出だしを耳にして、もうあともどりできないと思った。父の腕につかまって祭壇につづく通路を歩いていくと、様々なひとが目にとまった。義兄の両親、母のまた従姉妹の夫婦、幼少時代のマックスの面倒を見たカリブ人の子守（マックスは四歳になるまで、彼女のことを母だと思っていた）。父のエスコートはこの上なくやさしく、前に進むよう娘をうながしつつも、まっすぐ立っていられるようにささえてくれた。右側にはアンディの大学時代の女友だちとその夫がいて、彼女にほほえんでいた。その前には、マックスの寄宿学校時代の落ち着きのない友人たちが控えていた。全部で十名ほどいただろうか、みな嫌味なぐらいのハンサムで、彼らにふさわしいきれいな女性を連れている。みな、アンディのほうを見ている。どうしてあのひとたちは新郎側と新婦側に分かれていないのだろう、と一瞬思った。いまではそういう習慣はなくなったの？　結婚式の専門家であるわたしは、その答えを知っているべきなんじゃない？　でも、実際のところ、答えはわからなかった。

右側から黄緑の蛍光色が視界に飛びこんできたかと思うと、会社のアシスタント、流行に敏感なアガサだった。彼女は敬愛してやまないカリスマヒップスターから、いまはヒゲとフェドラ帽に加えてネオンカラーがイケているとの教えを受けたようだ。アンディの会社の二十名ほどのスタッフがアガサの左右にいる。式の撮影責任者と進行係に命じられたとおりに、コロンブス記念日の週末に上司の結婚式に出席できて喜んでいる演技をしている者もいる。アシスタントとアソシエイト・エディター、広告営業の若い女性社員は、芝居があまり上手ではない。ただでさえ長時間労働を強いているのに、スタッフ全員を出席させて仕事がらみで彼らを拘束するのは酷だとアンディは思ったが、エミリーはそうするべきだと主張した。一緒に飲んでダンスをすれば、社員が団結してきっと士気が高まるはずだ、と。そういうわけで、フローリストやケータリング業者を決めたり、結婚式の規模をどうするか話しあったりしたときとおなじように、アンディはエミリーの意見にしたがったのだった。

厚く積もった雪を踏みしめていくような心地で祭壇に近づいていくと、列席者のある男性の顔がことさらにアンディの注意を引いた。ブロンドの髪がいくぶん濃い色になっていたものの、あのエクボは見逃しようがなかった。体にフィットした、ぱりっとした黒いスーツ。もちろんタキシードではない。ごくありきたりの格好で人前に出ることは絶対にないのだから。ドレスコードはおしゃれ心のない人間のためにあるのだ、というのが彼の口癖だった。いつも饒舌《じょうぜつ》で、アンディはあたかも神の言葉を聴くように、独特の気障な物言いに耳をかたむけたものだった。アレックスと別れたあとマックスに出会う前の、恋の過ちの相手。クリスチャン・コリンズワース。相変わらずゴージャスで、尊大で、自信に満ちている。五年前ティヴォリのエステ家の別荘に泊まったとき、隣で髪をくしゃくしゃにして裸で眠っていた彼とまったく変わらない。それからしばらくして彼は、恋人とコモ湖で落ちあうことになっているけれど、彼女に会いたいかとアンディにこともなげに訊いたのだった。彼をどうか招待してほしいとエミリーに頼まれたとき、絶対にいやだと断ったアンディだったが、ミセス・ハリソンがクリスチャンを主要なゲストとして、ハリソン家と懇意にしている彼の両親の隣の席にすわるように決めてしまった以上、なにも言えなくなった。お義母さま、ひとこと言っていいですか？　ほんとうに心苦しいのですが、わたしの昔の恋の相手を結婚式に呼ぶのは、不適切ではないでしょうか？　誤解なさらないでくださいい。彼はベッドでは最高でしたが、カクテルアワーは気まずいものになるかもしれませんん……おわかりですよね？　そしていま、クリスチャンが目の前にいる。隣にいる母親の背中をささえながらアンディのほうへ顔を向け、例のあの表情を浮かべている。五年前とまったく変わらない表情が、〝おれたちは甘い秘密を共有しているんだね〟と語りかけている。クリスチャンはあの表情を、マンハッタン在住の半分の女たちに向かって浮かべるのだ。

「わたしは祭壇に向かって歩きながら、かつて寝たことがある男と顔を合わせるんだわ」ミセス・ハリソンのゲスト名簿を初めて見たとき、アンディはエミリーに漏らした。マックスの希望によって、キャサリンの名は名簿からはずされたというのに。結婚式の打ちあわせをかねたブランチで、マックスが母親に「キャサリンは招待しないでくれ、元彼女はだめだ」と家族ぐるみのつきあいの彼女を結婚式に呼ばないように頼んだとき、アンディは歓声をあげたくなったものだった。バーバラのゲスト名簿にクリスチャン・コリンズワースが入っていることをマックスに打ち明けると、彼は彼女の目をじっと見てこたえた。「きみはクリスチャンのことなど、もうなんとも思ってないんだろう？　だったらぼくもなんとも思わないさ」アンディはうなずいて了解した――この問題はこのままにして、これ以上バーバラを困らせるのはやめよう。

エミリーは困惑しているアンディを見て、目を丸くした。「結婚式に以前関係した男が来るなんてことは、よくあることでしょうが。結婚まで処女を守るいまどき珍しい信心深い花嫁や、小学校の幼馴染だった新郎以外と寝たことがないとかいう、たまにいる変人はべつだけど。忘れなさいよ。クリスチャンはもう忘れてるって」

「わかってる」アンディはこたえた。「わたしはクリスチャンが関係を持った多くの女性のひとりにすぎないんでしょうね。それでも、結婚式に彼が来るってことが納得できないのよ」

「あなたはニューヨークに十年近く住んでいる、三十代の女なのよ。結婚式にこれまで肉体関係を持った男が来なかったら、そのほうがむしろ問題よ」

アンディは雑誌のレイアウトをチェックする手をとめて、エミリーをじっと見た。「だったら訊くけど……」

「四人」

「まさか！ だれ？ わたしが思いつくのは、ジュードとグラントだけだけど」

「オースティンを覚えてる？ ネコを飼ってた男」

「彼と寝たとは聞いてないわよ！」

「まあね。自慢するような話でもないし」エミリーはコーヒーを飲んだ。

「まだ三人よ。あとひとりは」

「フェリックス。《ランウェイ》の。彼が働いていた部署は――」

アンディは椅子から転げ落ちそうになった。「フェリックスはゲイでしょ！ 去年ボーイフレンドと結婚したもの。いつ寝たの？」

「あなたはなんにでもレッテルを貼りつけるのね、アンディ。一回きりのことよ。ファッション・ロックス・イベントがおわったとき。楽屋のVIPルームに行ってドリンクの注文を取ってくるようにって、ミランダがわたしたちに命じたのよ。ふたりでマティーニをしこたま飲んだわ。あれは愉快だった。で、それぞれの結婚式に招待したってわけ。だれにも迷惑かけてない。あなたも、もうちょっと肩の力を抜かなきゃ」

あのときは同意してうなずいたアンディだったが、浮気の疑いのある男性に嫁ぐためにウェディングドレスを着せられてバージンロードを歩かされ、顔を合わせたくない元彼に会衆席から笑みを投げかけられると（感じの悪い薄笑い！）、どんよりした気分になった。

それからさきは飛ぶように過ぎ去って、あまり覚えていない。マックスが式の最後にユダヤ式の結婚にのっとってワイングラスを踏みくだいたとき、アンディはようやくわれに返った。ガシャン！　ふたりは正式に夫婦となった。これ以降、アンディがなんであれただのアンディ・サックスにもどることはないだろう。この瞬間から、ふたつのうちどちらかひとつの肩書きを死ぬまでもつことになるけれど、そのどちらにもぞっとしなかった。ひとつは既婚者、もうひとつは離婚経験者。一体どうしてこんなことに？

オフィスの内線電話が鳴りだした。時計をちらっと見る。十時半。インターコムからアガサの声が聞こえてきた。「おはようございます、アンディ。マックスから一番に電話です」

アガサの出社時間は日ごとに遅くなっているけれど、アンディは注意する気にもなれなかった。インターコムのボタンを押して、マックスの電話は出られないとアガサに伝えようとしたものの、うっかりコーヒーカップを倒して手元が狂い、一番ボタンを押してしまった。

「アンディ？　だいじょうぶかい？　心配しているんだ、スィートハート。具合はどう？」

こぼれたコーヒーがゆっくりと広がって、パンツを濡らす。すでに冷たくなっていて、ひどく気持ち悪かった。「だいじょうぶよ」アンディは口早にこたえた。ティッシュか紙クズでもいいからコーヒーをふきとるものはないかと、周囲に目をやる。しかし見つからなかったから、コーヒーが卓上カレンダーを濡らして膝に滴るのをなす術もなくながめ、やがて涙が込みあげてきた。またた。いつもはめったに泣かないのに、最近はよく泣けてくる。

「泣いているのかい？　アンディ、どうかした？」マックスの気づかわしげな声は、涙をさらに溢れさせただけだった。

「ううん、なんでもない。だいじょうぶよ」嘘をついて、左の太ももにコーヒーのシミが広がっていくのを見つめる。アンディは咳払いをした。「あのね、今夜はヨットパーティに出席する前にいったん家に帰って着替えをするわ。だからスタンリーを散歩に連れていける。散歩代行サービスにキャンセルの電話を入れてくれる？　あなたはいったんうちに帰るの？　それとも、直接会場に行く？　ヨットはどこの桟橋から出るのかしら？」

細かい打ち合わせをして、泣いたことについてはそれ以上触れずにアンディはなんとか受話器を置いた。デスクに置いてある小さな鏡を見て顔をなおし、頭痛薬を二錠ダイエットコーラで飲み、ほとんど休むことなく仕事にはげみ一日の業務をなんとかこなした。ありがたいことに、もう涙は溢れてこなかった。シャンプーとセットの専門店〈ドリーム・ドライ〉に行って三十分で髪を整え、着替えのために自宅にもどってから冷えたピノ・グリージョをグラスに注いで、ようやく人心地ついた。


レッドカーペットを敷いたタラップからヨットのオープンエアのリビングへ足を踏みいれると、すぐにマックスがさっとそばに来た。軽いキスと同時にミントのぴりっとした匂いが鼻先をかすめ、アンディはめくるめくような喜びにつつまれた。その瞬間は、彼のこと以外はなにもかも忘れた。

「きれいだ」マックスが首にキスをしてくれた。「きみが回復して、とても嬉しいよ」

シャベルでなぐられたみたいに、不意に吐き気が込みあげてきて、アンディは手で口をおおった。

マックスの額に皺が寄った。「風のせいで波が立ってヨットが揺れるんだ。だいじょうぶ、いずれおさまるから。おいで、きみをみんなに紹介する」

パーティはすでにたけなわで、アンディとマックスは数えきれないくらいの人々からの結婚祝いの言葉に応じなければならなかった。バージンロードを歩いてから、まだ三日しか経っていないことが不思議だった。冷たい風が吹いて、アンディは手で髪を押さえた。もう片方の手で肩にかけているカシミアのストールを押さえる。なによりも嬉しかったのは、義母がアッパー・イーストサイドでより大事な会合があるから、このヨットパーティには出席しないことだった。

「でもこのヨットだって、この上なくゴージャスなはずだわ」アンディはモロッコ風にアレンジしたリビングルームをながめわたした。複雑な模様のタペストリーを顎で示して、手彫りのカウンターに指を滑らせる。「とてもセンスがいい」

《ヨット・ライフ》の編集長の妻（アンディは彼女の名前がどうしても思いだせなかった）が身を寄せて言った。「内装のために、金額の欄になにも書きこまれていない小切手を切ってあげたそうよ。正真正銘、なにも書かれていなかったんですって。つまり、いくらでもお金をかけていいってこと」

「切ってあげたって、どなたにです？」

その女性は目を丸くした。「いやね、ヴァレンティノによ！　オーナーが彼にヨットのインテリアを依頼したの。想像できる？　世界屈指のデザイナーにカウチの布張りを頼むといくらするか？」

「見当もつきません」アンディは小さな声でこたえたものの、当然のことながらおおよその見当はついていた。《ランウェイ》に勤めてからは、めったなことではおどろかなくなった。びっくりするようなことはあっても、こんなお金の使い方をするなんてどんな人種なのか、とまでは思わなくなった。

アンディはいま一度、そばにいる女性をながめた。モリーだったかサディーだったか。それともゾーイ？　トルティーヤのカナッペを頬張りながら、アンディの背後にしきりに目を凝らしている。

彼女がふいに目を大きく見ひらいた。「まあ、いらしたわ。このパーティに顔を見せるだなんて、信じられない」食べながらつぶやくように言った。手で口元をおおっているけれど、口はほとんどかくれていない。

「どなたがいらしたんだ？」彼女の夫が、まったく関心がない様子で訊いた。

「ヴァレンティノよ！　彼がたったいまいらしたのよ！　ごらんになって！」彼女は優美な仕草で食べかけのカナッペを飲みこみ、口紅をつけなおした。

マックスとアンディはレッドカーペットのほうをふり返った。浅黒い顔にいかめしい表情を浮かべている、引き締まった体のヴァレンティノそのひとが、慎重にローファーを脱いで乗船するところだった。桟橋にいたおかかえのスタッフのひとりが、濡れた鼻をくんくんさせているパグ犬を彼に差しだすと、無言のまま受けとってなではじめた。彼はパーティ会場に遠慮のない視線を向けると、嬉しそうでも不機嫌そうでもない無表情のまま、連れの人物に手を差し伸べた。長年のパートナーだったジャンカルロはどこにも見えない。じきに、船内の階段から赤いマニキュアをほどこした五本の長い指が現われて、鉤爪よろしくヴァレンティノの腕をつかむのを、アンディは恐怖にふるえながらながめた。

やめてえええ！

マックスを横目で見る。わたしはいま、実際に叫び声をあげたのか？　それとも心のなかで悲鳴をあげただけ？

さながらスローモーションのように、彼女の姿が恐怖とともにすこしずつ現われてくる。ボブヘアの頭頂部につづいてぱっつり切りそろえた前髪、それから顔。例によって例のごとくひどく不愉快そうな表情を浮かべている。身に着けている白いパンツ、シルクのチュニック、コバルトブルーのハイヒールはすべてプラダ。ミリタリー調のジャケットとクラシカルなキルトのバッグはシャネル。アクセサリー類は、靴のブルーとぴったり合ってい るエルメスのバングルだけ。以前はエルメスのスカーフをお守り代わりにいつも身に着けていた彼女だが、それがおなじブランドのバングルに変わったという記事を、アンディは数年前に読んでいた。ありとあらゆる柄とサイズのスカーフを、彼女は五百枚近く持っていた。もうあのスカーフを調達する仕事をまかせられていないことを、アンディは声には出さずに感謝した。ミランダが靴を脱ぐのを拒むのを、恐怖におののきながらも魅入られたように見守るアンディは、マックスに手を握られたことにも気づかなかった。

「ミランダだわ」なかば声を詰まらせて、声をひそめて言う。

「ほんとにすまない」マックスが耳元で囁いた。「彼女が来るとは知らなかった」

ミランダはパーティが好きではないし、船も好きではない。となると、船上パーティはことのほか好きではないはず。船に乗るように彼女を説得できる人間は地球上に三人、もしくは五人ほどしかいないだろうが、ヴァレンティノはそのなかのひとりのようだ。ミランダは十分か十五分ていどで帰るとわかっていたものの、悪夢に登場した彼女とこれほどせまい会場を共有するのだと考えると、アンディは恐慌をきたした。パリで彼女に罵り言葉を浴びせて、そのまま帰国してしまったのは、ほんとうに十年近くも前のことなのだろうか？　まるで昨日のことのように感じられる。どうしてもエミリーに電話をかけたくなって携帯をつかんだけれど、マックスが手を離してヴァレンティノと握手をしようとしていることに、不意に気づいた。

「またお目にかかれて光栄に存じます」マックスは、両親の友人を相手にするときの丁寧な口調で言った。

「お邪魔をした不作法を、どうか許してくれ」ヴァレンティノはかすかに頭を下げた。

「ジャンカルロがわたしの代わりに出席する予定だったんだが、今夜はこのうるわしいレディに会うためにニューヨークにやってきたものだから、自分が内装を手がけた船にもう一度乗ってみようかと思い立ってね」

「いらしていただいて光栄です」

「そう堅苦しい言葉づかいはやめなさい、マックスウェル。わたしはきみの父上と親友だったんだ。ビジネスのほうは順調だと聞いたが、そうなんだろ？」

マックスはこわばった笑みを浮かべた。ヴァレンティノの質問が単なる外交辞令なのか、なにか他意があるのか、はかりかねているようだった。「精いっぱいやっています。なにかお飲み物でも……ミズ・プリーストリーのぶんもお持ちいたしますか」

「ミランダ、こちらに来てご挨拶をしてください。こちらはマックスウェル・ハリソン。亡くなったロバート・ハリソンのご子息です。マックスは目下のところ〈ハリソン・メディア・ホールディングス〉の立て直しを……」

「ええ。存じています」ミランダは冷やかにさえぎると、関心のなさそうな感じの悪い表情でマックスを見た。

ヴァレンティノはアンディとおなじくらいおどろいた様子だった。「はっ、なるほど！すでにお知り合いだってことを知らなかった」さらなる弁解の言葉はないかと、思いあぐねているのが手に取るようにわかった。

マックスが「いいえ、初めてです」と言うのと同時に、ミランダが「ええ、存じてるわ」とこたえた。

気まずい沈黙がつづき、ヴァレンティノがけたたましい笑い声をあげた。「ほうっ、訳ありのようですね！　その話はまた今度のお楽しみにしておきましょう！　ハハッ！」

アンディは舌を噛んでしまい、金気臭い血の味が口に広がった。吐き気がぶりかえして、口がからからに渇いている。ミランダにどう声をかけたらいいのか、まったく思い浮かばない。

ありがたいことに、より社交的でそつのないマックスがアンディの背中に手を置いて紹介した。「妻のアンドレア・ハリソンです」

とっさに訂正したくなった――〝仕事では、サックスを使っています〟――でもすぐに、彼がわざと旧姓を口にしなかったことに気づいた。とはいえ、そんなことはどうでもよかった。ミランダはすでに、部屋の向こう側にいるより大事な人物に目を留めていたのだから。マックスが自己紹介をしおえるころには、彼女は五メートルほど向こうへ行ってしまっていた。マックスに礼の一言もなく、アンディのほうをちらとでも見ることすらなかった。

ヴァレンティノがすまなそうな視線をふたりに投げると、パグをかかえてミランダのあとを急ぎ足で追った。

マックスはアンディに向き直った。「ほんとに、ほんとにすまない」マックスが耳元で囁いた。「彼女が来るとは、まったく知らなかった」

アンディは掌をマックスの胸に置いた。「だいじょうぶよ。ほんとに。だって、願ってもないほどに、何事もなくすんだもの。彼女はわたしを見ることもなかった。問題ないわ」

マックスはアンディの頬にキスすると、とてもきれいだと褒めた。きみはだれにもおびえる必要などない、とりわけ伝説に残るほど無礼なミランダ・プリーストリーなんかには、とはげましてくれた。水を持ってくるからきみはここにいてくれるかい？　アンディは弱々しい笑みを返し、乗組員が碇《いかり》をあげ、出航するために船のエンジンをかけるのを見守った。金属製の手すりにもたれて、息づかいを正常にもどすべく、十月のすがすがしい空気を深々と吸いこむ。両手がふるえていたから、両腕で自分の体を抱きしめ目を閉じた。今夜のパーティもじきにおわるはずだ。

6　死亡記事を書いたからって、それが現実になるわけではありません

ヨットパーティの翌朝、マックスの目覚ましが六時に鳴りだすと、棍棒で時計を（もしくはマックス本人を）たたき割ってしまおうかとアンディは思った。それでも彼にせかされてベッドから這いでると、ランニング用のタイツとブラウン大学のロゴがついた着古したトレーナーを身に着けた。家を出るときマックスに渡されたバナナをのろのろと食べながら、彼のあとについてとぼとぼ歩き、近くのスポーツクラブへ行く。会員証を読み取り機に通すことですら、とてつもなく難儀に感じられた。エリプティカル・マシーンに乗ってまあ大丈夫だろうと四十五分にセットするものの、それは彼女の限界を超えていた。機械が動きだしてウォームアップから脂肪燃焼へ表示が変わるやいなや停止ボタンを押し、ミネラルウォーターと《USウィークリー》を手にバイクスタジオの外のベンチに退散した。携帯が鳴りだしてディスプレイにエミリーの番号が出たときは、携帯を落としそうになった。

「六時五十二分よ。こんな早くに冗談でしょ」エミリーの機関銃のような語り口を予想し

たアンディは、身構えた。

「なに、まだ起きてなかったの?」

「もちろん起きてるわよ。ジムにいるの。あなたはなにをしているの? 刑務所から電話しているとか? それともヨーロッパ? 九時前に電話をもらったの、今週はこれで二回目よ」

「信じられないような人物から電話があったのよ、アンディ!」ひどく興奮している。エミリーがこんな声を出すのは、セレブやら大統領やら未練のある元彼やらと接触したときだけだ。

「朝の七時前に電話してくる人間なんていないわよ」

「いいから当ててみて」

「ほんとのことなの?」

「ヒントをあげるわ。あっとびっくりの人物よ」

ふいにアンディは悟った。なぜあの彼女がエミリーに電話をしてきたのか? 罪をおかしたことを打ち明けるため? 決して遊びでないと釈明するため? 実はマックスの赤ちゃんがお腹にいるとか? 予感はこの上もない強い確信となった。

「キャサリンでしょ?」

「はんっ?」

「マックスの元彼女よ。彼がバミューダで会って――」

「まだ彼にそのことを訊いてなかったの？　あのねえ、アンディ、ばかなこと言わないで。ちがう。キャサリンなんかじゃないわよ。なんだってあの娘がわたしに電話してくるっていうのよ。イライアスークラークから電話がきたのよ」

「ミランダからね」アンディはつぶやいた。

「正確にはちがう。スタンリーとかいう男性。どういう部署でなにをしているかはあまり説明しなかったんだけど。でも検索エンジンで調べたら、イライアスークラークの総合弁護士らしいわ」

がくっとうなだれて頭を太ももの上に乗せると、じきにバイクスタジオから『コール・ミー・メイビー』が大音量で流れてきた。アンディは立ちあがって、電話をしていないほうの耳を手でおおった。

「でね、その人物がなんで電話をしてきたのかはわからないけど、昨日の夜遅くにメッセージが吹きこまれていたのよ。大事なお話がありますので、明日の朝ご都合のつく時間に折り返しお電話くださいって」

「へええ」アンディは女性ロッカールームとストレッチコーナーを行きつもどりつした。ウエイトトレーニング・ルームでマックスがラットプル・マシーンのバーを押しさげているのが見える。

「おどろきじゃない？　すくなくともわたしは興味をそそられたわ」とエミリー。「ミランダがかかわっているにちがいないわ。昨日の夜、彼女に会ったのよ。現実に会って、そのあと悪夢でも会った」

「彼女に会った、ですって？　どこで？　テレビに出てるのを観たとか？」エミリーは笑った。

「ハハハ。わたしの私生活は想像を絶するほど地味だって、あなたは思ってるみたいね。ヨットパーティで会ったのよ！　ヴァレンティノと現われたの。一緒にカクテルを飲んで、四人で〈ダ・シルヴァーノ〉にディナーに行ったわ。正直なところ、彼女はとても感じがよかった。おどろきだったわ」

「なんと、卒倒しそう！　どうして家に帰ってからすぐに電話くれなかったのよ？　レストランのトイレからでも。アンディ、さては嘘だな。そんなのありえないもの！」

アンディは笑った。「当然ありえないわよね、おばかさん。ミランダとタリアテッレをわけあって食べたのに、それをあなたに話さないなんてこと、ありえないでしょ？　昨日の夜のパーティに現われたのは事実だけど、わたしのほうをちらりと見ることすらなかったわ。唯一の接触といえば、わたしに気づきもしない彼女とすれちがったとき、シャネルの五番がぷうんと匂ったことだけ」

「あなたっていやな女」エミリーが言った。

「あなたもね。でも、真面目な話、偶然にしてはできすぎだって思わない？　ほんとに久しぶりに彼女に会ったその日に、彼女からあなたに電話があったなんて」

「彼女が電話してきたわけじゃない。スタンリーがかけてきたのよ」

「おなじことでしょうが」

「有名人に信用してもらうためにミランダの名前を出す、わたしたちのビジネスのやり方に気づかれたとか？　でも、犯罪じゃないわよね」エミリーが不安げに言った。

「ひょっとしたら、彼女が親しくしている人物二千人の連絡先リストをあなたが丸ごと盗んだことがついにばれて、それが流失しないように、あなたを訴えるつもりなのかもよ」

アンディは言った。

「十年ほど前のことでしょうが。ありえないわ」

アンディはずきずきするふくらはぎをマッサージした。「ひょっとして、あなたに復帰してもらいたいのかも。クリーニング店のおつかいをしたり、ランチを買ってきたりするのにもっとも優れた人物だったあなたがいないことには、どうにもならないってことに気づいたのかもよ」

「まあ、光栄。ともかく、すぐにシャワーを浴びて三十分後には出勤するわ。あとでオフィスでね」

アンディは時計をたしかめて、ジムを抜けだす口実ができたことを喜んだ。「わかった。

じゃあね」

「それとね、アンディ。今夜はステーキをつくるわ。早めに来て手伝ってくれるわよね？　ズッキーニをお願い。マイルスの帰りは八時以降だから」

「いいわね。マイルスに連絡するようにマックスに言っておくわ。じゃあ、あとで」

ビーフステーキとつけあわせのズッキーニは、アンディとエミリーがクッキングスクールの初心者コースで習ったメニューだったが、この五年以上ふたりがたがいを自宅に招いて料理をするさいのメイン料理となっていた。その料理教室でふたりが実際に習ったものといえば、それだけ。そのいまいましいビーフステーキとつけあわせのズッキーニを何度つくろうとも（およそ月に二、三回の割合だったが）、そのたびにアンディはあの年を思いだす。あれは《ランウェイ》を辞めて、人生が百八十度変わった年だった。

世の中には入学式、最後の一線を越えた三回目のデート、誕生日など、特別の日になにを着ていたか覚えていたり、かけがえのない友人に最初に出会った日や、休暇をどのように満喫したかということまで思いだせたりする女性がいるものだが、アンディの場合《ランウェイ》を辞めた年のことは記憶にしっかり刻まれて、決して忘れることができない。辞職、両親の離婚、大学時代からつきあっていた恋人アレックスに別れを言いわたされる、一番の親友（ううん、ちがう。たったひとりの友人）がアメリカの反対側に引っ越す、といった出来事が一度に起こることはめったにない。

最初はアレックスだった。〝あんたなんて……くたばっちまえ〟と暴言を吐いた最悪のパリ旅行からもどってから、わずか一カ月後の出来事だった。そう、あのときのミランダとのやりとりがよみがえるたび、いまだに心臓が縮む思いがする。ひどい態度を取った自分に愕然としてしまう。そう、あの仕事がいかに過酷だったとしても、社会人失格としかいいようがない、ひどく情けないやり方で仕事を辞めたと自分でも思っている。けれども、もう一度やりなおせたとしても、あのときの状況をもう一回生きることになっても、まったくおなじ結末となっただろう。痛快な幕引きだった。自分の元の居場所へ、リリーや家族やアレックスの元へもどることは正しい選択だったし、唯一の後悔はもっと早くに事を起こさなかったことだけだったが、指をぱちんと鳴らせば、すべてがおさまるべきところにおさまるだろうという考えは甘かった。《ランウェイ》で使い走りをしたり探し物をしたり、この上なく恐ろしいファッション界のサメたちが行き交う水槽のなかを泳ぐ術を身につけたりしているあいだ、疲労と恐怖が骨の髄までしみわたって、仕事のことは別として自分の周囲でなにが起こっているかほとんど気づけなかった。

すれちがいがたびたび重なって、アンディとはもうなにもわかちあうものがないとアレックスが思ったのは、その年のいつごろだったのだろう？　ぼくたちの関係はなにもかも変わってしまったと、彼はずっと言いつづけていた。きみのことが、もうわからなくなった。《ランウェイ》を辞めたのは正解だったけれど、自分が別人になってしまったことにどうしてきみは気づかないのか？　ぼくが愛した昔のきみは自分の気持ちに素直に生きていたけど、あたらしいきみは他人の求めに応じることに汲々としている。それってどういう意味？　悲しみと怒りに交互に襲われながら、アンディは唇を嚙みしめて尋ねたものだった。アレックスは首をふるばかりだった。しょっちゅう喧嘩していた。アレックスはアンディに幻滅しているようだった。彼がとうとう別れを切りだして、ティーチ・フォー・アメリカに応募してミシシッピのデルタ地帯の学校に赴任することにしたと言ったとき、アンディは打ちのめされたものの、おどろきはしなかった。ふたりの関係は表向きにはおわっていたが、そういう実感はなかった。別れてから一カ月は、断続的に電話をしたり会ったりしていたから。電話したりメールしたりする理由はいくらでもあった。そちらにフリースを置き忘れた、お姉さんに訊きたいことがある、ふたりで行く予定だったデイヴィッド・グレーのコンサートのチケットを売ろうと思っている、などなど。旅立つ彼に最後に会ったときですら、これが最後だとは思えなかった。アレックスに会ってぎこちなさを感じたのは、あれが初めてだったかもしれない。アンディは元気でねと別れの言葉をかけた。アレックスのハグには、恋愛感情はいっさいこもっていなかった。それでもアンディは心の奥底で、現実から目をそらしていた。アレックスがこのまま永遠にミシシッピに住むことはありえない。ふたりの距離が離れたからこそ、おたがいじっくりと考えて気持ちを整理し、状況を見極めることができる。そうすれば、彼はかならず自分が大きなまちがいを犯したことに気づくはず（アンディと別れたこともミシシッピくんだりに移ったことも、両方ともまちがいだった、と）。そしたら、ニューヨークに急いでもどってくるだろう。ふたりは結ばれる運命にある。それはだれもが知っていること。すべては時間の問題だ。

しかしアレックスから電話はこなかった。車で移動する二日間も、現地に到着してからも、アパートメントビルすらない小さな町のコテージに落ち着いてからも、かかってこなかった。アンディは彼が連絡してこない理由をずっと考えつづけ、それを心のなかで呪文のように繰り返していた。〝終日車の運転をして疲れたのよ〟〝新生活を始めたものの、こんなはずではなかったと後悔の念に押しつぶされているんだわ〟なかでも一番のお気に入りは〝ミシシッピは携帯の電波が届かないんだわ〟だった。しかし三日が過ぎ、さらに一週間経ってもメールすら届かず、ついに悟った。わたしたちはほんとうに別れたのだ。アレックスは行ってしまった。すくなくとも彼はアンディと距離をおこうと決意し、もどってくる気はなさそうだった。毎朝シャワーを浴びながら泣き、毎晩テレビの前で泣き、状況さえ許せば日中に泣くこともあった。人気上昇中のサイト〝永遠《とわ》に幸せに〟でフリーランスライターとして記事を書くことも、心の平安をもたらさなかった。電話もかけてこないなんて、アレックスはわたしを徹底的に避けている。恋人にこれほどまでに嫌われているのに、結婚するさいの模範的なウィッシュリストのつくりかたを指南したり、僻地の田舎での新婚旅行を提案したりするわたしって、一体なにもの？

「恋人じゃなくて、元カレでしょ」いつだったか疑問を直接リリーに投げかけると、そういう答えが返ってきた。ふたりはコネティカットに住むリリーの祖母の家にいた。彼女は幼いころ祖母のもとで育ったのだ。リリーが幼少時代を過ごした部屋で、アンディは甘いゆず茶を飲んでいたが、それは先日リリーが韓国人のネイリストの店でマニキュアをしてもらったときに飲み、気に入って買ったものだった。

アンディは呆気にとられた。「言うことはそれだけ？」

「あんたを傷つけるつもりはないけどね、アンディ、そろそろ現実を直視するのが大切だよ」

「現実を直視する？　それってどういう意味？　まだ一カ月も経ってないのよ」

「一カ月間アレックスから音沙汰なしなんでしょ。このままずっと音沙汰なしってことはないだろうけど、なにも連絡してこないこと自体、明確なメッセージなんだと思う。アレックスのそういうやり方に感心しているわけじゃないけど、いい加減あんたにも気づいてほしいわけよ――」

アンディは片手をあげた。「ありがとう、もうわかった」

「そう頑なにならないで。つらいってことはわかってる。大したことじゃないとは言ってない。あんたたちは愛しあっていた。でもね、そろそろ前に進むことを考えるべきだよ」

アンディはふんっと鼻を鳴らした。「それもまた、アルコール依存症の集団療法で仕入れたすばらしい金言？」

リリーはいきなりなぐられたみたいに、後ろに寄りかかった。「あんたを思えばこそ、言ってるんだけど」静かにこたえた。

「ごめん、リル。そういうつもりじゃなかった。あなたの言うとおり。あなたの言うとおりだってことは、わかってる。ただ信じられないの……」必死で涙をこらえたけれど、喉が締めつけられて涙で目がかすむ。すすり泣きが漏れた。

「ほらほら、こっちにおいで」リリーはアンディのフロアクッションに近づいた。

つぎの瞬間、友人に抱きしめられたアンディは、ハグしてもらったのは数週間ぶりだということに気づいた。なんて心地いいの。悲しいくらいに心地いい。

「男の一時的な気の迷いにすぎないわよ。しばらくひとりで好きにやりたいんでしょ。じきにもどってくるって」

アンディは涙をぬぐって、なんとか微笑を浮かべてみせた。「わかってる」うなずいた。しかし、アレックスがそういう男性ではないことはふたりとも知っていたし、彼はもどってくるそぶりをいっさい見せなかった。まったく一度も。

リリーはフロアにごろんと横になった。「そろそろ浮気することを考えるべきなんじゃないの」

「浮気？　真剣につきあっている相手がいないのに、浮気もなにもないわよ」

「その場かぎりの関係やら、行きずりの恋やら、そういうやつ。あんたがアレックス以外の男と最後に寝てからどのくらい経つか、わざわざ指摘してあげなきゃいけない？　だって……」

「そんなのどうだって──」

「大学二年だったわよね、スコットとかいう名前の男がいたわよね。あたしが吐いてるときに、あんたはあの男と一晩、男女兼用トイレでよろしくやっていた。覚えているでしょ？」

アンディは額に手を当てた。「うぐっ、やめて」

「そのあと彼からカードが届いた。表紙に〝昨夜〟ってあって、ひらくと〝きみはぼくの世界を激震させた〟とつづいていた。あんたはあのとき、これほど甘くてロマンティックなラブレターはないって感動した」

「お願い、勘弁して」

「彼との肉体関係はなんと四ヵ月つづいた！　あんたはあの男のダサい靴にも、洗濯嫌いにも、〝ただなんとなく〟と印刷されたカードを頻繁に送ってくることにも、目をつぶった。男とつきあうと、相手の欠点をいとも簡単に見過ごす能力があることをみずから示したんだよ。もう一度あの能力を発揮しろってこと！」

「リリー――」

「そこまでしなくてもかまわない。あんたがその気になりさえすれば、もっといいのがいる。クリスチャン・コリンズワース。まだときどきは、あんたの前に現われるんでしょ？」

「まあね。でも、わたしに決まった男がいるからちょっかいをかけてくるだけ。ううん、決まった男がいたからというべきね。いまやいつでもオッケーな女だとわかったら、すぐに逃げてくわよ」

「〝いつでもオッケーな女〟というのが、〝あらたな恋人募集中〟を指すのだったら、たしかにあんたの言うとおりだろうね。でも、〝純粋に楽しむだけのセックスをしましょうよ〟を指すのだったら、大喜びするわよ」

「もうこの話はやめない？」アンディはなんとか話題を変えたくて、ブラックベリーに届いたメールをスクロールした。「三泊四日のジャマイカ旅行の宣伝が〈トラベルズー〉から来てるわ。大統領誕生日の週末に飛行機、宿泊、食事込みで三百九十九ドルだって。悪くないわね」

リリーは黙っている。

「ねえ、きっと楽しいわよ。日光浴してマルガリータを飲みましょうよ。あっ、あなたはアルコールは禁じられているから、わたしだけだけど。すてきな男性との出会いもあるかもしれない。こっちはひどく寒い時期だし。たまには自分にご褒美しましょうよ」

リリーはいまだ口をつぐんだまま、絨毯をじっと見おろしている。なにか変だった。

「どうしたの？　本を持っていけばいい。ビーチで読むの。わたしたちに必要なのは、そうやってのんびりすることでしょ」

「あたし、引っ越すつもりなんだ」消え入るような声でリリーが言った。

「えっ？」

「引っ越すんだよ」

「ちがうアパートメントに？　どこか見つかったんだ？　その計画は年度末に持ち越すのかと思ってた。いまは週に二回しかクラスがないし、アパートメントさがしは夏になってからでもいいんだから」

「コロラドに移るの」

アンディはまじまじとリリーを見たけれど、頭が真っ白になって言葉がまったく出てこなかった。リリーはシナモン味のルグラ（ユダヤ人の菓子）の隅をほんのすこしちぎったが、食べずに皿に置いた。一分近く沈黙がつづいたが、アンディにはそれが一時間に感じられた。

しばらくしてリリーが深いため息をついた。「ともかく生活を変える必要があるって本気で思ってるんだ。お酒の問題、交通事故、一カ月のリハビリ……あたしはニューヨークの生活になじみすぎた。悪い意味で。お祖母《ばあ》ちゃんにもまだ話してないんだけどさ」

「コロラド？」訊きたいことは山ほどあったけれど、あまりのショックにそれしか言葉が出てこなかった。

「コロラド大学ボルダー校だと、これまで取った単位の移行がとても簡単にできるんだ。一学期ごとに学部生のクラスをひとつ教えるだけで奨学金がもらえる。空気はいいし、大学院のカリキュラムも充実しているし、周囲はあたしの過去を知らないひとばかりだし」顔をあげたリリーの目は、涙でいっぱいになっていた。「でも、あんたはいない。それだけは悲しい。すごく寂しくなるだろうね」

それからさきは涙、涙だった。ふたりは泣きながらハグして、頬に流れたマスカラをぬぐいあった。国ひとつぶんも離れてしまうということが、想像できなかった。リリーに数えきれないくらいの質問をして、その答えに耳をすますことで、できるだけ彼女に寄り添うように努めたものの、アンディの頭を占めていたのはひとつのことだけだった――数週間後にはわたしはここニューヨークで独りぼっちになる。アレックスもいない。リリーもいない。なにもない人生。

リリーが発ってから数日後、アンディはエイヴォンの実家にもどった。母がつくったバターと生クリームたっぷりのマッシュポテトを三人前がつがつ食べてワイン二杯を飲み、ジーンズのボタンをはずそうかと考えているとき、母がテーブル越しに手を伸ばしてアンディの手を握り、父さんと離婚することになったと切りだした。

「わたしたちが親としてあなたとジルを愛していることと、今回の一件があなたたちには関係ないってことは、いくら強調してもしすぎることはないわ」母は早口で言った。

「アンディは子どもじゃないんだぞ、ロバータ。親の結婚がだめになった原因が自分にあるなんて、思わないさ」父はいつもより口調がきつかった。しかしアンディは正直なところ、だいぶ前から父の口調がきつくなっていたことには、気づいていたような気がした。

「たがいに納得した上での円満離婚なのよ。どちらかが……浮気をしたとかいうのではまったくないの。年を経るごとに、すれ違いが大きくなってしまっただけ」

「われわれは求めるものがちがった」父が途方に暮れた様子で言った。

アンディはうなずいた。

「なにか言うことはないの？」母は子を案じる親そのままに、眉根を寄せた。

「なにを言えっていうの？」アンディは残りのワインを飲みほした。「ジルは知ってるのかしら？」

父がうなずくと、母は咳払いをした。

「ともかく、なにか……質問とか……そういうものがあれば、遠慮なくして」母はうろたえている。父のほうを横目でうかがうと、精神科医モードに全面的に入りつつあるのがわかった。どうせまた、どういう気分かと娘に尋ね〝いま現在どういう気分でいようと、それはごく自然の感情だ〟やら、〝あたらしいことに慣れるには、時間がかかるものだ〟やら、うんざりするようなコメントを口にするのだろう。とてもそういうセリフを耳にする気にはなれない。

アンディは肩をすくめた。「別に、ふたりが決めたことでしょ。パパとママがそれでいいのなら、わたしには関係ない」ナプキンで口をぬぐい、ごちそうさまと母に言ってからキッチンを出る。自分が気むずかしいティーンエイジャーにもどっていることはわかっていたけれど、どうすることもできなかった。三十四年にわたる結婚生活のおわりは自分にはまったく関係ないとわかっていたけれど、最初はアレックス、つぎはリリー、そして今度はこれだ、と思わざるをえなかった。とても手に負えない。

気晴らしという点では、リサーチをしてインタビューをこなし〝永遠に幸せに〟の記事を書くのはあるていどは役立ったけれど、仕事をおえてから就寝するまでの永遠につづくかに思われる時間は、どうつぶせばいいのかわからなかった。男性に積極的にアタックする女性編集者と飲むことも何回かあったが、彼女は大抵アンディの肩越しに目を光らせ、ハッピーアワーにバーに来る新卒の若者を漁っていた。ブラウン大学時代の知り合いと夕食をともにしたり、出張でニューヨークをおとずれた友人と会ったりもしたけれど、大抵は独りぼっちだった。アレックスからはまったく音沙汰がなかった。電話は一度もかかってこなかったし、彼の誕生日に、いまふりかえると赤面ものの未練たっぷりのくどくどしいメッセージを留守電に残した返事として、〝覚えてくれていてありがとう、お元気で〟

という素気ないメールが送られてきただけだった。リリーはボルダーでの生活にうまくなじんでいるようで、アパートメントも研究室も居心地がいいし、思いきって始めたヨガにはまっているると電話口で大はしゃぎで報告した。アンディを気づかって、落ちこんだふりをすることとすらなかった。そしてアンディの両親は母がこれまでの家に住みつづけ、父が街により近い新築マンションに移ることになって正式に離婚した。離婚届を出してから、両親はセラピーを受けているらしいが——といっても一緒にではなく、別々で——ふたりとも離婚という決断に満足していた。

寒くて長い冬だった。寒くて長い、孤独な冬だった。そういうわけで、田舎から出てきた若い女が、ニューヨークに移ってから十年以内のいずれかの時期にかならずすることに、アンディも飛びついた。〝お湯の沸かしかたから始めましょう〟と銘打った料理クラスに通うことにしたのだ。

われながらいい思いつきのように感じていた。なにしろキッチンのオーブンをもっぱら雑誌とカタログの収納に使っていたのだから。これまでアンディが手がけた料理といえば、コーヒーポットでコーヒーを淹れたり、ピーナッツバターを塗ったりするていどのことだったし、倹約を心がけているものの、たまに頼む出前はあまりに高すぎた。料理教室はたしかにいい思いつきだったかもしれない。しかし、都会でだれにも知られずにひっそりと暮らしていきたい人間にとって、ニューヨークはあまりにもせまい街であるという事実を考えれば、そうともかぎらなかった。料理教室初日、キッチン台を隔てた向かいに、やけにつんけんして居丈高な雰囲をただよわせてすわっていた人物は、あろうことか《ランウェイ》の敏腕シニア・アシスタント、エミリー・チャールトンだった。

人口八百万人のニューヨークで、数すくない天敵を避けることができないなんて、一体どういうこと？　アンディは野球帽や大きいサングラスを身に着けてこなかったことを、激しく後悔した。いまだに悪夢に登場する、エミリーのぎらぎらした挑戦的な視線を避けられるものであればなんでもいいから、持ってくるべきだった。帰るべき？　そっと教室を抜けだす？　ほかの曜日の夜間クラスに変更してみる？　あれこれ迷っていると、じきにインストラクターが出席を取りだした。アンディの名前が呼ばれるとエミリーは一瞬ビクッとしたが、すぐに落ち着きを取りもどした。ふたりは目を合わせるのを避け、たがいに知らないふりをしようという暗黙の了解ができた。つぎの授業にエミリーは欠席し、もうこのクラスに来る気はないのかもしれないとアンディは希望を持った。三回目の授業は、アンディが仕事で行けなかった。四回目にまた会ったときはふたりとも苦い顔をしたが、まるきり無視するのはさすがにむずかしくなっていて、うなずきあうだけのそっけない挨拶をした。五回目の授業では、アンディがエミリーのほうに向かって「こんちは」とぼそっとつぶやくと、エミリーもおなじような言葉を返してきた。授業も残すところあと一回！　ぼそっと言葉を交わすだけで無事コースを修了できるかも。いや、きっとそうなることだろう。アンディはほっと胸をなでおろしていた。しかし思いもよらないことが起こった。インストラクターがその日の献立の材料を読みあげるや、不倶戴天の敵同士のエミリーとアンディにペアを組むように命じたのだ。エミリーは下ごしらえ、アンディはソテーを担当するように、と。ふたりはそのとき初めてまともに目を合わせ、すぐさま顔をそむけた。ちらっと見ただけでアンディは察した――エミリーもわたしとおなじように不安におののいている。

言葉もなく横並びになり、エミリーがズッキーニをリズミカルに千切りし始めると、アンディは思いきって声をかけた。「で、最近はどう?」

「どうって。まあまあよ」あなたの言うことすべてにひどくムカつくのよとアンディに伝えるのが、エミリーはいまだに上手だった。なにも変わっていないことを知って、嬉しいくらいだった。エミリーは質問したいと思っているわけでもなく、答えに興味があるわけでもなさそうなのに、訊いてきた。「で、あなたは?」

「ああ。わたし? まあまあよ。まあうまくいってる。もう一年になるなんて信じられないわね?」

沈黙。

「アレックスのこと覚えてるでしょ? 彼、あらたな教職を得て、ミシシッピに行ってしまったの」彼と別れたことは、いまだに打ち明ける気になれなかった。口を閉じなくてはと思うものの、どうにもおしゃべりがとまらない。「あとリリーがね、ほらっ、ミランダが退社したあとうちの会社によく来てた、わたしの友だち。わたしがパリに出張しているあいだに事故にあった娘。彼女も引っ越したのよ。ボルダーに。意外なことにヨガにはまってロッククライミングに凝ってるわ。まだ、そうね、半年も経ってないのに。わたしはいま、結婚関連のサイトに記事を寄稿してるの。〝永遠に幸せに〟っていうサイト、知ってる？」

エミリーはほほえんだ。感じの悪い笑みではなかったけれど、好意的でもなかった。

「〝永遠に幸せに〟って《ニューヨーカー》系列なの？　いつか《ニューヨーカー》に記事を載せるんだって、あなたはしょっちゅう言ってたわよね……」

アンディは顔がかっと火照るのを感じた。昔のわたしはなんて能天気だったんだろう！　なんて青臭くて、愚かだったんだろう！　あちこちでインタビューをして、日の目を見る見込みのない記事を何十本も書き、編集部にいきなり電話をして企画をしつこく売りこむ職探しを通じて、アンディはようやく悟っていた。この街で、どんなテーマであれ記事を書いてそれをどこかに載せるというのは、大変な偉業であることを。

「そうね、たしかにわたしは大ばかだった」アンディは静かにこたえた。エミリーのサイハイブーツとバター色のレザージャケットを横目で盗み見る。「あなたは？　まだ《ランウェイ》にいるの？」

アンディとしては社交辞令で訊いたつもりだった。エミリーはまちがいなくすばらしいポストに昇格して、大金持ちと結婚して退社するまで、もしくは死ぬまで、どちらがさきに来るかはわからないけれど、そこにとどまっているはずだから。

エミリーは夢中になってズッキーニを刻んでいる。指をけがしなければいいのだけど、とアンディは心配になった。「ううん」とエミリー。

張りつめた空気のなか、アンディはエミリーが切ったズッキーニに刻んだニンニクを合わせて塩コショウをし、熱したフライパンに投入した。オリーブオイルがいきなりぱちぱちと爆ぜた。

「火力を弱めて」教室の前のほうにいたインストラクターが声を張りあげた。「ズッキーニを炒めるんですよ。たき火をしているんじゃないんだから」

エミリーは火加減を調節すると、あきれたように目を回した。するといつの間にか、そこは料理教室ではなく、《ランウェイ》のアシスタントルームになっていた。あのころ、エミリーはいまよりいくぶん明るい瞳を毎日のように何度となく、あきれたように回していた。ミルクシェイクやらあたらしいスポーツカーやらパイソンのトートバッグやらを持ってこいだの、小児科の予約やドミニク共和国への飛行機の手配をしろだのミランダに命じられるたびに、アンディはボスがなにを言っているのか解明しようとあわてふためき、エミリーはアンディの無能さにあきれて目を回し、聞こえよがしのため息を漏らすのがつねだった。それが何度も何度も、繰り返された。

「エム、あのね――」エミリーがさっとふり向いてこっちを見たから、アンディはとっさに口をつぐんだ。

「エムじゃなくて、エミリー」きつい口調。

「ごめんなさい、エミリー。あなたの名前は忘れてないわ。ミランダから一年間、エミリーって呼ばれつづけたから」

おどろいたことに、エミリーはふんっと鼻を鳴らし、アンディは彼女がかすかに笑ったように思った。「そうそう、そうだった」エミリーはうなずいた。

「エミリー、わたし……」どう言葉を継いでいいのかわからず、フライパンのなかのズッキーニをかき混ぜる。インストラクターからは、あまりかき混ぜずに、そのままで焼き色をつけましょう、と指導されていたけれど。「なんというか、あれからほんとうにずいぶん経つけれど、あんな中途半端なことになって後悔している」

「なにそれ、ちゃっかりパリに行ったことを言ってるの？　あれはわたしの長年の夢だったのに。ついでに言えば、わたしはあなたよりも長く、熱心に働いていたのに。なのにあなたは大胆にも途中で仕事をほっぽり出した。そのことを言ってるの？　すぐにわかりそうなものだけど、あれでミランダがどれほど機嫌を損ねたと思ってるの？　あたらしいアシスタントを採用して仕事を教えるのに、どれだけかかったと思ってるのよ？　ちなみにそれには三週間かかったわ。つまりそのあいだは、わたしがたったひとりで一日二十四時間、無休でボスの指示通りに働いたってこと」エミリーはズッキーニを見おろした。「あなたはメールすら寄こさなかった。さよならでも、お世話になりましたでも、くたばっちまえでも、なんでもいいけど、ともかく別れの言葉ひとつ残さなかった。たしかに、中途半端と言えば中途半端よね」

アンディはエミリーをじっと見た。彼女はほんとうに傷ついているの？　こうやって直に目にしてたしかめなければ、決して信じられなかったけれど、アンディがなんの連絡もしなかったことをエミリーはほんとうに残念がっているようだった。

「ごめんなさい、エミリー。連絡したらかえって迷惑になるんじゃないかと思ってた。ミランダのもとで働くのをわたしが苦痛に感じていたことは、だれでも知っているわよね。でもいまにして思うと、あなたもかなり苦労していたはずだわ。わたしの存在も、あなたにとってはミランダとおなじくらい厄介だったろうし」

エミリーはまたふんっと鼻を鳴らした。「厄介？　それどころか最低最悪の女よ」

アンディは鼻から深く息を吸って、口からふうっと吐きだした。さっき言ったことを撤回したくなった。あなたは権威に弱いおべっか使いよね、とエミリーに真実をそのまま指摘してやりたい。《ランウェイ》とその関係者全員に別れのキスをして、いっさいの縁を切ってしまいたい。もとの職場の話を六十秒間しただけで、かつての痛みと不安が一気によみがえってきた。眠れない夜。延々とつづく命令。途切れることのない電話のベル。ひとを見くびったり、侮辱したり、遠回しに非難したりするコメントの数々。毎朝きまって自分がいかに太っていて間抜けで使えない人間かを思い知らされ、毎晩きまってへとへとに疲れはて、心が折れて鬱々としていた。

しかし、いまさらあの時期のことをあれこれ考えても、どうなるものでもない。一時間半もすればこの最終回の授業はおわる。さっさと教室を出て、ラージサイズのアイスクリームを買ってうちへ帰ろう。この意地悪な元同僚とは、できれば二度と顔を合わせたくない。

「はい。ズッキーニは焼けたわ。つぎは？」アンディはフライパンを奥のコンロに移し、あらたなフライパンに新鮮なオリーブオイルを少量入れた。

エミリーは半分に切った芽キャベツをふたつかみフライパンに投入し、そこにマスタードとワインとお酢を入れた。「彼女にクビにされた」

アンディが持っていた木のスプーンが、カチャンと床に落ちた。「なんですって？」

「クビにされた。あなたが辞めた四ヵ月後に。ちょうど四人目の新人を教育しおえたところだった。いつもと変わらない日の朝の八時ごろに彼女が軽い足取りでオフィスに入ってきて、わたしを見もせずに、明日からもう来なくていいって言ったのよ」

アンディは思わず口をぽかんとあけた。「ほんとに？　理由はわからないの？」

芽キャベツをかき混ぜるエミリーの手が、かすかにふるえていた。「まったくわからない。彼女にほぼ三年つかえたわ。空いている時間にキャロラインとキャシディの家庭教師ができるように、フランス語まで習った。なのに、クビにされた。ゴミを捨てるみたいに。あと数週間でアソシエイト・ファッションエディターに昇格させてもらえるというときに、バーン！　はい、さよなら。説明も詫びの言葉も感謝の言葉もいっさいなかった。いっさいなにも」

「それは気の毒だったわね。まったくとんでもない——」

エミリーが左手をあげてさえぎった。「あれはもう去年のことだもの。もう立ち直ったわ。まあ、すっかり立ち直ったとは言えないかもしれない。毎朝目覚めるたびに、ミランダがバスに轢《ひ》かれますようにっていまだに祈っているから。それでもそのあとは、普通に一日をスタートできる」

思わずにやりとしそうになったアンディだったが、エミリーの顔に浮かんだ痛々しい表情を見て慎んだ。部下を侮辱しておびえさせるミランダのあこぎな言動を、エミリーはどうしてなんとも思わないのだろうかとアンディはこれまで何度も疑問に思ったものだった。職場に気を許せる友人がいたらどんなにいいだろう、と何度思ったことか。同情してくれる仲間がいてくれたら、どれほど心強かったか。エミリーほど熱心に献身的に働いているスタッフはいなかったのに、ミランダはいずれ昇格させるという約束を反故にした。こんなの徹頭徹尾、根本的にまちがっている。

アンディはエプロンで手をふいた。「一度、彼女の死亡記事を書いたことがあるわ。おかしいでしょ？」

エミリーはトングを置くと、まじまじとアンディを見た。授業が始まってからふたりが面と向かって顔を合わせたのは、それが初めてだった。

「なんというか、練習として書いただけ。彼女の業績をつらつら書き連ねはしなかった。「えっ？」で、書きおえたら、おどろくほどに気持ちがすっきりした。彼女が早死にするのを望んでいるのは、あなただけじゃないってこと」

ようやくエミリーは笑った。「ってことは、新聞社に勤めていたの？　あなたが辞めたあと検索エンジンでどうしているかさぐったけど、あまりヒットしなかったわ」

どこから説明すればいいのか、アンディは迷った。エミリーがわたしのその後を知ろうとしていたのだと聞いて、どういうわけか嬉しくなった。《ランウェイ》を辞めてから数週間は、エミリーに電話をかけ、いきなり辞めてシニア・アシスタントの彼女に多大な迷惑をかけたことを詫びようと何度も思ったけれど、結局はいつも尻ごみしていた。ミランダ・プリーストリーに「くたばっちまえ」と暴言を吐いた以上、エミリー・チャールトンに責められずにすむわけはない。だからアンディは、受話器をたたきつけるようにして電話を切るはめになる言い争いと罵りあいは避け、罪の意識をひとりかかえこむことにしたのだった。

「そう、それは大したことはしていなかったからでしょうね。リリーが回復するまで、しばらく彼女と一緒に実家で暮らしていたから。リハビリのクリニックやアルコール依存症のグループカウンセリングに、彼女を車で送り迎えしてたの。あちこちに原稿を売りこんだし、地元の新聞に記事も書いてた。婚約や結婚をテーマにしてね。ニューヨークにもどってからは、メディア関係の求人サイトに載っていた膨大な数の会社にかたっぱしから履歴書を送って、〝永遠に幸せに〟に採用してもらった。いまのところかなり順調よ。たくさん寄稿するようになったし。あなたは？」

「それってどういう会社？　結婚のサイトだったわよね。そこと提携しているサイトを見たことがある。家のインテリアのサイトだったけど、悪くなかったわ」

いまの一言は、エミリーがアンディに送ったなかで断トツ一番に心がこもった賛辞だった。アンディは天にも昇る心地になり、一気にまくしたてた。

「ありがとう！　そう、結婚のすべてをあつかっているサイトなの。婚約指輪からブーケ、ドレス、結婚祝いのウィッシュリスト、ゲストリスト、会場、新婚旅行、アクセサリー、ウェディングプランナー、新郎新婦のダンスの盛りあげ方にいたるまで……これでなにもかもわかる、ってわけ」この上なく意義のある仕事ではなかったけれど、アンディはそのウェブサイトに自分の居場所を見出していて、そこそこに満足していた。「あなたは？」

「隅のふたり！」インストラクターが声を張りあげ、シリコンのへらでふたりをさし示した。「口は閉じて手を動かして。この講座は〝お湯の沸かしかたから始めましょう〟だけど、実際にはそれ以上のことを習得しなきゃいけないんですよ」

エミリーはうなずいた。「そうそう、思いだした。ヴィクトリア・ベッカムのインタビュー記事を書いてたわね。ご自身の結婚式で一番すてきな思い出はなんですかとか、一点だけお金をかけるとしたらどこにかけたらいいか、アドバイスしていただけますかとか訊いてたでしょ。彼女はアルコール類だってこたえてた。招待客が確実に楽しめるからって。あれ、あなたが書いてたんでしょ？」

アンディは口元をゆるませた。あなたの書いた記事を読んだ、とひとから聞かされると、いまだに新鮮な喜びを感じる。「そう、あれはわたしが書いたの」

「わたしの知っているアンドレア・サックスなのだろうか、って不思議だった。じきに、同姓同名の別人にちがいないって思ったわ。あなたは従軍記者とかを目指している感じだったから。あの記事はいまでも隅々まで覚えてる。グーグルアラートにヴィクトリア・ベッカムを指定して、彼女の情報にはすべて目を通しているの。実際に彼女に会いにいったの？」

エミリーはほんとうに、わたしに質問しているの？　関心があるの？　わたしがしたことに感心しているの？　まさか、そんなことありえない。「十五分だけだったけど、本人に会ったわ。二、三カ月前に彼女がニューヨークに来たとき、ホテルでインタビューしたの。旦那さまにも会ったわ」

「嘘！」

アンディは首を横にふった。

「気を悪くしないでね、一体どうやって彼女を説得して、結婚サイトのインタビューに応じてもらえたの？」

アンディは正直に話すべきかどうか、しばし考えこんでから口をひらいた。「彼女のPR担当の女性に電話して、つい最近まで《ランウェイ》でミランダ・プリーストリーの直属の部下だった者ですが、ミランダがヴィクトリア・ベッカムの大ファンだったので、ぜひとも結婚式について短時間でいいのでインタビューさせていただきたい、って言ったの」

「たったそれだけで承諾してくれたの？」

「そっ」

「でもミランダはヴィクトリア・ベッカムのファンどころか、毛嫌いしているのよ」

エミリーは芽キャベツとズッキーニを皿に盛りつけ、スツールにすわった。アンディはチーズとクラッカーが載っている大皿のほうへ行ってそれらを皿に取りわけ、エミリーと自分のあいだに置いて自分も彼女の隣に腰かけた。

「別にいいのよ。ヴィクトリアが、というかすくなくともPR担当がミランダを好きならば、うまくいくんだから。ミランダは大抵のひとに好かれてる。その方法で交渉して、これまでの成功率は百パーセントよ」

「はあ？　ずっとその手を使ってきたってこと？　かつて《ランウェイ》に寄稿していたんだって、みんなに思わせて？」

「嘘はついてない」アンディはチェダーチーズを口に放りこんだ。「わたしの話をどう解釈するかは、あっちの問題だし」

「やるわね。やってくれるじゃない。あるていどほんとなんだからなにが悪い、ってわけね。ミランダのもとで必死に働いたって、希望の職場に推薦してもらえるわけじゃないんだから。ほかはだれにインタビューしたの？」

「ええっと、そうね。ブリトニー・スピアーズに、新郎新婦のダンスにおすすめの十曲を教えてもらったわ。ケイト・ハドソンは、いつか駆け落ちするかもしれないと言ってた。ジェニファー・アニストンはお姫さまが着るような、憧れのウェディングドレスについて語ってくれたわ。ハイディ・クルムは挙式の日のヘアメイクについてアドバイスをしてくれて、リース・ウィザースプーンは若くして結婚することのいい面と悪い面についてオープンに話してくれた。来週はジェニファー・ロペスに会って、二度目、三度目の結婚式をどう挙げればいいのかについて、聞かせてもらう予定よ」

エミリーが手を伸ばして、二切れのチーズを二枚のクラッカーでサンドした。アンディはあんぐり口をあけそうになるのを必死でこらえた。エミリー・チャールトンが固形物を食べている？「すばらしいわね、アンディ」口をもぐもぐさせながらエミリーが言った。

よほどまじまじとエミリーを見つめていたのだろう。彼女は曖昧な笑みを浮かべた。

「そうなの、いまは食べるのよ。クビになって最初にもどってきたのがこれよ。食欲」

「といっても、そうは見えないけどね」アンディが本心からそう言うと、エミリーはまたかすかに笑った。「いまなにしているのか、教えてくれる？」アンディはつづけた。

インストラクターがどこからともなく現われた。「おふたりさん、ここでなにをしているんです？講義の紹介欄に〝すわっておしゃべりする〟時間があるとは、書いてなかったはずですよ」両手をぱんと打ちあわせて、眉毛をつりあげた。

「インストラクター紹介欄にあなたのことを〝まるっきりの間抜け〟とは、書いてなかったけどね。いずれにせよ、わたしたちはもう失礼するわ」エミリーはアンディのほうを見ながらこたえた。

「ええ。とんでもなく退屈な講義、ありがとうございました」アンディの朗らかな声にエミリーはくすくす忍び笑いを漏らし、クラス全員が彼女たちを見た。ふたりは荷物をまとめて廊下に出るなり、腹をかかえて笑いだした。

じきに気まずい雰囲気になってもおかしくなかったのに、そうはならなかった。以前は憎しみあっていたふたりが、いまやすっかり心を通わせていた。一杯飲みながらお喋りしないかとためらいがちにアンディが提案すると、エミリーは即座に同意した。一杯のマルガリータが三杯になり、三杯のマルガリータがディナーになり、ディナーが二日後に会う約束になった。ほどなくしてふたりはハッピーアワーに定期的に落ちあって飲んだり、日曜のブランチを共にしたり、《ハーパーズ・バザー》のエミリーのオフィスでコーヒーを飲みながら軽いお喋りをしたりするようになった。エミリーはそのころジュニア・ファッションエディターに昇格したばかりで、せまいながらも窓がある自分のオフィスを使えるようになっていた。

アンディはファッション業界のおしゃれなパーティにエミリーのお伴で顔を出すようになり、エミリーは有名人のインタビューにアンディの〝仕事仲間〟として同席するようになった。仕事のやり方についてたがいに意見をしあい、服装をけなしあい、携帯の電源を切ることがなかった。遅くまでデートして帰宅した深夜、話を聞いてもらいたくなることがあるからだ。アンディはまだアレックスとリリーが恋しかったし、両親の離婚を思うとまだ胸が痛み、いまだに孤独で疎外感を味わっていたが、そんなときは大抵エミリーから電話かメールがきて、ソーホーに開店したスシバーに行こうとか、赤い口紅やらエスプレッソマシーンやらフラットサンダルやらを買うのにつきあってくれと誘いがかかるのだった。

一夜にしてそうなったわけではないけれど、アンディの世界ではありえないことが現実となりつつあった。不倶戴天の敵エミリー・チャールトンが友人となったのだ。それもただの友人ではない。いいことがあっても悪いことがあってもまっさきに電話をする一番の親友に。そういうわけだから、二年後にエミリーが《ハーパーズ・バザー》を辞めて、アンディが〝永遠に幸せに〟に飽きてきたころ、ふたりのあいだに《プランジ》の着想が生まれたのは、ごく当然の成り行きのように感じられた。最初にアイディアを出したのはエミリーだったけれど、雑誌の趣旨と狙いを明確にしたのはアンディで、記事やカバーの構想を立て、創刊号で紹介する結婚式のネタを集めたのも彼女だった。エミリーの人脈と雑誌づくりの経験、アンディの文章能力と結婚についての専門知識を合わせ、ふたりはこの上なくすばらしい雑誌をつくろうと意気込んだ。エミリーの夫の親友が、出資者としてだけでなくアンディの未来の夫としてかかわってくるようになると、ふたりは切っても切れない仲になり、エミリーと憎しみあっていた時代をアンディはもはや思いだせなくなることもあった。仕事に打ちこんで時間が過ぎていくにつれ、ふたりともミランダはすでに過去の人物と見なせるまでになっていた。そう、これまでは。

アンディは自分がこのような恐怖に見舞われていることが、信じられなかった。彼女はいま、エミリーのオフィスにいる。ランニング用タイツにトレーナーという格好のまま椅子にすわり、掌に爪跡がついてしまうくらいに強く手を握りしめ、アガサがかの有名なイライアスークラークの電話交換手と話しているのに耳をかたむける。

「これって現実のことなの？」アンディはうめいた。と同時にもっとくわしいことを、真相を知りたくて、居ても立ってもいられなかった。

「ええ、はい、スタンリー・グローギンとお話ししたいんです。わたくしは《プランジ》の者ですが」アガサはうなずくと、このドラマの中心にいることに嬉々としている様子で、咳払いをしてみせた。

「ミスター・グローギン？　わたくし、エミリー・チャールトンのアシスタントです。彼女はこのほど出張中ですが、折り返しそちらに電話をして、わたくしでよければ用件をおうかがいしろと申しまして」またしてもうなずいた。

アンディは胸のあいだに汗が流れていくのを感じた。

「はい、なるほど。電話会議ですか。失礼ですが、なにについての会議でしょうか？」ひどくまずいものを口にしたみたいにアガサは顔をしかめると、目を回して見せた。ボスのエミリー仕込みの表情だ。「承知いたしました。ボスに報告して、後ほどお電話します。失礼いたします」

エミリーはアシスタントが受話器を置くのすら待ちきれないのか、身を乗りだして通話ボタンをオフにした。

「なんだって？」アンディとエミリーが同時に訊いた。

アガサはグリーンスムージーを一口飲んだ。この状況を楽しんでいるようだ。「おふたりを交えて電話会議をしたい、とおっしゃっていました」

「電話会議？　なについて？」とアンディ。イライアス＝クラークの弁護士が一体なぜ、辞めてから何年も経ったいまごろになって、わたしたちに声をかけてきたの？　もっとも、アンディがどうとでもとれるような紛らわしい物言いをして仕事を取っていることを向こうが耳にしたのならば、話はちがってくる。有名人から信用を得るために、アンディはいまだにミランダの名前を利用しているようだ、という噂を。

「教えようとしませんでした」

「教えようとしないって、どういうこと？」エミリーが悲鳴に近い声をあげた。「あなたが訊いたとき、向こうは実際なんて言ったの？」

「十一時までは毎日ほぼ空いている、おふたりとごくプライベートな話をしたい、とだけ……あと、数名の同僚も交えて」

「やだわ。それミランダよ！　わたしたちを訴える気だわ。わたしたちを地獄に突き落とすつもりなのよ。そうに決まってる……」アンディはうめいた。

「ミランダはわたしたちのことなんか、気にもかけてないわ。ほんとだって」シニア・アシスタント時代の偉そうな口調でエミリーが言った。「忘れたのかもしれないけど、思いだしてみなさいよ。彼女にとってわたしたちは、死んだも同然なの。いつも大事な仕事をかかえているんだから、過去のどうでもいい事件を蒸し返したりしない。きっとなにかほかの用事だわ」

エミリーの言う通りだ。なにかほかの用事にちがいない。それでも、イライアスークラークの代表電話の番号が電話のディスプレイに表示されるのを見るだけで、自分はパニックが渦巻く闇のなかに引きもどされてしまうのだという事実に、アンディは打ちのめされていた。イライアスークラークがなにを望んでいるかは、問題ではない。尻尾とプラダのバッグをふりまわす悪魔、ミランダ・プリーストリーが、アンディの世界をつらい思い出とあらたな不安でいっぱいにしている。この十年近い歳月がまるでなかったかのように。

7　男の子はどこまでも男の子

結婚式から約一週間経ったが、アンディの体調は回復するどころか悪化の一途をたどっていた。いまではひっきりなしに頭がずきずきして、いつでもぼんやりしている。睡眠も途切れがちで、ときとして吐き気が込みあげてくる。熱はさがったと思うとまたあがり、一向に引く気配がない。この風邪はもう治らないのではという気がしてきた。

ぼろぼろのフリースのローブを取るためにアンディがクロゼットをあけたとき、マックスが顔をあげた。「おはよう」寝起きのこの上なくキュートな笑みを浮かべた。「こっちにおいで」

アンディは着古した赤紫のローブを着て、ベルトを締めた。「気分がすぐれないの。コーヒーを淹れるわ。今日はジムに行かない。そうすれば仕事を早く始められるし」

「アンディ？　ちょっとでいいからこっちに来て。話があるんだ」

キャサリンのことを打ち明けられるんだと確信して、一瞬ぞっとした。ひょっとしたらマックスはお義母さまの手紙がないことに気づいたのかもしれない。ひょっとしたら――。

「なに？」彼からできるだけ遠い、ベッドの隅に腰かける。犬のスタンリーが哀れっぽい顔で彼女を見上げている。すぐにもらえるはずの朝食が出てこないことにとまどっているようだ。

マックスはベッドサイドテーブルに置いてあったメガネをかけ、肘をついて手で頭をささえた。「今日はきみを病院に連れていきたいんだ。なんとしても」

アンディは返事をしなかった。

「体調を崩して今日で十日目だ。結婚式から十日も経つのに……」

彼が言わんとしていることは、わかっていた。すでに一週間以上経っているのに、まだたった一回しかセックスしていない。しかもそのあとで、アンディは悪寒がすると訴えて一時間バスタブに浸かっていた。ほんとうに悪寒がしたのだ。マックスの忍耐はもはや尽き、アンディの言い訳もおなじように尽きていた。彼女としては、ともかく体調がよくなることを望んでいるのだけど。

「今朝の診察の予約をすでに入れてあるわ。回復したらキャンセルすればいいと思って。回復しなかったけどね」

マックスはとりあえずほっとしたようだった。「よかった。それを聞いて安心したよ。診察がおわったら、すぐに電話して結果を教えてくれる？」

アンディはうなずいた。

マックスはブランケットを引き寄せた。「なにかあった？　体調がよくないってことはもちろん知っているけど……きみはずっと……なんというか……憂鬱そうにしている。この十日間ずっと。ぼくがなにかした？」

いまこの場で例の話をするつもりはなかった。ふさわしい時期がくるまで黙っていよう、と思っていた。おたがいストレスがなくて、慌ただしくもない、体調がいいときに切りだそう、と。でももう限界。いますぐ答えが欲しい。

「バミューダのことすべて知ってるのよ」

自分でも気づかなかったが、アンディは息を殺していた。

マックスはとまどったように目を細くしている。「バミューダ？　このあいだの旅行のこと？」

「そう」アンディはこたえた。このひとはしらばっくれるつもりなのか？　いっそうこじれるだけなのに。

マックスは彼女にじっと目を当てた。「キャサリンのことだね」静かな口調に、アンディの気持ちは沈んだ。やっぱりそうなのだ。バーバラの手紙に書いてあったことは、ほんとうなのだ。マックスはずっと隠し事をしていた。いまやそれは否定できない。

「つまり、彼女と向こうで会った」アンディはマックスに話しかけるというより、独り言のようにつぶやいた。

「ああ、会った。でも、どうか信じてほしい。キャサリンがバミューダに来ていることを、ぼくはまったく知らなかった。たしかにあそこには彼女の両親の別荘があるが、あの週末、よりにもよってあの週末に彼女が妹とスパに来ていることは、いっさい知らなかった。彼女たちも交えて、夜にカクテルを飲んだ。言い訳をしているわけじゃないが、お願いだからなにかあったと勘ぐらないでくれ。実際になにもなかったんだから。まったくなにも」

わずかな情報を聞かされて、思っていた以上に不安を掻きたてられた。そんなにかわいらしい罪のないことだったらなぜ言ってくれなかったの？　叫びたくなった。そんなにかわいらしい罪のない再会だったら、あの手紙はなんなの？　黙っていたのはどういうことなのよ？

「それにしても、どうして知ってるのかな？　いや、別に秘密にしてたわけじゃなくて、気になっただけだけど」

「お義母さまがあなたに宛てた手紙を見てしまったのよ、マックス。わたしと結婚するなと懇願している手紙。書いてあるのは、キャサリンのことだけじゃなかった」

マックスは具合が悪そうな顔をしていて、ほんの一瞬だけアンディは嬉しくなった。

「彼女と会ったことは、あなたにとって明らかに秘め事だった。そうじゃなかったら、すぐにわたしに話したはずだもの。すぐにではないにせよ、しばらくしたら。でも大事なことだったから、お義母さまにはお話ししたのよね。わたしには話さなかったけど」マックスが口をつぐんでいるので、アンディはスタンリーを抱きあげた。「医者に行くんだから、シャワーを浴びなきゃ」

「言うつもりでいた。嘘じゃない。でも、心配するようなことはなにもなかったのに、きみを心配させたり妙な気分にさせたりするのはよくないと思ったんだ」

「心配させる？　心配なんかするもんですか。この指輪をさっさとはずすだけのことよ！」何日もひとりで悶々としたあとだったから、思っていることを大声で言うと、すっきりした。「白いドレスを着て、友人や家族の前であなたへの愛を誓うのを拒んだでしょうね！　とくにあなたの家族の前では。わたしは好かれていない。あなたの家族は、わたしのことをあなたの結婚相手としてふさわしくないと思ってる。わたしは結婚すべきじゃなかったのかもしれない。だからあなたも、そんな風に落ち着き払って、わたしの気持ちを考えて黙っていただなんて言わないで」

アンディはまくしたてながらも、自分が訳のわからないことを言っているのに気づいていた。あの日、拒むことだってできたのだ。でも実際は、嫉妬にかられて愁嘆場を演じ自分自身とマックスと親族に恥をかかせたりはせずに、アンディは祭壇へつづく通路を歩いていった。そうしたのは、マックスを愛して信じていたから。というか、すくなくとも愛して信じたいと思ったから。一連の出来事に、なにか納得のいく説明をしてもらえると信じていたからでもある。日付のないあの手紙と意地悪な姑を理由に、直前に式を延期するべきだったのか？　それをわたしは望んでいたのか？　もちろん、望んでいなかった。しかしマックスにそのことをまだ伝える必要はない。

「アンディ、きみは大袈裟すぎる――」

愛犬を胸にしっかりかかえ、バスルームのドアをばたんと閉めて鍵をかけた。マックスが激しくノックしてドアの向こうから彼女を呼んだが、じきにその声もシャワーの音にかき消された。しばらくして服を身に着けてキッチンへ行き、バナナとアイスティーのボトルをつかむと、マックスがさっと寄ってきて彼女を抱きしめた。「アンディ、なにもなかったんだ!」もがいて身を離したが、マックスは片手だけは彼女の肩に置いていた。

アンディは自分の住まいをながめわたした。独立したベッドルームがふたつとホームオフィスがある、三千スクエアフィートの南向きの十四階のアパートメント。主寝室からそのまま出られるバルコニー、広々としたリビングとダイニングにそのままつながっているリフォームしたばかりのキッチン。マックスは大学を卒業したときに、両親にこのアパートメントを買ってもらった。それなりに高い物件だったが、ハリソン家が所有するほかの地所に価格の点では足元にもおよばなかった。そういう理由から、母のバーバラはマックスがほかの不動産をすべて売ったとき、このアパートメントだけは残しておきなさいと説得した。なによりも投資になるのだからと。マックスとアンディが一緒に暮らすことを決めたとき、住みなれたこのアパートメントを売ってあたらしい住まいを見つけようと彼は即座に言ったが、アンディは反対した。ふたりで住むのにじゅうぶんすぎるほど広いアパートメントなのだから、無駄な出費をするのはばかげていると。するとマックスはキスをしてくれて、きみのその堅実なところがほんとうに好きだと言った。アンディは声をあげて笑い、この部屋の家具類をあらかた処分して、専門家にインテリアを頼むつもりでいるとやりかえしたのだった。いまこうして見回してみると、とてもシックなアパートメントになったと思う。ここに住めて、わたしは幸せだ。モロッコ製の厚手の絨毯、ビロードのカウチ、思わずそこで体を丸めたくなるふかふかの椅子。マックスと一緒に世界各地を冒険旅行したときの写真が額に入れられて壁に飾ってある。別々に撮ったもの。一緒に撮ったもの。ふたりそれぞれが気に入っているインテリア（アンディのはアフリカで買った木製のカエルで、棒で背中をなでるとケロケロという音がする。マックスのはタイから必死の思いで持ち帰った、横たわる仏像の半身像）が並べて置いてある。たくさんの本や数えきれないほどのCDが、一息ついて休みたくなるような居心地のいいあたたかい自宅を演出している。

「診察がおわったら、すぐに電話してくれるね。きみのことが心配だ。帰りに抗生物質でもなんでも取ってくるから、必要なものはなんでも言いつけて。もっと話さなきゃいけないことがたくさんあるのはわかってる。だからできるだけ早く帰る。だいじょうぶ、なんとか乗り越えられるさ。ちゃんときみに伝えるべきだった。いまはそう思っている。でも、これだけはわかってほしい。きみを愛している。バミューダでは、ほんとうになにもなかった。いっさいなにも」

肩に置かれた彼の掌が、重苦しく感じられた。

「アンディ？」

彼女は顔を合わそうとも、返事をしようともしなかった。

「心の底から愛してる。きみの信頼を取りもどすためだったら、なんでもする。元彼女に会ったことを黙っていたのはまちがいだった。でも、きみを裏切るようなことはしていない。それにぼくはおふくろじゃない。今日は家に帰ってきて、話しあってくれるね？　うん？」

アンディは勇気をふり絞って顔をあげ、マックスと目を合わせた。彼女とおなじくらい不安な面持ちで、気づかわしげな視線をじっと向けている。それは一番の親友にしてパートナーでもある、アンディがほかのだれよりも愛している男性だった。

これでおわったわけではない。今夜は話しあって、納得のいく説明をしてもらわなければならない。でも、いまはその時ではない。アンディはうなずくとマックスの腕をぎゅっと握り、口をつぐんだままバッグをさっと腕にかけ、玄関の扉を閉めた。

「アンドレア？　ごきげんよう」ドクター・パーマーがアンディのカルテに目を通しながら言った。

ドクターは顔をあげもしない。三十年、いや、四十年あまり開業医をしている彼は、頭痛がするだの喉が痛いだのといった訴えを日々えんえんと聞かされることに、どうやって耐えているのだろう？　アンディは気の毒にさえ思った。

「どれどれ、健康診断を最後に受けたのは二年前だったね。またそろそろ受けたほうがいいな。でも今日は体調がすぐれないから診察にきたのか。どうしました？」

「いいえ、重病ってことではないと思うんですが、ここ一週間ほどひどく調子が悪くて、一向によくなる気配がないんです。ずっと頭痛がやまないし、胃がむかむかしていて」

「いま流行っている風邪の典型的な症状だな。呼吸が苦しいということは？」口をあけるようにうながした。舌を押しさげられて、アンディはウッとうめいた。

「いいえ、あまり。でも熱が上がったり下がったりで」

「ふうむ。深く息を吸ってくれるかな？　そう」

ドクターはてきぱきとした流れるような動作で、アンディの目と耳を診て、腹部を押してどんな感じか尋ねた。「なんともありません」とこたえたものの、肌（いや脂肪というべき？）をもまれたことにむっとして、ドクターの顔にパンチを見舞ってやりたいという自分勝手な衝動に駆られた。

「せっかくここに来たんだし、喉もいくぶん炎症を起こしているから、いちおう連鎖球菌の検査をしよう。たぶんちがうとは思うがね。体内に入りこんだただのウイルスが原因だろう。せっかくここに来たんだから、インフルエンザのワクチン注射を受けていくといいかもしれない。タイレノールを必要なだけ飲んで、水分をたっぷり摂って安静にするように。熱が急にあがったら電話してください」

さっさと話をおわらせ、なにやら書きつけてカルテのファイルを閉じて立ち去ろうとした。医者はどうしていつもこんなに急いでいるの？　こっちは待合室で一時間近く待ったのに、たったの五分で診察を切りあげようとしている。

「性感染症の検査は必要ないね？」書類から目もあげずにドクター・パーマーが訊いた。

「はい？」アンディは咳払いをした。

「とりあえず訊いてみる決まりになってってね。未婚の患者さんには、性感染症の検査をいちおうすすめるんだ」

「結婚してます。一週間ほど前に式を挙げました」結婚しているという言葉にいまだに違和感を覚えてしまうことが、われながらおどろきだった。結婚している。

「おめでとう！　じゃあ、まあ、これで診察はおわりだ。失礼するよ。会えてよかった、アンディ。じきによくなるだろう」

踵を返して診察室を出ようとするドクターへ、アンディは思わず声をかけていた。「一通り検査をお願いします」

ドクター・パーマーはふり返った。

「すべてはわたしの考えすぎで、心配する必要はないってわかっているんですが、夫が独身最後の旅行で、元彼女に会ったことを知ってしまって。会ったのは元彼女で玄人の女性ではないですし、なにかがあったとは思っていません。彼がそう断言しましたから。それでも……用心するに越したことはないですよね？」息をひそめて、つぎの瞬間あえぎながらふうっと深く息を吐く。それからおだやかな声で言いたした。「わたしたち、結婚したばかりなんです」

徹頭徹尾ばかげたことを口走っている。それは自分でもじゅうぶんわかっていた。キャサリンはもちろん、ほかのだれともマックスが浮気していないことも、ほぼ確信していた。彼はひたすら愛を注いでくれて、誠実だった。元彼女と出くわしたことを黙っていたのはまちがいだったとしても、なにもなかったという彼の言い分をアンディはほんとうに信じていた。ほとんどありえない話だが、たとえなにかあったとしても、清純派の令嬢キャサリン・フォン・ヘルツォークから性感染症を伝染《うつ》される可能性はかぎりなく低い。フォン・ヘルツォーク家の人々は性器ヘルペスなどには罹らない。以上、おしまい。とはいえ、アンディを悩ませている体調不良がマックスとキャサリンに関係している可能性はほんのわずかでもあるわけで、ほんとうのところをきっちりとたしかめたかった。

ドクターはうなずいた。「検査室は廊下のさきの左側だ。そこで血液を採取してもらってください。尿検査のサンプルはトイレに置いておけばいい。診察室にもどってきたら服をすべて脱ぐように。前あきの紙のローブが椅子の横に用意してある。看護師と一緒にすぐにもどってくるからね」

ドクターにお礼を言おうとしたけれど、その前にさっさと出ていってしまった。急いで診察台をおりて検査室に入っていくと、大柄で無愛想な女性が、アンディと目も合わさずにあっという間に採血をした。痛みはほとんどなく、つぎはトイレに行ってくださいと指示された。診察室にもどると、言われたとおりにローブに着替え診察台に乗った。椅子に《リアル・シンプル》の古い号が置いてあるのが目にとまり、ランドリールームを片づける十のステップという記事を読んでなんとか気をまぎらわせていると、ドクターが男性を連れて入ってきた。

「アンディ。こちらはミスター・ケヴィン。うちの特定看護師だ」ドクター・パーマーは十七歳くらいにしか見えないアジア系の男性を手で示した。「申し訳ないが、女性看護師の手が空いていなくてね。いいかな?」

「ええ、もちろん」アンディは嘘をついた。

ありがたいことに検査はすぐにおわった。ドクターがなにをしているか観察する勇気もなく彼もあえて説明しなかったが、以前に受けたがん検診のときとおなじように、綿棒のようなものが入ってくる感触がかすかにあった。ミスター・ケヴィンが彼女の広げた両脚のあいだを、初めて見る光景を目にするような様子で見ているのはできるだけ無視した。

ひどく居心地が悪くなってきたとき、ドクター・パーマーが紙のローブの裾を引きさげて下半身をしっかりおおい、アンディの足首をたたいた。

「おわりましたよ、アンドレア。検査室の混み具合にもよるが、今日中か明日にでも結果がわかる。最近の電話番号が登録されているかどうか帰りがけに受付で確認しておいてください。明日の五時までに連絡がなかったら、遠慮なくこの診療所に電話するように」

「ええ、わかりました。ほかに――」

「一通りの検査をした。あとで説明するから」アンディがさらに言葉を発する前に、ドクターは行ってしまった。具体的にどういう検査をしたのか、訊く余裕すらなかった。

診察料を現金で払いコートを着こみ、カードを使って地下鉄の改札を抜けたとき初めて、問題ないといったような言葉をドクターがまったく口にしなかったことに気づいた。〝心配ありませんよ〟とも〝用心に越したことはないが、まったく正常です〟とも〝とりたてて気になるところはないようですね〟とすら言わなかった。「おわりました」と言って、さっさと出ていった。例によって患者がヒステリックに取り乱したら面倒だと思ったのか、ゆゆしき兆候を見つけたからなのか？

アンディはほとんど仕事に集中できなかった。片方にはバーバラ、キャサリン、バミューダ、クラミジア問題。もう一方にはミランダ。正直なところ、どっちがより恐ろしいのかわからない。気をまぎらわせようとページシックス（NYポストのゴシップサイト）のサイトをひらくと、ミランダの双子の娘たちの写真がこっちをにらんでいた。十年近く前にアンディを悩ませた幼い女の子ではすでにないが、ふてぶてしさは相変わらずだ。ある画廊のオープニング前夜パーティの様子を撮った写真だったが、キャロラインは全身黒の出で立ちだった。整髪料でロヒゲをかためたニキビづらの青年にしなだれかかっている。キャシディは頭部の片側の髪を短く刈りこんだヘアスタイルに挑戦していて、認めたくはないけれどけっこうさまになっている。光沢のある超タイトなレザーパンツが怖いまでに痩せている体を強調し、真紅の口紅もあいまって、ゴス調の陶器人形のようだ。キャロラインはロードアイランド造形大学に、キャシディはドバイのフランス系の大学にそれぞれ入学したばかりで、秋の休暇にもどってきました、とのキャプションがついている。娘たちの選択をミランダはどう感じているのだろうと思わざるをえない。アンディは一瞬、にやっとした。

エミリーがオフィスのドアをノックして、返事も待たずに入ってきた。「ねえ、顔色よくないわよ。まだ具合悪いの？　それよりマックスに話してみた？」

「ええ。両方ともイエスよ」デスクに置いたガラスのボウルからキスチョコをひとつつまんで、ボウルをエミリーのほうへ滑らせる。

エミリーはため息をついてチョコの包装紙をむくと、口に入れた。「で、彼はなんて？　マイルスに訊いたら、旅行中に女の子と遊ぶことはいっさいなかったって。わたしはその言葉を信じるわ。まあ彼だって嘘をつくこともあるけど、いつも言ってるように……」

「ほんとうだったのよ、エム。キャサリンもあっちへ行ってたの。マックス本人がそう認めた」

　エミリーが弾かれたようにさっと顔をあげた。彼女の下唇についているチョコレートの小さなかけらを見ながら、アンディはどうしてわたしはこんなに淡々としているのかといぶかった。

「認めたってどういうこと？　正確にはなにを認めたの？」

　アンディの携帯が鳴って、画面にメールが現われた。マックスだろうかとふたりでかがみこむと、果たしてそうだった。エミリーが怪訝な顔でアンディを見た。

〝ドクターはなんて？〟

　冷たい診察台に仰向けになり、ふたりの男性に見られながらデリケートな部分を綿棒で検査されたことがいきなりよみがえり、マックスにたいしてどうしようもないまでの殺意が膨れあがった。ボーイフレンドと肉体関係を結ぶようになった高校時代からいままで――生き馬の目を抜くニューヨークでのすれた男性たちとの交際をふくめて――性感染症を伝染《うつ》されたかもしれないと心配したことは一度もなかった。いつも神経質なくらいに注意をおこたらなかったし、そのことを誇りにもしていた。このさき関係を持つのは夫ひとりだけだから、もう心配しなくていいだろうと警戒をゆるめたとたん、性感染症の検査結果を待つ苦しみを味わうことになるとは、ひどすぎる。

アンディは親指で返事を打った。〝検査の結果は今日か明日。おそらくただの風邪〟

「アンディ?」

アンディはさらにもうひとつチョコレートの包装紙をむき、先端をちょっとかじってから口に放りこんだ。

「いい加減やけ食いをやめて、なにがあったか話してくれない?」エミリーはチョコレートのボウルを取りあげると、床に置いた。「やけ食いすればなんであれストレスは解消できるかもしれないけど、安いチョコレートで四キロ太ったらみじめなだけよ。まちがいなく」

「報告するようなことはないわ。バミューダでなにがあったか知ってるって言ったら、マックスは取り乱して謝った」

エミリーは小首をかしげた。彼女の癖のある赤みがかった栗色の髪を手に入れることができるのなら死んでもいい、と女性ならだれでも思うけれど、本人は金髪だったらどんなにいいかといつも言っている。「わかったってば。でも、バミューダで具体的になにがあったかは知らないんでしょ。元彼女に偶然に会ったということしか」

アンディは片手をあげた。「もういいって。真剣に話しあうことでもないんだから。あなたがわたしを元気づけようとしているのはわかるけど、マックスは何度も謝って、計画してたことではない、キャサリンがたまたまおなじ時期に妹とバミューダに来ていて、偶然に会ったから行動を共にしたって言ったわ。わたしに言おうとは思っていたけれど、ばかみたいに気を回して、それは自分勝手なんじゃないかって思いなおしたそうよ。知らせないまま何事もなくすめばいい、って」

「でもね、アンディ、まさか、ありえない――」

「まさかじゃないのよ」一番の親友に信じてもらえないことにいらだって、吐き捨てるようにこたえる。「今朝は性感染症の検査を受けたの」

エミリーがあんぐり口をあけた。およそエレガントではない、彼女らしからぬ表情。じきにぷっと噴きだした。「アンディ！」身をふるわせてげらげら笑っている。「冗談でしょ。マックスがあなたにその手の病気を伝染すなんて。それに、これは断言できるけど、キャサリンが彼に伝染すはずもないわ」

アンディは肩をすくめた。「わたしはどうこたえれば、いいのかしらね。なにもなかったとマックスは言ってる。でも、六週間前にバミューダに旅行したとき偶然キャサリンと出会って、わたしはいまこうして原因不明の体調不良に悩んでいる。これってなんだと思う？」

「悲劇のヒロインを気取っているって思うわ。ほんとにね、アンディ。性感染症ですって？」

ふたりはしばし口をつぐんで、スタッフがぼつぼつ出勤してくる音に耳をすませた。アガサが昨夜のメッセージをチェックしているのが聞こえてきた。

「ほんの一瞬だけ、友だちとして最悪のことをしていい？　恨まないって約束してくれる？」

「約束はできないけど。努力はしてみる」

エミリーは口をひらいてなにかを言いかけたけど、また口をつぐんだ。「ううん、ごめん、忘れて。どうってことないことだから」

「イライアスクラークからの電話の件でしょ？　これからどうするかについて」例の電話から一週間近く経っていて、あなたはどうしたいのかとアンディはエミリーから五回は訊かれていた。そのあいだ、さらにもう一回イライアスから電話があり、電話会議をいつできるかスケジュールを訊いてきた。アガサは至急折り返しの電話をするとこたえていた。「返事の電話をしなきゃね」

エミリーはうなずいたけれど、嬉しがっているのは明らかだった。「そうそう。そのとおり」エミリーの携帯がうなりだし、彼女はディスプレイを確認した。「ダニエルからだわ。あなたにもこうやって頻繁にしつこく訊いてくるんでしょ。二月号の表紙をどうするか、知りたがってるのよ」

「なにも決めなかったから」アンディは途方に暮れてこたえた。

「表紙にウェディングドレス姿のあなたの写真を使っても、オッケーなんでしょ？　わたしがあなただったら、即決するけど」

アンディはため息をついた。その件については、ほとんど忘れかけていた。「あがってきたフィルムはどれもすばらしかった。セント・ジャーメインに撮影を依頼するのに多額の経費を使ったし、代わりに使うといっても、あのすばらしい写真の半分でも出来のいいものはない。すべては特集記事にかかっている。そのことは理解してるわ」

「そのとおり」

アンディはいきなり胸苦しさを感じた。「エム、わたしはどうすればいいの？　なにもかも、とんでもないことになっている。マックスの家族に嫌われているだなんて、信じられない。キャサリンとの一件も、ともかくびっくりしてしまって」

エミリーはさっと手をふった。「あなたたちが見つめあう姿を、わたしはこの目で見たわよ。マイルスとわたしがあの半分でも熱い視線を交わしあえたら、夫婦円満になれるんだけどね。マックスはあなたを崇拝しているし、彼がどういう人間かわたしは知ってる。ひどいことをしたって、いまごろはさかんに後悔しているはず。アンディを失うことになったらどうしようっておびえてるわ。マックスはどうしてそんなことをしたのか？　これってどういうことかわかる？　男だからよ。フィアンセに隠し事をした救いようのない男。でも彼はあなたが恋をした男でもある。きみに会うまでは一緒になりたいと思う女性はいなかった、といつもあなたに言っていた男。きみに会って初めてこの女性と一緒になって身を固めたいと思った、とあなたに言った男」

アンディはエミリーを見た。「これが彼流の身の固め方ならば、これまでどれほど女遊びをしてたのかしら。考えたくもない」

「出会って半年で一緒に住もうってマックスが提案したこと、覚えてるでしょ？　彼は一周年記念に、指輪を買いに行こうって言ってくれたのよ！　子どもが欲しいって彼がもう一度言ったら、マイルスに殺されかねないわね。マックスは心の底からあなたを愛しているわ、アンディ。あなただってわかってるはずでしょ」

「わかってるわよ。マックスはわたしを愛しているって、何度も自分に言い聞かせる必要はあるけど」アンディは咳払いをして、ティッシュで涙をぬぐった。「二月号にわたしの結婚式を取りあげてもいいわよ」怖気づいてしまう前に言う。

「ほんとに？」エミリーの顔に浮かんだ安堵の表情は、どこか滑稽だった。

「うん。写真はきれいに撮れていたし。あれを無駄にする手はないでしょ」

エミリーはうなずいて、どちらかが妙なことを言って話がこじれてしまう前にさっさとオフィスを出ていった。

住まいのアパートメントがある一画に足を踏みいれるころには、アンディはおだやかとはいえないまでも、かぎりなくそれに近い気分になっていた。マックスは週に一度仕事帰りにバスケットをするのだが、今夜は休んで、まっすぐにうちに帰り話しあいをしてくれることになっている。退社時間がいつもどおりならば、彼はあと三十分で帰宅するだろう。わたしはどうするべき？　夫が初めての恋の相手と再会していたのに嘘をついていたことを、受けいれるべきなのか？　わたしだって伊達に年をとっていない、火のないところに煙は立たないということはわかっているはずじゃない？　キャサリンと会ったことをかくしていたのなら、ほかにもかくしていることがあるのでは？　あったとしたら、どうすべきなのか？　別れる？　でも新婚二週間で家を出たら、バーバラを喜ばせるだけでは？　スーツ姿の男性がふり返った。独り言をつぶやいていたのだろうか？　わたし、おかしくなりつつあるの？

ルイ・ヴィトンの大きなトートバッグ――ストラップがちぎれることなく二百キロの荷物を運べると謳っている、巨大な容れ物――を玄関ホールのベンチにどさっと置いて、靴を蹴るように脱ぐ。時計をたしかめた。彼が帰宅するまで、あと二十五分。全粒粉のパンにピーナッツバターをたっぷり塗り、冷たいダイエットコーラを飲みながら八分かけて食べた。どうやって話を切りだそう。〝マックス、愛してるわ。でも何日か冷却期間を取って、おたがい冷静に考えなおすべきだという気がするの〟。これじゃあまるで、映画のセリフだ。深呼吸。そのときがきたら、なんであれ胸のうちの思いを素直に伝えよう。

携帯が新着メールを知らせた。

〝十分後に帰宅。なにか欲しいものは？〟

〝別にないわ、ありがとう。待ってます〟

時間をつぶすために、だれでもいいから電話をかけようかと思った。でもなにを話したらいいのかわからない。〝もしもし、リリー。結婚式は楽しんでくれた？　無事に帰れた？　よかった！　そう、いまはマックスの帰宅を待ってるの。一日か二日、冷却期間を置いて冷静に考えなおそうって持ちかけようと思って。式からなんと、まだ一週間とちょっとしか経ってないけどね！〟爪の甘皮を噛んで、携帯に表示された時間をじっと見つめていると、いきなり着信音が鳴りだしたから椅子から転げ落ちそうになった。非通知の番号だったが、非通知だからといって無視するのは、だいぶ前にやめていた。

「もしもし？」声がふるえていて、自分でもびっくりした。

「アンドレア・サックス？」

「はい、わたしですが。どちらさま？」

「ああ、こんばんは。アンドレア。ドクター・パーマーの診療所のケヴィンです。検査結果をお知らせするために電話しました。いま、よろしいですか？」

よろしいですかですって？　おぞましい性病の告知と、冷却期間を置こうと夫に切りだす時が重なるなんて。ほんとうにすばらしいタイミング。

「ええ、結構です」

「承知いたしました。えっと……連鎖球菌の結果は陰性でした。たぶんそうだろうと思っていましたが。性感染症にかんしては、ご安心ください。クラミジア、淋病、肝炎、ヘルペス。HIV、HPV、梅毒、細菌性膣炎などは、陰性でした」

アンディはさらなる説明を期待して耳をすませていたが、気まずい沈黙が流れただけだった。

「よかったわ」なんでケヴィンはこんなにぎこちないのだろうといぶかりつつ、アンディは尋ねた。「ですよね？　すべて陰性だったんでしょ？」

ミスター・ケヴィンは咳払いをした。「いえ、すべてが陰性だったわけではなくて……」

アンディは記憶をさぐって、言われていない病気があったかどうか思いだそうとした。HIVは出たわよね？　ヘルペスも。これまで聞いたこともない、あらたに発見された、最新の性病があるとか？　死にいたる病だから、彼は告知するのをためらっているのだろうか？　死ぬときはマックスも一緒にと心に誓う……。

「HCGの値がきわめて高いんです、アンドレア。おめでとうございます！　ご懐妊です」

頭のどこかでは、〝おめでとうございます〟というフレーズを聞いた直後に、ケヴィンが言おうとしていることを理解していた。それでも、それを整理して納得することがまったくできなかった。大きな黒い幕で、頭をいきなりおおわれたような感じ。真っ暗。意識はあるし呼吸もしているけれど、感じたり見たり聞いたりすることはまったくできない。疑問が湧いてくる。山ほど湧いてくるけれど、なによりも、なによりも信じられないという思いで、茫然としていた。妊娠？　そんなはずない。ちがう。なにかのまちがいに決まっている。とはいえ頭のなかから、始終つぶやき声が聞こえてきてはいた。もしかしたらと自分でも思っていたはずよ。吐き気、生理の遅れ、下腹部の痛みと重苦しさ、落ち込み。ほんとはわかっていたんでしょ、アンディ。直視することができなかっただけで。

スタンリーが吠えて、彼女は現実に引きもどされた。スタンリーが吠えるのは、玄関の扉があいたときだけだ。マックスが帰宅したらしい。

「アンドレア？　アンドレア？」話しかけているのがミスター・ケヴィンなのか、マックスなのか、一瞬わからなかった。

「ああ、はい。聞こえています」電話に向かってこたえる。「ご連絡、ありがとうございました」

「かかりつけの産婦人科医はいますか？　紹介状を書きましょうか？　超音波で診察しないかぎり何週間かはわからないのですが、この数値から判断するに、妊娠したてではないようです。できるだけ早く受診なさったほうがいいでしょう」

「アンディ？　帰ってる？」マックスの声がして、扉が閉まる音がした。スタンリーが興奮してきゃんきゃん吠えている。

「ありがとうございます、ミスター・ケヴィン。あとのことは自分でなんとかします」今日一日、嘘をついたのはこれで何度目になるだろう。妊娠したてではない、ってどういうこと？

「ただいま」マックスが後ろからやってきて、うなじにキスした。「どなたから？」

送話口を手でおおう。「だれでもない」

「アンドレア？　なにかほかにお訊きしたいことはありますか？」携帯から声が聞こえてきた。

「それが体調不良の原因でしょうか？」とアンディ。

ミスター・ケヴィンは咳払いをした。「吐き気と倦怠感は妊娠のせいと考えられます。ほかの症状、つまり喉の痛み、熱、筋肉痛は妊娠とは関係ないとドクター・パーマーは考えています。ウイルスやストレス、単なる疲労ではないかと。じきによくなりますよ」

「そうですね、じきに元気になると思います。お電話ありがとう」オフボタンを押し、深呼吸をして、急上昇している脈拍をなんとか鎮めようとする。

「だいじょうぶだった？」マックスが訊いた。冷蔵庫をあけて緑色のゲータレードを取りだすと、その半分を三秒でごくごく飲んだ。

アンディはこたえなかった。ちゃんと声が出せるかどうか自信がない。

マックスは唇をぬぐうと、申し訳なさそうにアンディを見た。「遅くなってすまない。

今夜は話しあわなきゃいけないのにね。どうだった？　ドクターから連絡は？　こっちにおいで。一緒にすわろう」

マックスに導かれるまま、カウチに向かう。吐きそうになったときにそなえて、リビングから廊下の洗面所までどのくらいの距離があるか計算しながら。マックスに髪をなでられたが、やめてくれと言う元気すらない。

「遠慮せずに話して、スィートハート。きみにとっては長い十日間だったと思う。結婚式があって、体調も崩して、おまけに……キャサリンのことがあった。この話はあらためて説明させてほしい。今朝はきちんと伝えられなかったような気がするから。なにもなかったんだ。なにも。ずっと考えをめぐらせていたのだけど、これだけは知っておいてもらいたい——疑いを晴らしてきみに安心してもらうためには、ぼくはなんだってする。どんなことだってするつもりだ」

アンディは声を出そうとしたけれど、出なかった。赤ちゃん。わたしとあなたの赤ちゃん。ハリソン家の跡取り。義母のバーバラは、この子のことも気に入らないと言うのだろうか。

「なにを考えているんだい？　ドクターはなんて？　抗生物質を処方された？　薬をもってこようか？　どうだったか教えてほしい」

どこから力をふりしぼればいいのかわからない。考えがまとまらないまま、アンディはなんとか笑みを浮かべた。妊娠。妊娠。妊娠。その言葉が頭のなかでこだましつづけ、妊娠と大声で叫ばずにいるのが精いっぱいだった。マックスに伝えたくて仕方がない！　でも、できない。考える時間が必要だ。

アンディはかがみこんで、マックスの手を軽くたたいた。「話し合いは、また別の機会にしましょ。まだ調子が出ないの。しばらく横になりたい。いい？」

彼がなにか言う余裕もあたえずに、アンディはリビングをあとにした。

8　お手頃価格のハネムーンもかしこい節約法もない

ミスター・ケヴィンからの電話で人生が転機を迎えて一週間が経つが、アンディはそのことをだれにも教えなかった。エミリーにも、リリーにも、母や姉にも、もちろんマックスにも。考える時間が必要だった。頼みもしない山ほどのアドバイスや意見は必要なかったし、当然のごとく浴びせかけられる浮かれた祝福の言葉も、もちろん必要なかった。嬉しくて舞いあがってはいた。赤ちゃん！　アンディは憧れの結婚式についてドレスの生地からブーケの色合いまで、思春期の初めに早くも饒舌《じょうぜつ》に語るような少女ではなかったが、母になった自分の姿はいつも具体的にはっきりと思い描いていた。当時は三十歳までに子どもをふたり産むつもりでいた。男の子と女の子（もちろん第一子が男の子）を。もうすこし年長になると、三十までにふたり産むのは、思っていた以上に少数派だということがわかってきた。ふたりどころか、ひとり産むのだって大変だ！　そこで方針を変えた。二十代半ばから後半に出産について時間をかけてじっくり考えた末、三十歳から四十歳のあいだにふたりか三人産むという結論に達した。長男とそのつぎの長女の年の差は二歳。性別はちがっても、そのていどの年の開きなら仲のいい兄妹になれるだろう。三番目は女の子で、三年後に産む。それだけ離れていればアンディも一息つけるだろうし、かといってまだ体力的に限界という年齢でもなく、さらには三番目の次女は長女と友人のように親しくなれるだろうし、長男はその末っ子の次女を兄としてかわいがるはずだ。

さすがのアンディも、百パーセントおめでたいはずの妊娠に影を落とす出来事までは想定していなかった。おまけに、ささいなことではあるけれど、結婚式を挙げたときすでに妊娠していたとは……。でき婚だったということは単純な計算でわかる。それはさておき、もっと大きな問題は、お腹のなかの子どもの父親をいまひとつ信じきれず、子どもの祖母は嫁のアンディを嫌っていて、夫に別居を切りだそうとしたその直前に妊娠を知らされたことにある。あれはまさに、天地がひっくり返るような報せだった。マックスがキャサリンと浮気していたのなら別れるしかないというもっともらしい理屈――しょせんは婚姻届一枚だけでつながっている関係だし、こんな夫婦が子どもをつくったらその子が不幸になるだけ――が、尿検査のプラスチックのコップと看護師からの一本の電話によって、あっという間に消散した。

部屋の照明が暗くなり、アンディの母がキッチンからケーキを持って現われた。ケーキに挿したキャンドルの炎がちらちら揺れている。みんなが歌をうたいだした。

「まちがいなく四十二本にしてくれたわよね、ママ」アンディの姉のジルが言った。

「四十三本よ。幸福を願って一本おまけしたの」母がこたえた。

男の子たちとカイルが騒がしい声でハッピーバースデーをうたいおわり、願い事をしてくれとジルにせがんだ。

「夫がパイプカットしてくれますように」ジルは小声でつぶやくと、ケーキにかがみこんだ。

アンディは危うくコーヒーにむせてしまいそうになった。ジルと彼女はいきなり笑いだした。

「なんていったの、マミー？」

「ぼくたちとパパとアンディ叔母さんとお祖母《ばあ》ちゃんが、健康で幸せでありますようにってお願いしたのよ」ジルはこたえて、キャンドルを吹き消した。

「どうかした？」カイルがアンディの腕を肘で突いた。義理の兄の彼は、紙皿に載せたケーキをアンディに差しだしたが、彼女が受けとる前にジョーナがさっと横取りした。

「ジョーナ！　叔母さんにケーキを返しなさい。知ってるはずだろう。レディーファーストは！」

ジョーナが顔をあげた。ケーキのアイシングの上にフォークをさまよわせたまま、懇願するような表情を必死で浮かべている。アンディはふふっと笑った。「いいわよ。わたしはつぎで」

ジョーナはすぐさまアイシングにフォークを突き刺した。ケーキの大きなかたまりを頬張って、チョコレートを口につけたまま嬉しそうに笑っている。

カイルはケーキの皿を今度は邪魔されることなくアンディに手渡し、彼女の目をのぞきこんだ。「アンディ、どうかしたのかい？　いくぶん……疲れているようだけど」

疲れている。〝理由はわからないけど、げっそりしてるね〟と本心では思っているときのすばらしい婉曲表現。たしかにわたしは疲れているのだろう。ほぼ一千くらいある、様々な理由から。

アンディは苦しい笑みを浮かべた。「仕事がたまっているだけ。結婚式とかいろいろあったから。こんなときに出張するのは、あまり気が進まないわ。アンギラ島だから、まだいいけど」

カイルはいぶかしげに彼女を見た。

「ハーパー・ハロウとマックのこと、知らない？　あのふたりが今週、アンギラ島の〈ヴァイスロイホテル〉で結婚式を挙げるの。わたしは取材に行くことになっているのよ。マックはフレズノのステージを改造したところで式を挙げたがったんだけど、ほらっ、あのふたりはたしか、ツアー中にフレズノで知りあったようだから。でも、ハロウに却下されてしまったのよ。ありがたいことに」

「すごい役得だな。大袈裟じゃなく世界中の人々が実際に見てみたいと思ってる結婚式に、出席するんだろ？」カイルが言った。

「すばらしいじゃない？　アンディはこの世で一番すてきな仕事をしているのよ」ジルは言うと、自分のもったりとぜい肉のついた肩をたたいた。

この世で一番すてきな仕事をしているとだれかに言われるたび、いまだにとっさに身構えてしまうアンディだったが、たしかにとても華やかな仕事だとは思う。ゼロからなにかを創造していると思うとやりがいを感じたし、あたらしいアイディアを出しあって宣伝文句からセンスのいいレイアウトまであれこれ考え、雑誌を完成させることには充実感がある。インスピレーションが湧いた翌日に企画書を作成し、二、三日かけて手直ししたあと、つぎの一週間でこのさきの号の計画を立てるのは、この上なく楽しい。変化に富んだ仕事だから決して飽きないし、取り組むべき課題はつねにある。しかしなによりかにより、自分が自分のボスであることが心地よかった。

ふたりでウェディングマガジンを創刊しようとエミリーに声をかけられたとき、アンディはきっぱりと断った。あれは二度目のスパ旅行のときだった。週末のスパ旅行はふたりの毎年の恒例となっていて、丸一年倹約を心がけて旅行する余裕ができたものの、一緒に行く相手がいないことに気づいたアンディが最初に持ちかけた旅だった。そのころのエミリーは、予期せぬ大ヒットを飛ばしていたリアリティ番組を手がけた五歳年上のテレビプロデューサーと衝動的に結婚した（アンディにはそう思えた）ばかりだったけれど、夫を置いて女友だちと一緒にスパと太陽とビーチを楽しむ四日間の旅をすんなり承諾した。彼女たちはマヤリビエラの〈マンダリン・オリエンタル・スパ〉で、三つある内風呂のバスタブのなかの一番熱いお湯に浸かっていた。裸だった。男女のカップルでエステを受けられる、海を望むロマンティックな個室でホットストーンセラピーをおえ、女性専用エリアにもどってきたところだった。エミリーはリクライニングチェアにタオルを敷き、嬉しそうに小躍りしてショウガ茶を飲み、ドライアプリコットをかじってから、ゆっくりと、これ以上できないほどゆっくりと湯気の立つバスタブに身を沈めた。エミリーのウエストから腰のラインは非の打ちどころがなかった。完璧なバスト、引き締まった脚、丸いヒップ。セルライトがまったくないその体に、アンディは羨望のまなざしを向けないようにするのが精いっぱいだった。アンディの体は細いことは細いが、エミリーのように熟していない。めりはりがないのだ。親友の前でこんなに恥ずかしくなるのはなぜなのだろうと思いつつも、バスタブの縁でタオルをさっと取り、わずか三秒で身を沈めていた。エミリーがさかんにお喋りするそばで、アンディはジェットバスに肩まで浸ることばかり考えていた。肩から下は見えないはずなのに、なぜかむき出しになっているような気がしてならない。

「〝その気はない〟ってどういうことよ？　具体的な話すらまだ聞いてないのに」エミリーがかわいらしい声で拗ねてみせた。とはいえ、親友がこういう声を出すときは、ほんとうはそれほど動揺していないことをアンディは知っていた。

「具体的な話は聞く必要がないからよ。わたしはもう紙の媒体とは縁を切ったの。世の中の流れもその方向へ動いているし。信じられないかもしれないけれど、わたしはいまの仕事が気に入っているのよ」当時のアンディはまともなボスに恵まれ、週に四日〝永遠に幸せに〟へ原稿を寄稿し、小説の構想が芽生えだしてもいた。時間のやりくりがつく仕事だったから、週に一日のペースで書けばエージェントが見つかるだろうと計画していた。わたしはわたしなりに着実に前進している……経済的には、その日暮らしになるかもしれないけれど。

「そうでしょうとも。でも、それは単なる仕事でしょ。わたしはキャリアの話をしているの。起業するのよ。一緒に事業を立ちあげて、大きくしていくの。〝花嫁のアップのヘアスタイル・トップテン〟とかいう記事を書くだけで満足だなんて言ってちゃだめよ！　あなたが寄稿している結婚サイトはかわいらしいコンテンツもたまにはあるけど、隙間を埋めるだけの退屈でありふれた記事ばかりだもの。あなただってわかってるはずよ」

「お褒めのお言葉、ありがとう」

エミリーは水をぱしゃんとたたいた。「もう、このていどのことでいじけないでよ、アンディ。あそこではあなたの才能がじゅうぶんに生かされない。はるかにもっと才能があるひとなんだから。あなたにまとまった特集記事を書いてもらいたいのよ。あなたのビジョンを正確に作品に反映することができる、腕のある写真家と組んで仕事をしてもらいたいの。あなたの構想をほかのライターに教えこんで、手直しをして育成し、監督してほしいのよ。遠い海外に飛んで、セレブのインタビューをしてちょうだい。報道には公正を期していますなんて言わなければ、プレゼントやただの旅行が手に入るし、およそ考えられるありとあらゆる値引きをしてもらえるわ。わくわくする話でしょ？」

アンディは下唇を突きだした。「悪くはないわね」

「そうそう、そのとおり。とても悪くない話でしょ。わたしは雑誌の表の顔になって、あなたがやりたくない仕事はすべて引き受ける。パーティをひらいたり、広告主のご機嫌を取ったり、スタッフをやとったりクビにしたりの人事全般をね。賃貸のオフィスを見つけて、必要な備品をすべてそろえてあげる。いずれは、そういうこまごましたことを仕切る有能な人材を見つけるわ。そうすれば、この国にこれまでなかった高級ウェディングマガジンづくりに、わたしたちは没頭できる。健康保険の話はしたかしら？　じゅうぶん食べていけるだけのお給料の話は？　ありありと思い浮かぶでしょ？」

アンディはバスタブのなかでくつろいでいた。肩のこわばりがようやくほぐれてきた。正直なところ、ありありと思い浮かんではいた。実際、とてもゴージャスな雑誌になるだろう。しかし、世間に流通する雑誌をつくって刊行していくだけの素質が自分たちにあるだろうか、と思わざるをえなかった。下っ端のアシスタントとしての経験が合わせて数年、その後ひとりは共同編集者、もうひとりはウェブサイトのライターをしていただけなのに。

ウェディングマガジンを創刊するといっても、花嫁のベールや体にフィットしたドレスなどの記事をひっきりなしに載せている、巷に溢れる結婚情報誌とどう差別化を図ればいいのか？ それに、初期費用は一体どうやって払う？ マンハッタンのオフィス？ アンディの住んでいるワンルームには、仕事用のデスクを兼ねているコンソールテーブルを一台置くだけのスペースしかない。エミリーがマイルスと暮らしているブラウンストーンの重層型アパートメントはアンディの住まいより広くはるかにおしゃれだけれど、フィルムチェックに欠かせないライトボックスを置く場所はないし、ましてや美術部の部屋などとうてい望めない。すばらしい話ではあるけれど、実際のところうまくいくのだろうか？

エミリーは嬉しそうに天井をあおぎ、頭の高い位置できれいにまとめたシニョンをお湯に浸した。「あれこれ理詰めで考えすぎるのは、自分のためにはならないわよ。そんなのむちゃくちゃつまらない。いいからすべてわたしにまかせて。すべて抜かりなく取り計らうから」

「そっか、だったら、すばらしい事業計画が立てられるわね。銀行に融資を頼むとき、なにに資金が必要なのか尋ねられたら、わたしは〝エミリーがすべて取り計らってくれます〟と言うだけでいいのね」

「取り計らいますって！ マイルスには十名以上の友人がいてね。みんなニューヨークの銀行員タイプかハリウッドで活躍しているような人物ばかりなの。そういうひとたちは、投資の対象となるあたらしい事業をいつもさがしているのよ。クリエイティブな起業家にお金を投じることに喜びを感じるのね。メディアや出版関係であればとくに、ついついそうしたくなるみたい。マスコミ関係と聞くと、セックスやモデルやゴージャスな世界を連想するからでしょうね。そういうイメージを、大いにアピールしましょうよ。わたしが思うに、わたしたちがつくる雑誌はそこらの安っぽいウェディング情報誌とはちがうものになるだろうから」

アンディは投資してくれそうな人物についての情報と、彼らがいくら投資してくれるかについての話を頭のなかで整理しようとしたが、エミリーと自分がウェディングマガジンをつくったら競合誌とはちがうものになるというくだりは、夢物語にすぎないような気がした。「ほんとに？　わたしも最近は結婚関連の出版についてはかなりわかってきたけど、新機軸を打ちだすのは容易ではないわ。来る年も来る年も、代わり映えのないおなじことが繰り返されるんだから」

「だいじょうぶだって！」エミリーはふんっと鼻を鳴らした。ジェットバスの泡の勢いが弱まってきた。彼女は勢いよくバスタブを出た。うつくしい肌が濡れてつやつやしている。それからアンディの向かいにあるリクライニングチェアにもどり、お茶を飲んだ。「わたしたちの雑誌は最高に洗練されたものになる。贅沢なものにね。ウェディングをあつかった高級マガジン。〝サンプルセール〟なんて言葉は、絶対に載っていない雑誌。〝お手頃〟

価格のハネムーン〟も〝かしこい節約法〟も〝財布にやさしいけれど見栄えのするブーケ〟もなし。安い製品をあつかっている店の情報とか……そういった類の記事は、いっさい載せない。お手頃価格の通販サイトも、かすみ草も、染め直しができるウェディングシューズも」

「世界規模で景気が後退してることは、知ってるわよね?」

「だからこそ、読者はラグジュアリーなものを求めているのよ! 《ランウェイ》の読者のほぼ全員が、あそこで紹介されているストッキングをためらいなく買う余裕があると思ってるの? ストッキング一足買う余裕すら、ほとんどのひとはないでしょうね」エミリーは主張した。

地に足のついた考え方をするアンディですら、わくわくしてきた。「そうね」と彼女。「《ランウェイ》は品物を並べた単なるカタログ雑誌ではない。やる気の源なのよ。おしゃれでセンスのいい女性たちのなかにも、高級ブランドを買う経済的な余裕がないひとがいる。そういうひとたちが買える範囲内の値段の服を選ぶときに、《ランウェイ》は着こなしのインスピレーションみたいなものをあたえているんだわ。《ランウェイ》で紹介している手が届かないような高価な装いに刺激を受ける女性たちだったら、わたしたちが《プランジ》で紹介する手が届かないような結婚式にも刺激を受けるだろうっていうのは、筋が通った話ね」

エミリーは顔をほころばせた。「飛びこみ《プランジ》？」

「いいネーミングじゃない？　〝思いきって結婚に踏みきる《テイク・ザ・プランジ》〟とか〝大胆にひらいた胸元《プランジング・ネック》〟……シンプルだけどドラマティックで軽やかな感じ。パーフェクトだわ」

「いいわね。最高にいい。プランジか。冴えてるわね。雑誌のタイトルはそれでいきましょう！」いまやエミリーは立ちあがり、全裸で文字どおりおどっていた。「あなただったら、きっとわかってくれるって思ってた。創刊号発刊を祝ってどこに旅行したいか、さっそく考えておいて。シドニー？　マウイ？　プロヴァンス？　ブエノスアイレス？　きっとゴージャスな旅になるわよ」

　衝動的でクレイジーなエミリーの予想は正しかった。発刊にこぎつけるまでは、当然のことながら障害やら難題があったが（オフィスとして借りたロフトに、約束の期日から半年あまり入居できなかった。ふたりが思っていた以上に印刷業者の確保がむずかしかった。八つの職種の求人広告を出すと二千五百通もの履歴書が集まり、その一枚いちまいに目を通さなければならなかった）、アイディアを出しあって実際に発刊するまでの道のりはおおむね順調だった。それはもっぱらエミリーの根拠のない自信と一念、さらにはマイルスが密に交流しているお金持ちの友人によるところが大きい。一番高額な出資をしたのはマックスで、会社の株の十八パーセント強を持っている。さらには、五名の投資家グループが十五パーセントの株を持ち、エミリーとアンディはそれぞれ三分の一の株を持った。合わせると六十七パーセントを持っている彼女たちは会社の正真正銘のオーナーで、ほかの投資家たちの意見を覆すことができたし、雑誌にかんする主要な決定事項にも最終的な発言権があった。

《プランジ》の編集コンセプトは高級ファッションと洗練だ。一流デザイナーの手によるこの世に一着しかないドレス、子孫に代々遺していく価値があるダイヤモンドジュエリー、最高にエレガントな銀食器の選び方、ハネムーンにプライベートアイランドを借りる方法、独創的で上品なウィッシュリストのつくり方などなど。わずか四十ページほどの小さな季刊誌から始めたが、二年も経たずして一年に七冊出し（隔月刊で、六月に特別号を刊行した）、定期購読の契約も店頭での購買数も当初の計画を上回った。

エミリーが予測していたとおり、《プランジ》が紹介するライフスタイルを実現する経済的な余裕がある読者はほとんどいなかったが、彼女たちはみな垢抜けていてスタイリッシュで意識が高く、ゴージャスな写真や記事を自分の結婚式の参考にしていた。最初の数カ月はそれほど話題にはならなかった。アンディとエミリーはわずかなりとも華やかで艶やかな結婚式が身近にあると、それを取りあげて記事にした。ヘッジファンドを手がける男性とヨットクラブで式を挙げた、エミリーの《ハーパーズ・バザー》時代の同僚。アクション・ムービーを十本ほどヒットさせた映画監督と結婚予定の、エミリーの大学時代の友人。エミリーが世話になっているセレブ専門の皮膚科の女医は、導入したばかりのヒアルロン酸注射を宣伝してくれるのなら、テレビニュースの有名なパーソナリティーとの結婚を記事にしてもいいと承諾してくれた。紹介される花嫁と花婿は、世界的に名が知れた有名人ではなかったが、どれも豪華な結婚式だった。そういった式の写真は、ウィッシュリストや指輪の選び方の記事だけでは得られない気品を雑誌に添えていた。

《プランジ》を目立たない刊行物から注目度の高い雑誌へ押しあげたきっかけとなったカップルは、皮肉なことにアンディの人脈の男女だった。マックスが幼馴染のソーシャライトの結婚式に招待されたのがきっかけだった。そのきれいな幼馴染は大金持ちのベネズエラ人を父に持ち、結婚相手はメキシコの〝ビジネスマン〟の息子とのことだった。どういう類のビジネスをしているのかは、定かではなかったけれど。それはともかくマックスが一本電話を入れて、雑誌にどの写真を載せるかについて最終的な決定権は新婦にある、と確約するだけで話は成立した。その結婚式の特集記事は、その豪華さといい、メキシコのモンテレイの広大な邸宅の内部を紹介した写真といい、ダイヤモンドをこぼれんばかりに身につけた光り輝くラテン人女性といい、ゴシップ雑誌やエンターテイメントサイトの熱い注目を浴びた。ニュース番組『60ミニッツ』でFBIがテーマになったさいにも取りあげられて、新郎の〝ビジネスマン〟と彼のボディーガードの一団が手にしていた、様々な自動小銃が話題に上ったりまでした。海軍特殊部隊が手薄に思えるほどの重々しい装備だった。

それ以降、結婚式の取材は簡単に取りつけられるようになった。アンディもエミリーもミランダと交流のある人々の連絡先リストのコピーを持っていて、臆面もなくそれを利用した。細部まできっちり決められているバレエのステップにも似た手順を、ふたりはつくりあげていった。ウェブサイトやゴシップ雑誌をくまなく調べて有名人の婚約のニュースをさがしだし、婚約騒ぎがおさまった数週間後に本人かその広報担当に電話をするが、そのさいは《ランウェイ》やミランダとより親交が深いほうを選ぶ。そしてまさに電話口でミランダの名前をさりげなく口にして、わたしたちは合計して数年間（嘘じゃない）彼女のもとで働いていたんですよと語り、高級ウェディングマガジンにあらたに〝進出〟した経緯を、細かいことは省いてざっくりと説明する。電話のあとには例のメキシコ人の結婚式を特集した《プランジ》を宅配便で送り、きっかり一週間してからもう一度電話をかける。これまでのところ、連絡を取ったセレブのほぼ九十パーセントは、雑誌が刊行されるまで週刊誌に結婚式の写真を売ってもいいという条件なら、《プランジ》の特集記事に自分の結婚を載せることを承諾してくれた。アンディとエミリーがこの条件の受けいれを渋ることはなかった。《プランジ》専属のカメラマンによる写真、新郎新婦への掘りさげたインタビュー、アンディの気さくで親しみやすい記事をもってすれば、向かうところ敵なしだったのだ。さらには有名な女優、モデル、ミュージシャン、アーティスト、ソーシャライトを特集記事で取りあげるごとに、つぎに交渉をしたセレブに取材を承諾してもらいやすくなり、大抵の場合、《ランウェイ》の名をそれほど出さなくても契約が成立するようになった。ここ数年、この方式はとてもうまくいっていて経営は順調だ。セレブの生の結婚式は各号の目玉であるだけでなく、この雑誌の決定的な特徴でありセールスポイントにもなっていった。

これは夢なのではとアンディ自身いまだに思うときがある。現にいま、ドリュー・バリモアとウィル・コペルマンが表紙になっている刊行されたばかりの十一月号をぱらぱらめくっても、エミリーの数年前の構想、それ以降の話し合いと様々なアイディア、必死の働きと様々なミスを経たからこそ《プランジ》が存在するのだということが、なかなか納得できない。さきが見えないまま始めたことだけれど、この雑誌はわたしの愛、分身だ。エミリーとゼロからつくりあげた、誇るべきもの。アンディはエミリーに感謝しない日はなかった。雑誌のことも、対等な共同経営者になれたことも、マックスを紹介してくれたことにも。

「マドンナもその結婚式に出席するのかしら？」母がケーキの紙皿を持って席につくと、アンディとカイルとジルの話に加わった。

「マドンナと新婦のハーパーはおなじカバラ・センターとやらに通ってるんじゃない？」ジルとアンディは母親の顔をまじまじとのぞきこんだ。

「なによ？　歯医者の診察室で《ピープル》を読んでなにがいけないの？」母はケーキを

皿に取りわけた。アンディの父親と離婚してから、母は食べ物に気をつかうようになった。

「実はわたしも気になっていたの」アンディはこたえた。「でも出席しないんじゃないかな。マドンナはなにかの用事で南太平洋に行ってるから。でもデミ・ムーアは出席すると広報担当は断言してる。もうアシュトン・カッチャーが一緒じゃないから華のあるゲストとして呼んだわけじゃないだろうけど、興味はあるわよね」

「これはわたしの個人的な意見だけど、デミ・ムーアの体はどこを取ってもすべて手を加えていると断言していいわね」と母が言った。「そう思うと、気が楽になるし」

「わたしもよ」アンディはこたえると、すこしだけ残っていたケーキをすべてフォークですくった。幼い子どものように手でケーキをすくってそのまま口に運ばないようにするのが、精いっぱいだった。空腹を我慢する習慣のない彼女は、気分が悪くなってでも、いつも好きなだけ食べる。

「はい、坊やたち。お楽しみはおしまいよ。アイザックとジョーナ、お皿をキッチンへ片づけてみんなにお休みのキスをしてちょうだい。パパがバスタブにお湯を張ってお風呂に入れてくれますからね。そのあいだママはジャレドにミルクをあげるわ」ジルが声高に言うと、なにやら意味ありげな視線をカイルに送った。「今日はママの誕生日だから、そのあとは好きなことをさせてもらうわ。ママはすぐに眠りたいの。夜中になにかあったら、パパが聞いてくれるからね。いい?」ジャレドを抱きあげると、頬にキスした。赤ん坊は彼女の顔をぴしゃりとはたいた。「怖い夢を見たとか、喉が渇いたとか、寒いとか、抱っこしてとか、そういうときは今夜はパパを起こしなさい。ぼくたち、わかった？」男の子ふたりは神妙な顔でうなずき、ジャレドはキャッキャッとはしゃいで手をたたいた。

ジルとカイルは三人の男の子をまとめ、母にケーキの礼を言って家族におやすみのキスをしてから階上へ消えた。じきにバスタブにお湯を張る音がアンディの耳に届いた。

母はいったんキッチンへ引きあげたが、しばらくしてカフェイン抜きの紅茶のティーバッグを入れたマグをふたつ運んできた。ティーバッグはまだ浸したままだが、ミルクと人工甘味料の袋は用意してある。彼女はテーブルの向かいにいるアンディの前にマグを置いた。

「さっきカイルがあなたに、どうかしたのかって訊いてたけど……」母はティーバッグをスプーンに巻きつけている。

アンディはこたえようとしていったんは口をひらいたが、すぐにまた閉じた。大学生になって実家を出てから親に日に三回も電話したり、自分の恋愛をセクシャルなことまで細かく両親に報告したりするタイプではなかったけれど、子どもができたことを実の母に知らせないでいるのは思っていた以上にむずかしかった。ううん、ほぼ不可能だ。母には知らせなくてはいけない。母には知ってもらいたい。ドクター・パーマーと検査技師はさておき、アンディの妊娠を知っているのはこの世に本人の彼女とミスター・ケヴィンしかいないということが、とてつもなく妙なことに感じられる。それでも、打ち明ける気にはなれない。現実のこととは思えないし、マックスにたいして割りきれない思いをかかえている以上、彼に打ち明ける前にだれかにそうするのは賢明ではないような気がした。たとえ相手が母親であっても。

「なにもかも問題ないわ」アンディは母と目を合わさずにこたえた。「疲れているだけ」

母はうなずいたけれど、アンディが隠し事をしているのを明らかに見抜いているようだった。「明日は何時の便に乗るの？」

「十一時よ。ケネディ国際空港から。七時にタクシーが来るわ」

「だったら、すくなくとも何日かはあたたかい場所にいられるのね。結婚式の取材をしているときはあまりリラックスもできないでしょうけど、一、二時間ほど外で一息つく暇はあるんでしょ」

「うん、そう願ってるわ」イライアスークラークから電話があったことを言おうかと一瞬思ったけれど、話が長引くだろうからやめた。ミランダの悪夢を見るかもしれないとおびえるくらいなら休んだほうがいい。

「マックスはどうしてる？　新婚早々に奥さんが海外旅行じゃ、機嫌が悪いでしょ？」

アンディは肩をすくめた。「だいじょうぶよ。日曜日は男友だちとニューヨーク・ジェッツの試合を観にいくんですって。わたしがいないことにすら気づかないかもね」

母は黙っている。いまのは言い過ぎだったかもしれない、とアンディは思った。母は昔からずっとマックスを気に入っていたし、アンディが幸せになることを望んでいたが、ハリソン家の財産や社交活動をつねにしていなければならない義務感のようなものにたいしては、理解できないという顔をあからさまにした。

「先週、ニューヨークシティでひらかれた連合のランチ会に出席したら、偶然ロバータ・ファインマンに会ったわ。その話はしたっけ？」

アンディは関心がないふりをした。「ううん。初耳。彼女どうだった？」

「すごく元気そうだった。長いことつきあっている男性がいるそうよ。将来を見据えたおつきあいみたい。奥さんを亡くした歯医者さんなんですって。いずれ結婚するつもりって言ってたわ」

「ふうん。アレックスのことはなにも？」

元彼のことを質問するのは癪《しゃく》だったが、訊かずにはいられなかった。アレックスとは一回偶然会っただけで、十年近く音信不通だ。彼の現在をほとんど知らないことは、やはり悲しかった。検索エンジンで得られることといえば、すでに知っている彼の大まかな経歴のほかに、バーリントンのライブミュージック・ビジネスを絶賛しているアレックスの言葉を引用した三年前の記事だけ。彼はバーモント大学の大学院に進学したらしい。さらに予想できることとして、いまでもバーモント州に暮らしている。偶然に再会したときは、スキー仲間の女性とつきあっていると言っていたが、それ以上くわしいことは教えてくれなかった。彼はフェイスブックをしていないけれど、それは彼の性格を考えれば当然な気もする。リリーもアレックスについてはそれ以上のことを知らないか、もし知っていても、アンディには黙っている。おそらく前者なのだろう。リリーとアレックスはメールでホリデーカードを送りあうていどの交流しかないし、一度だけ彼のほうからメールがあったらしいが、大学院進学を検討しているときに、コロラド大学ボルダー校の大学院に進学してどうだったかリリーに訊いてきたとのことだった。

「ううん、話してくれたわ。修士号を取って恋人と一緒にニューヨークにもどってくるんですって。いや、もう引っ越してきたのだったかしら？　その恋人はクリエイティブな仕事をしていて、なんだったか覚えていないんだけど、ニューヨークでいい職を得たからアレックスもニューヨークで就職しようとしているんだと思うわ」

なんと。アレックスはスキーが上手でクリエイティブな美人と、三年経ったいまもまだつづいていたのだ。それ以上におどろいたことに、シティにもどってくるとは。

「ふうん。〈ホールフーズ〉でばったり会ったとき、彼女の話をしてたわ。待って、ということは、なに？　あれはわたしがちょうどマックスとつきあいはじめたころだった……三年前。ということは、アレックスは彼女と真剣につきあっているのね」

最後の一言については、母に否定してもらいたかった。アンディのセリフをあれこれ解釈して、突拍子もない分析や意見を口にしてほしかった。まさか真剣につきあっているわけないじゃない、と。でも母はうなずいて「そうね。ロバータも年末までにふたりが婚約すればいいって言ってたわ。そのお嬢さんは二十代半ばだから、もちろん急ぐ必要はないけど。ロバータは孫の顔を見たいそうよ。わたしもそうだけどね」

「ママにはもう孫がいるじゃないの。三人も。目のなかに入れても痛くない孫たちが」

母は声をあげて笑った。「まったく、あの子たちは手に負えないわよね。男の子三人なんて、悲惨なんてもんじゃないわ」紅茶を一口飲んだ。「あなたがアレックスにばったり会ったって話、記憶にないわ。わたしに話した?」

「あのころはわたしはまだ〝永遠に幸せに〟で働いていて、マックスに出会ったばかりだった。ママはブッククラブのお仲間と川のクルージング旅行をしていたわ。マックスに会ったことをメールでママに知らせたら、yのスペルがzになるイカれたキーボードで打ったメールが送られてきたから、よく覚えてる」

「あなたの記憶力には、いつもながらおどろかされるわね」

「アレックスはコロンビア大学が運営している教育機関での研修を受けに、夏のあいだニューヨークにもどっていたの。あの日、彼がどうして〈ホールフーズ〉にいたのかは、いまだにわからない。でも、マックスとわたしはランニングの途中にミネラルウォーターを買いに立ち寄った。わたしは汗みどろでひどいありさまだったけど、アレックスは面接用のスーツを着てた。店の階上で、三人で十分ほどお茶したけど、なんか気まずかったわ。ママも想像つくだろうけど。アレックスは修士の学生とつきあってるけど、将来どうなるかはわからないって言ってた」

スモールサイズのラテを一杯飲んだだけなのに心臓がばくばくしたことや、アレックスが冗談を言ったりコメントをしたりするたびに、やけに笑い、やけに威勢よくうなずいたことは、母に話さなかった。わたしと出会った日の夜、アレックスは恋人とのデートに胸をときめかせただろうか、その娘《こ》のことを愛しているのだろうか、自分の真の理解者と見なしているのだろうかと思ったことも、母には話さなかった。偶然の出会いのあと、アレックスが電話かメールで連絡してくることをひたすら待ち望んだことも、話さなかった。結局はその願いはかなわず、マックスと出会ったばかりで浮かれた日々を送っていたくせにがっかりしたことも、話さなかった。あの夜、アレックスとの歳月を思いだし、どうしてわたしたちはこんな冷やかな関係になってしまったのかと嘆いてシャワーを浴びながら泣き、アレックスのことは永遠に頭から追いはらってマックス（ハンサムでセクシーで愉快でチャーミングで、おまけにわたしを支援してくれるマックス）に気持ちを集中させなさいと最後に自分を叱りつけたことも、母には話さなかった。それでもアンディはどういうわけか、ママはわかってくれているという気がした。

アンディは母が食器を洗うのを手伝って、ケーキの残りをしまった。母はアンディとマックスの結婚式で言葉を交わした人々についてこと細かなコメントを途切れることなく口にして、服装、飲酒の量、楽しそうにしていたかどうかについて私見を述べ、この数年間に招待された友人の子どもの結婚式すべてと自分の娘の結婚式を比較した（もちろん、どこを取ってもあなたの結婚式のほうがすばらしかったわよ）。母はいずれにせよハリソン家の人々のことは、慎重に触れないようにしていた。そのあいだジルがちょっとだけおりてきて、マグカップふたつにミルクを注ぎ、哺乳瓶にミルクをつくった。母と姉に妊娠を報せないことは裏切りなのかもしれない、とアンディは気がとがめた。それでも報せることなく、誕生日おめでとうとジルに言い、彼女と母におやすみのキスをしてから、幼少時代から使っている部屋に引きあげた。二階の階段からもっとも離れている部屋だ。

もう大人になったのだから、自室のインテリアを変えようと計画している（母が以前買ったレザーのヘッドボードがついているクィーンサイズのベッドとホテルタイプのシーツ、こげ茶色のステッチがまっすぐにほどこしてある真っ白な上掛けは、アンディが見立てたものだ）。とはいえ、まだぜんぜん手をつけていない。禁じられているのに屋内で靴をはいていたことが数年あったので灰色に変色した、毛足の長い白いカーペット。千年前のものに見えてしまう、パープルと白の花模様のキルト。五枚ほどのコルクボードには高校時代の名残が一面に貼ってある。九七年の秋シーズンのテニス・スケジュール。いろんな雑誌から切り抜いたマット・デイモンとマーキー・マークの写真。『タイタニック』の映画ポスター、卒業アルバムの制作スタッフの電話番号、ダンスパーティのコサージュに使った花をドライフラワーにしたけれど花がだいぶ前に落ちて茎一本になったもの、高校卒業後にジルが旅行先のカンボジアから送ってきたハガキ、卒業後の夏休みにバイトした〈カントリーズ・ベスト・ヨーグルト〉の給料明細、写真、たくさんの写真。そのほとんどすべてにリリーが写っている。高校のダンスパーティのドレス姿のときも、エイヴォンの動物保護団体のボランティアをしているときのジーンズ姿でも、一シーズンだけクロスカントリー部に入ったときのおそろいのトラックスーツ姿のときも、いつでもアンディの真横でほほえんでいる。画鋲をはずして、一枚の写真を手に取る。アンディとリリーが友人グループと一緒に、ステートフェアで写したものだ。ひたすら回転して乗り物酔いを起こすアトラクションから降りたばかりの一枚で、ふたりはほかの子にくらべて青い顔をしている。これを撮影したすぐあとに草むらに駆けよって吐いてしまい、それからの三日間、このしつこい吐き気は目が回るようなひどいアトラクションに乗ったのが原因で、まだ禁じられているお酒を親の目を盗んで飲んだからではないと両親に説明しなければならなかったのを覚えている。もちろん、飲酒のせいでもあったのだけど。

長年使っていたせいで真ん中がわずかにくぼんでいるシングルベッドにどすんと腰をおろし、リリーの番号に電話をかける。コロラドは九時から十時の時間帯で、彼女はちょうど息子のベアを寝かしつけたころだろう。二回目の呼出音で電話がつながった。

たえた。

「こんばんは、美人さん！　新婚生活はどう？」

「わたし、妊娠したの」自分でもなにを話しているのか自覚できないまま、アンディはこたえた。

三秒、いや五秒ほどの沈黙が流れ、リリーの声が聞こえてきた。「アンディ？　あんたなの？」

「ええ、そうよ。わたし、妊娠したの」

「やったね。おめでとう！　ずいぶんと早かったわよね。待って、それってありえない……」

リリーが暗算しているあいだ、アンディは息を殺していた。妊娠を報告したらだれもがこうやって計算をするし、そのたびにいやな気分になるのだろうけれど、リリーが相手だとちがった。打ち明けることができて、ほっとしていた。「うん。ありえない。ともかく〝妊娠したて〟ではないんですって。結婚してから一月も経ってないのにね。来週超音波で診察を受けるわ。いまからびくびくしてるけど……」

「だいじょうぶだって！　たしかに怖い。あたしも経験したことあるから。でも、とてもすばらしいことだよ、アンディ。男の子、女の子、どちらかわかるんだよね？」

やはりそうきたか。妊娠がわかった友人に向けての典型的な質問。その質問のあまりの能天気さにアンディは言葉を失ったけれど、つぎの瞬間、一番の親友への妊娠報告がお祝いムードだけでおわらないことに気づいて、いっそう気が遠くなった。男の子か女の子か予想したり、どういう名前がいいか話しあったり、ばか高いベビーカーをあれこれ比較する余裕はない。ほかに話さなくてはいけないことがあるのだから。

「マックスはさぞ喜んでるでしょ！　こっちが想像つかないくらいに。出会ったときからずっと、赤ちゃんが欲しいって言ってたし」

「彼には言ってないの」小さな声で言う。リリーに聞こえなかったかもしれない。

「まだ言ってない？」

「わたしたち、ぎくしゃくしててね。お義母さまのバーバラが彼に宛てた手紙を結婚式当日に読んでしまって、それが頭から離れないのよ」

「ぎくしゃく？　妊娠を告げられないほど、ぎくしゃくしてるわけ？」

話しだしたら、とまらなくなった。アンディはリリーにすべてを、なにもかも話した。エミリーにさえ言ってないことも含めて。別居して冷却期間を置きましょうとどうやって提案しようかと考え、今夜こそ切りだそうとした直前に、妊娠報告の電話がかかってきたこと。いまはマックスに触れるのもいやなこと。彼がキャサリンについて真実を言っているのだろうかとあやしまずにはいられないこと。それらを初めて、なんとか言葉で説明することができた。

「とまあ、そういうわけなの。すばらしいことになってるでしょ？」アンディは髪をひとつにまとめていたゴムをはずして、髪を揺すった。花模様のピンクの枕に頬を乗せて、深呼吸する。昔とおなじ洗濯洗剤や柔軟剤などを使っているせいか、枕から子どものころの匂いがする。この枕は変えたくない。

「どう言葉を返したらいいのかもわからない。そっちに行こうか？　ベアの世話はボーディにまかせられるだろうし、明日にでも飛行機に乗って……」

「ありがとう、リル。でもわたしは明日の朝、出張でアンギラ島へ発つの。だから家族と一緒にいて。でも、ありがとう」

「かわいそうに！　それにしてもバーバラ、最悪！　でもさあ、あんたもひどく神経過敏になってんだと思う！　ベアを妊娠したときのことはありありと覚えている。お腹に子どもがいるのに夫に捨てられて途方に暮れてしまうかもしれないって、あたしもおびえていた。怖くて仕方がなかった。なんて表現すればいいのかわからないけど、妊娠すると……思い込みが激しくなるんだよね。うまく説明できないんだけど」

「ううん、そんなことない。あなたがなにを言いたいのか、よくわかる。一週間前は、おたがい頭を冷やしてよく考えようと思っていた。たがいに正直になって解決する機会をもうけようと。簡単にはいかないだろうけど、そうするつもりでいた。で、いまはどうよ？　赤ちゃんができた！　マックスの赤ちゃんが。彼のことは締めあげてやりたいけど、わたしはもうすでにお腹のなかの子が愛おしくて」

「だよね、アンディ。よくわかる。まだ妊娠初期でもね」

アンディは鼻をすすった。自分が泣いていることに、これまで気づきもしていなかった。

「赤ちゃんがすでに愛おしいんでしょ？　だったら、出産をのんびり待てばいいの」

「ただ……これまでとは事態が変わったと思っただけ」

リリーはしばし無言だった。彼女のことだから、自分の経験談をしようかと思いながらも、そうしたら話の中心がアンディの悩みからずれてしまうかもしれないと迷っているんだろう。でもじきに口をひらいた。「あんたの気持ちはわかる。理想像があったんでしょ。ある日、結婚二年目の愛しい夫の横で目を覚まし、すぐにバスルームに入って妊娠検査をして彼と一緒に陽性結果を見る。やったーってふたりで歓声をあげて転がりこむようにしてベッドにもどり、笑いながら抱きあって赤ちゃんができたことを喜ぶ。それから夫はあなたの診察にすべてつきそってくれて、脚をマッサージして酸っぱいピクルスとアイスクリームを買ってきてくれる。でもさあ、あんただってわかるだろうけど、そんな展開はめったにないのよ。というか、まったくないの。でも、あたしが言いたいのは、どっちにしろ、おめでたいことには変わらないってこと」

電話をかけてきたリリーから妊娠を知らされたときのことを、アンディは思いだした。彼女はボルダーですでに何年か暮らしていて、教えるほうに力を入れようと博士号を取るために割く時間を減らそうとしていた。それほど頻繁に言葉を交わさなくなっていたけれど、リリーと話すと幸せそうに暮らしている彼女がいつも羨ましかった。彼女はそのころ始めたヨガに夢中だったけど、当初アンディは例によってまたすぐに飽きるのだろうと思っていた。熱しやすく冷めやすいリリーは、どんな趣味も長つづきしなかった。テニス、陶器づくり、バイク・グループエクササイズ、料理。半プロが教える安い単発講座じゃなくてチケット制の教室に通うとリリーが宣言したときは、いつまでつづくものやらとアンディは首を横にふったものだった。リリーのあれがまた始まった。一時間五百ドルのプロ養成講座に通うとリリーが宣言したときは、声には出さずに笑った。しかしその講座を記録的な速さで修了し、ひきつづき四カ月間、インドはコダイカナルのアシュラムに滞在して、舌を嚙みそうな複雑な名前の世界的に有名なヨガ行者の指導で〝心理的不均衡に効くヨガ〟と〝強い心を得るためのヨガ〟を習う段になると、アンディもさすがにおどろくようになった。インドから帰国して間もなく、リリーはヨガ道場の校長兼オーナーの男性とつきあいはじめた。仏教に改宗したのを機に名前をブライアンから菩提《ボーディ》に変えた北カリフォルニア出身の男性だったが、それから一年後、リリーはアンディに電話をかけてきて、大きなニュースを報告した——ボーディとのあいだに赤ちゃんができて、六カ月後に生まれるとのこと。アンディは耳を疑った。ボーディとのあいだに？　リリーが彼を連れてコネティカットに来たとき一度会ったことがあるけれど、太いドレッドヘアといい、さらに太い筋肉隆々の体といい、魔法瓶からグリーンティー（ホットかアイスかは、季節によるらしい）を毎日ひっきりなしに飲む癖などは、なかなか慣れることができなかった。好人物だったし、リリーを愛していることは傍目からもわかったけれど、アンディはまったく親しみを覚えなかった。彼女があまり多くを質問しないでいると、友人をよく理解しているリリーは「うっかりできてしまった子どもではないのよ、アンディ。ボーディとあたしは一生を共に歩んでいくつもりでいるけど、法律的な手続きを経ていわゆる正式な夫婦になる必要はないと、ふたりとも思ってる。あたしはこのひとを愛してるし、ふたりの子どもが欲しいのよ」と説明した。

アンディは申し訳ないと思いつつも、リリーの妊娠にまつわるすべてに疑いを抱いていた。彼女はなにを考えているのか？　どうしてこんな無謀なことをしたのか？　しかし、生まれて数週間の息子に授乳しているリリーを見たとき、彼女は自分とパートナーと息子の三人にとって、もっとも賢明な行動を取ったのだと思いなおした。リリーが母として妻（事実婚だけれど）としての役割をどう受けとめているか理解できず、彼女とのあいだにいくぶん隔たりができてしまったけれど、友人が自分の足であたらしい人生を築いていることは嬉しかった。そしていまは、リリーが心からの理解を示してくれたことに感謝していた。

「脚のマッサージとアイスクリームですって？　はっ、クラミジア恐怖症からしばらく解放されるだけでもよしとしなきゃいけないのに」

「笑い飛ばしてくれて、よかったよ」とリリー。ほっとしているような声だった。「いろいろと気苦労が絶えないとは思うけど、やっぱりおめでとうと言わせてちょうだい。赤ちゃんができたんだから！」

「わかってる。ものすごい疲労感とひっきりなしの吐き気がなければ、わたし自身、実感できなかったでしょうけどね」

「あたしも妊娠がわかる前は、てっきりガンだと思ったもの。大袈裟じゃなく、一度に三時間以上は目をあけていられなかった。ガンにちがいないって思ったものよ」

アンディは黙ったまま、自分の妊娠について一番の親友と語る大きな喜びと違和感を味わっていた。いつの間にかうつらうつらしていたらしい。リリーが声をかけてきた。「アンディ？　聞こえてる？　眠っていたの？」

「ごめん」つぶやくように謝って、口の端のよだれをぬぐう。

「もう切るよ」

アンディはほほえんだ。「会いたいわ、リル」

「いつだって話を聞くよ。遠慮しないで電話して。アンギラ島ではいくらか日光浴して、アルコールが入ってないバージン・ピニャコラーダを飲むように。その日いちにちは、なにもかも忘れなさい。約束できる？」

「努力してみる」別れの言葉をさらに二言三言交わして電話を切った。ベアとボーディは元気かと聞かなかったことを後ろめたく思ってはだめ、とアンディは自分に言い聞かせた。だれであれいささか自己中心的になってしまう時があるとすれば、いまがまさにそれなのだろう。早くも窮屈になってきたジーンズをぐいっと下におろし、セーターを頭から脱ぐ。歯磨きも洗顔もデンタルフロスも……あとでいい。そう思いながら、ひんやりした花模様の枕にまた頭を乗せ、少女時代から使っているキルトを顎まで引きあげる。明日の朝にはなにもかもが、上向きになっているはずだ。

9　どこでもバージン・ピニャコラーダ

午前十一時の便。プエルトリコの空港で予定外の足止めを食うこと三時間。セント・マーチン島から乗った〝フェリー〟とは名ばかりのボートは、台風のなかをジェットスキーで進んでいくような乗り心地。さらにはエアコンのない税関で長いあいだ待たされて、おつぎは、土埃が舞う地元の悪路を走るドライブ。ただでさえ旅はきついけれど、妊娠しているとなると耐えがたいものになる。

宿泊先は苦労してやって来たかいのあるホテルだったが、〝ホテル〟という言葉はそこを正確に言い表わしていない。まさにお伽《とぎ》の国。ひとつの集落を成している、魅力的なお伽の国だ。弧を描くビーチの手前に緑豊かな森が広がり、そこに藁ぶき屋根の独立したコテージが点在している。ロビーはオープンエアの東屋《あずまや》で、大理石の床にバリ島風の木彫りの家具がしつらえられ、いたるところに置かれた凝ったデザインの鳥籠のなかで南国の鳥がさえずっていた。そこから見える海があまりにも青く澄んでいるので、アンディは一瞬、幻覚を見ているような気がした。通されたスイートルームのバルコニーに出たときは、頭上の木の枝からサルがぶらさがっているのが目にとまった。

すこし休まなくてはと自分に言い聞かせてベッドにすわり、あたりを見まわす。キングサイズのプラットホームベッドには真っ白なリネンがかけられ、しっかりしていると同時にうっとりするほど柔らかい奇跡のようなマットレスが使われている。玄関を入ってすぐのところに置かれたココナッツウッドのテーブルセット、ガラス製のコーヒーテーブルの前にはユニット式のソファ、ベッドの左側にはボーズのステレオ。竹枠の藁ぶき屋根と、壁の三面をおおっている開閉できるスライド式ガラス窓が、屋外のような雰囲気を演出している。バルコニーの下の急斜面にせりだしているプール、周囲の森と溶けこんでいるプールの水、チーク材のリクライニングチェアとストライプのクッションとおなじ柄のビーチパラソルが、この上なくシックなプライベートサンルームをつくりあげている。化粧台がふたつと、天井に大きなシャワーが取りつけられたガラス張りのシャワー室をふくむゆったりしたバスルームには、ほぼすべての面に白い大理石が張られていて、バスルームだけでもニューヨークのアパートメントのゲストルームとおなじくらいの広さがあった。あたたかいタオル掛けに下がっている、綿菓子のように真っ白でふわふわのタオル。メイクコーナーに飾られたみずみずしいプルメリアの花。自然の香りがするシャンプーとコンディショナーが入っている小さな陶器のネック部分に、ロープのレタリングのちっちゃな表示がついている。そして、バスルームの一番奥にヤシの木とあざやかな緑に囲まれて鎮座しているのは、大きなバスタブだ。三方を二メートル五十センチほどの高さの壁に囲まれているものの外気を存分に取りこめるようになっており、びっくりしたことにすでにお湯が張られ、かぐわしい匂いをただよわせていた。バスソルトの小さな陶器のボトルが浴槽の縁に置いてあり、どこからか音楽がかすかに流れてくる。森林の草木と土の匂いが午後の太陽の熱と一体となって、開放感のある部屋に充満していた。

アンディはレギンスをおろしてからTシャツを床に脱ぎ捨て、ようやく人心地ついた。蒸し暑い空気のなかちょうどいい温度になっているかぐわしい匂いのお湯に浸かり、目を閉じる。思わず知らず両手でお腹をなでていた。ここに小さな命が育っていることが、いまだに信じられない。いままで考えまいとしていたけれど、自分が男の子を望んでいることに不意に気づいた。なぜかはわからない。姉もリリーも産んだのが男の子で、アンディがよく知っている愛すべき幼子があの子たちだけだからなのか？　息子の髪を美少年風に伸ばしてべたべたに可愛がり、青いブレザーにネクタイというおませな格好をさせて膝の上に抱っこしたいからなのか？　よくわからないが、マックスはずいぶん前に、ぼくたちの子はみな女の子だろうと宣言していた。テニスやサッカーやゴルフを娘たちに教えたい、おしゃまなユニフォームを着た娘たちに野球の手ほどきをしてやるのが待ちきれない、と彼は言う。さらには夫婦ともにブロンドではないのに、娘たちはブロンドだと断言している。娘たちは世界中でパパが一番好きと言ってくれるはずだ、とも。彼のそんなところにアンディは惹かれた。名うてのプレイボーイだけれどほんとうはやさしくて、だれよりもあたたかい家庭を求めているけれど、それを認めることが怖いひとなのだと思った。アンディが知っているマックスはそういう人物だったけれど、彼の妹からは、あなたと出会うことで兄は本来の自分を取りもどした、と面と向かって言われた。妊娠をマックスに伝えたら、死んでもいいくらいに喜ぶだろう。

部屋のどこかで電話が鳴りだした。あわてて周囲に目を向けると、バスタブのそばの壁際に内線電話が目立たないように掛けてあった。

「もしもし?」

「ミズ・サックスですか? こんにちは。コンシェルジュのロナルドです。結婚式のリハーサルが一時間後にビーチで始まるとの伝言を、ミズ・ハロウからことづかりました。お迎えにあがりましょうか?」

「そうね、ありがとう。それまでには支度をしておきます」

お湯のコックをひねり、膝を伸ばして水流が直接足にあたるようにする。体はひどく疲れているのに、頭は冴えて目まぐるしく動いていた。一時間後には、音楽業界でもっとも力のあるカップルの結婚式リハーサルに参加する。ハーパー・ハロウはデビューしてからこれまでに二十二回グラミー賞を獲得した。これはU2とスティーヴィー・ワンダーに並ぶ数字だが、グラミー賞の候補になったことはさらに十回以上におよぶ。彼女の夫、いまやマックという名前で通っているラッパー、クラレンス・デクスターは、音楽のキャリアを生かして靴や服を売る実入りのいい事業を展開し、数億ドル稼いだ。ふたりが結婚すれば、世界一裕福で世界一有名なカップルが誕生する。

さらに数分お湯に浸かってから思いきって豪華なバスタブを出て、まっすぐシャワー室へ向かった。手回しよく置いてあるチーク材のベンチに腰かけて優雅に体を洗い、脚のむだ毛を処理した。リネンの白いパンツをはき、青とオレンジのシルクのトップを合わせ、銀色のフラットサンダルをはいた。エミリーが見たらきっと褒めてくれるだろう。ホテルが支給してくれた麦わらのトートバッグにメモ帳と携帯を入れたとき、ブザーが鳴った。ぱりっとした半袖のシャツを着た、内気そうな島の少年が小声で挨拶をして、ついてくるように手ぶりで示した。

三分ほど歩いて、カジュアルなプールサイドバーとなっている東屋に着いた。太陽がちょうど海の向こうへ沈んでいく時分だった。空気がひんやりして、月が冴えざえと輝きだしている。ココナッツの実をグラス代わりにしたカクテルやカリブ海のビールを手に、数百名ほどの人々がさんざめいていた。十二名からなるレゲエバンドが島の歌をうたい、ブランドものの服を着た子どもたちがくすくすわらいながらステージの前でおどっていた。

アンディは目を凝らしたが、ハーパーもマックもすぐには見つからなかった。携炭酸入りのミネラルウォーターのグラスを制服姿のウエイターから受けとったとき、携帯が鳴った。

テントの横に歩いていって、バッグから携帯を出す。「エム？　ハイ。聞こえてる？」

「一体どこにいるの？　リハーサルは二十分前に始まってるんでしょ」

エミリーの声があまりにも大きく響くので、アンディは携帯を耳から離した。「リハーサル会場で、この上なく魅力的なひとたちとお喋りしているわよ。心配ないってば」

「わたしたちに必要なのは具体的なエピソードなんだし、ゴシップの格好のネタになるハプニングがその場で起こったら……」

「だからわたしはここにいるのよ。メモ帳を手に……」アンディは小さなトートバッグを見て、なんとペンを忘れてきたことに気づいた。妊娠初期ですでにこんな状態なのに、このさき子どもを産むまでどうなるのかしら。

「ハーパーはなにを着ている？」エミリーが訊いた。

「うん？　よく聞こえない。風が強くて」風の音らしく聞こえるように送話口にふうっと息を吹きかける。

「ああ、そう。だったら電話を切って写真を送って。どうなってるか知りたくてしょうがないのよ」

さらにもう一回、息を吹きかける。「もちろんそうしますとも！　もう行かなきゃ」電話を切って、パーティ会場にもどる。周囲では南国風のたいまつが燃えさかり、招待客が仮設テントのなかのバイキングコーナーでシーフードを選んでいる。アンディが携帯の録音機能に思いついたことを吹きこんでいると、ぱんぱんに膨らんだ革の書類ケースを持ちヘッドホンをつけている女性がまっすぐ近づいてきた。

「アンドレア・サックスですね」彼女はほっとしたような顔をした。

「ハーパーの広報担当の方ね……」

「ええ。アナベルです」アンディの腕をつかむと、砂浜のテーブルのほうへ引っ張っていった。「ビーチサンダルにはきかえたかったら、あの籠にありますので。ディナーの前のカクテルアワーには、シーフードのバイキングコーナーを用意していますし、スタッフがオードブルを配っています。もちろん、ドリンクも各種用意しているので遠慮なくウエイターに注文してくださいね。マックの配慮でこの週末には食べ物やワインを特別に航空便でとりよせていますので、どうかすべて召しあがってくださいませ。事実関係をチェックする必要がございましたら、メニューもお渡しします」

アンディはうなずいた。大物スターの広報担当は普通のひとの三倍のスピードで話すせいか、ひどく張りつめていることが多いけれど、彼らのおかげで取材が楽になることはたしかだ。

「じきにディナーが始まります。乾杯の音頭は三十秒。司会をするのはマックのエージェントでもある彼の親友です。最後のデザートのあと、食後酒を楽しんでいただきます。ディナーのあと、若い方々がこの島で一番のディスコへ繰りだせるよう、車の送迎サービスも手配しております。もちろんハーパーはデザートがおわったらすぐに自室に引きあげますが、よろしかったら二次会のディスコツアーにもぜひご参加ください」

「ディスコ？　いや、わたしはちょっと――」

「そうですか。わかりました」アナベルはまたアンディの腕を引っ張って歩きだした。やがて、八人がけの丸テーブルに着いた。極楽鳥をデザインした華麗な生け花が中央に飾られ、ファッショナブルなゲスト七名がさかんにお喋りしている。「さあ、ここです。みなさん、こちら《プランジ》のアンドレア・サックス。《プランジ》は今回の結婚式の特集記事を出すそうです。なので、どうか丁重なおもてなしをお願いしますね」

七人の視線をいっせいに浴びて、アンディは顔が赤くなるのを感じた。つぎの瞬間、聞き覚えのある声を耳にして胃がかすかにびくっとした。一瞬にして、彼女を十年近く前にもどす声。

「あらあら、どなたかと思いきや」おもしろがっているような、獲物を見つけた猛獣を思わせるような声がとどろいた。「なんておもしろいおどろきだわ！」

ナイジェルが笑いかけてきた。完璧すぎる歯が薄暗がりのなかで光っている。

アンディは言葉を返そうとしたけれど、口のなかがからからで、話すことができなかった。

アナベルが楽しそうに笑った。「あっ、そうか。おふたりがおなじ職場にいたことを、忘れてました！ ちょうどよかった！」甲高い声をあげると、アンディに着席をうながした。「《ランウェイ》のプチ同窓会になりましたね！」

アンディはそのとき初めて気づいたが、当時イベントプランナーだったジェシカとジュニア・エディターだったセレナが、ナイジェルの左右にいた。ふたりとも十年ほど前よりも若々しく、よりスリムになっていて、あらゆる面で自信たっぷりにいっそう洗練されていた。それもおどろくにはあたらない……《ランウェイ》のスタッフなのだから。

「あたしってば、世界で一番ラッキーな女の子じゃない！」ナイジェルがはしゃいだ。「アンドレア・サックス。隣にいらっしゃい」

彼はカジュアルなイヴニングドレスとでもいえるような純白の服を着て、その下に、スキニージーンズなのかもしれないが、むしろレギンスに近いボトムスをはいていた。首に巻いたシルクのフリンジ付きスカーフが膝まで届いている。ルイ・ヴィトンのロゴがこれみよがしに全面についている代物だ。熱帯の暑さをものともせずに、ミンクのコサック帽とベルベットのパープルの靴でコーディネートを完成させている。

アンディはナイジェルの隣にすわるしかなかった。彼はにやっとしたけれど、感じのいい笑いではなかった。「あなたがあたしを捨てたいきさつは、とても話す気にはなれない！ あれこれ面倒見てあげたのに、これが」アンディが着ているシルクのトップをつまむと、不満げに顔を皺くちゃにした。「恩返しのつもり？　いきなり辞めちゃって。挨拶もなしで」

パリでの大失態のあと、《ランウェイ》のオフィスにはいっさい足を踏みいれなかった。鉛筆一本でさえ、取りにもどらなかった。それでもナイジェルには心のこもった長い手紙をしたためてミランダへの非礼を詫び、いろいろとアドバイスしてもらったことへの感謝を伝えた。返事はなかった。それからの数カ月、アンディは手紙とおなじ内容のメールをナイジェルに送り、〝お元気ですか？　会えなくて寂しいわ！〟といった内容のメールをさらに数回送り、ナイジェルのファッションブログにコメントまでした。それでも音沙汰なかった。一方、エミリーはクビを言い渡された直後にナイジェルのオフィスに飛んでいったが、冷やかなアシスタントに門前払いされたそうだ。彼女もまた一度だけナイジェルにメールをして、《ハーパーズ・バザー》が主催するマーク・ジェイコブスの受賞パーティに招待したけれど、返信はこなかったとのこと。

アンディは咳払いをした。「ほんとうにごめんなさい。わたしなりに――」

「やめて！」ナイジェルは金切り声をあげて、片手をふった。「パーティで仕事の話はしないで。あなたたち、アンドレア・サックスを覚えているわよね？」

セレナとジェシカ。ふたりはうなずくことも、おざなりにほほえむこともなかった。ジェシカがアンディの服装を非難がましい冷やかな目で値踏みする一方、セレナはワインを口に含んでグラス越しにアンディを見ている。ナイジェルはハーパーのドレスとマックのシングルジャケットについてぺちゃくちゃ喋っている。アンディは炭酸水を飲みながら聞いていた。ナイジェルはイカれている。それはたしかだけれど、アンディはまだどこかで慕っていた。しばらくしてナイジェルは訳知り顔でアンディをちらっと見ると、左側にすわっているモデルと話しだした。セレナとジェシカはテーブル巡りをはじめた。自分も席を立って、いろんなひとに声をかけなくてはいけないことはアンディもわかっていた。人々の輪になかなか入っていけないと感じるのは、久しぶりだった。ほぼ十年ぶりだ。コーンブレッドをすこしずつ食べてレモン入りの炭酸水をちびちび飲みながら、テーブルの下でずっとお腹をさすっていた。胃がむかむかするのは、《ランウェイ》独特のこの雰囲気のせい？　それとも、予期せぬ妊娠をした上にまだそのことを夫に報告していないせい？　その件については、とりあえずいまは頭から追いやろうとしているけれど。

乾杯のセレモニーが始まった。ハーパーの親友の美容師で、プロとしての腕だけではなく性的マイノリティを擁護する運動で知られる女性が、感動的なまでに思いやりがこもった、いくぶん退屈な祝いの言葉を新郎新婦に送った。間髪をいれずにマックの兄弟のプロバスケット選手がスピーチする番になり、マックとマジック・ジョンソンの話をしたけれど、どちらもこの場にはふさわしくない内容だった。そのつぎがナイジェルで、この上なく感動的な祝辞を述べた――初めて会ったときのハーパーは、いまの彼女の多くのファンには想像つかないほどみっともない小娘だったわ、すべてはあたしのおかげよ。会場全体がどっと笑いにつつまれた。

だれもがデザートに移るころ、アンディだけは退席を詫びてテントの外に出た。トートバッグをさぐって携帯を手に取り、国際電話の料金のことも考えずに電話をかけた。緊急事態だから仕方ない。

エミリーは最初のベルで電話に出た。「問題ないわよね？　結婚式をキャンセルなんてことにはなってない、って言ってちょうだい」

「予定通りまだ式を挙げるみたいよ」アンディは友人の声を耳にしてほっとした。

「だったらなんで、リハーサルの途中で電話してきたの？」

「ナイジェルが出席しているの！　セレナとジェシカと一緒に。わたしは彼らとおなじテーブルなのよ。文字通りとんでもない悪夢だわ」

エミリーは声をあげて笑った。「いやねえ、そんなに悪いひとたちじゃないわよ。ねえ、当ててみましょうか。ナイジェルはあなたからなんの連絡ももらわなかった顔したでしょ。あなたのほうから彼を切り捨てたみたいな」

「その通り」

「彼女に会わなかっただけでも、感謝しなきゃね。そうなったらもっと悲惨なことになったわよ」

「二週間のあいだにそんなことが二度起こったら、わたしはどうかなってしまう。完全におかしくなるでしょうね」

エミリーは黙っている。

「聞こえてる？　どうしたの？　わたしと一緒にここに来なかった幸運に感謝しているわけ？　あのね、アンギラ島はいまのところ、それほどいいところではないわ」

「あのね、アンディ、あなたを怖がらせたいわけじゃないけど……」エミリーは言いよどんだ。

「えっ、どういうこと。やめてよ。なにか悪い知らせ？」

「別に悪い知らせなんかないわよ！　もうっ、いつも大袈裟に考えるんだから」

「エム……」

「それどころか、信じられないようないい知らせがあるの。この上なくいい知らせがね」

アンディは深く息を吸った。

「イライアスークラークの弁護士と話したのよ。向こうがわたしの連絡先を調べて、三十分前に携帯に電話してきたの。仕事の電話にしては遅い時間帯だわ。それだけでも、向こうがすごく乗り気なのがわかるでしょ！　実はね、信じられないことに――」

「エム、なににたいして乗り気なの？　向こうはなにを望んでいるの？」マイクに向かってだれかが乾杯の音頭を取る声が後ろから聞こえてきて、不意にニューヨークの自宅のべッドが猛烈に恋しくなった。バーバラの手紙を見つける前によくしたように、マックスと寄り添いあって眠りたい。

「最初は、ミーティングの席を設けたいって繰り返し言われたの。てっきり裁判で訴えられるのかと思った。プロフィールを詐称しているとか、とんだ嘘をついているとか。それでミランダが――」

「エミリー、やめて」

「でも、そうじゃなかったのよ、アンディ！　実際に顔を合わせるまでは具体的なことは言いたくないんだそうよ。なんでも《プランジ》のビジネス展開〝に興味があるとかいうようなことを言ってた。といったら、意味することはあれしかないでしょ！」

アンディはうなずいた。エミリーがなにを言っているのかは、よくわかっている。「うちの会社を買収しようとしているんでしょ」

「そう！」エミリーは興奮を押し殺そうとしているようだが、口調にそれがはっきりと感じとれた。

「ふたりで話しあって、五年間は会社を売らないことにしたはずでしょ。じっくり時間をかけて雑誌をつくり、しっかりした基盤をつくるって。会社を興して、まだ三年になるかならないかなのよ、エミリー」

「こんなチャンスを見逃す手はないってことは、あなただってよくわかってるはずよ！」

エミリーの声は悲鳴に近かった。「相手は天下のイライアスークラークよ。世界で一番大きな一流の出版社。生涯に一度あるかないかのチャンスだわ」

アンディはかすかに身ぶるいした。イライアスークラークに注目されているのだと思うと、胸が躍って深い喜びが込みあげてくる。不安もあった。「わざわざ言うまでもないわよね、エム。わかってるでしょ。ミランダが《ランウェイ》の編集に加えて、イライアスが刊行している雑誌すべてのエディトリアル・ディレクターをしているってこと、忘れたの？　つまりイライアスークラークの傘下に入れば、彼女がまたわたしたちのボスになるのよ」いったん言葉を切って気分を落ち着けてから、言葉を継ぐ。「大したことじゃないけれど、その点についてはよく考えたほうがいいわ」

「その点については、あまり心配してない」とエミリー。サンドイッチをどこで買うかについて話しあっているような気軽さで、彼女が手をふってアンディの忠告をはねつけている様子がありありと頭に浮かんだ。

「まあ、いまのあなたは《ランウェイ》の美貌のかしまし娘たちと一緒じゃないんですものね。あの娘たちと一緒にいたら、あなただって不安になるはずよ」

予想どおりの反応が返ってきたといわんばかりに、エミリーがため息を漏らした。「あのね、アンディ、これからはあれこれ考えないで無心でいるって、約束してくれる？　すくなくとも、イライアスークラークの話を聞くまでは。あなたがいやがることはいっさいしないって約束するから」

「わかった。ミランダ・プリーストリーのもとでまた働くのは、わたしとしてはいや。いまの時点ではこれしか言えないけど」

「向こうがなにを持ちかけてくるのかすら、まだわからないのよ！　お酒を楽しんでパーティを楽しみなさいな。あとのすべては、わたしにまかせて。わかった？」

アンディは豪華なパーティ会場を見回した。バージン・ピニャコラーダをもう一杯飲むのもいいかもしれない。

「たかがミーティングよ、アンディ。そのときはそのときで対処しましょ。はい、繰り返して――たかがミーティング」

「わかったわよ。たかがミーティング」アンディは繰り返した。声には出さずにさらに三回繰り返す。そう信じなきゃ。そうよ、たかがミーティングじゃないの。なんて、ね。ほんとはびくびくおびえているくせに。

10　ふたりのためにつくられたローブ

最後に夫とキスをしてから、どのくらい経つだろう？　アンディは記憶をたどった。思いだせそうもなかったけれど、結婚の誓いの言葉を口にして三百人の参列者の前でキスをして以来、マックスと唇を重ねたのは数えるほどだったような気がする。彼とのキスはもう慣れっこになっているけれど、やはり胸がときめくし、マックスが連絡なしで会社帰りに空港まで迎えにきてくれたときも、素直に受けとめることができた。彼の顔を見ることができて嬉しかった。アンギラ島から帰国して、ナイジェルと《ランウェイ》のスタッフともう顔を合わせずにすむので、ほっとしてもいた。タクシーの後部座席でマックスの胸に頰を寄せると、安心感を得られた。なじみのある匂い。すてきなキス。帰郷するというのは、まさにこういう感覚なのだ。しかしその安心感も、タクシーの小型テレビにジェットブルー航空のバミューダ旅行のCMが流れたことで消え去った。

マックスがアンディの視線を追って、テレビ画面に目を向けた。彼は妻がなにを考えているか察したはずだが、さらに熱い抱擁を交わして彼女の気持ちをそらそうとした。

アンディはキスを返そうとしたが、ふいに義母の手紙のことで頭がいっぱいになった。

「アンディ……」マックスは彼女が身を離すのを感じとったようだ。手を握られそうになったから、アンディはさっと手を引っ込めた。妊娠によるホルモン変化も、あの一件を克服するのに役立たないようだ。妊娠したとたん夫の匂いに我慢ならなくなった女性の記事を、どこかで読んだことがあった。すでにそれが始まっているとか？

タクシーが十六丁目と八番街にあるふたりが住んでいるビルの前でとまると、マックスがさっとクレジットカードを読み取り機に通した。彼はアンディのためにタクシーのドアを押さえ、夜勤のドアマンと目礼を交わした。アンディがさきにアパートメントに入っていくと、スタンリーが興奮して飛びついてきた。そのまま、キングサイズの天蓋ベッドとリーディングチェアがある寝室まで、アンディのあとをちょこちょこ追ってきた。鼻にキスをしてやると喜んで、バスルームまでついてきた。鍵をかけてバスタブの蛇口をひねってから、犬を抱きあげる。

「あれれ、変な匂いがするぞ」愛犬のあたたかい頭に顔を埋め、アンディは垂れている耳に囁きかけた。スタンリーは犬用のガムを嚙むのが大好きだ。なんでも牛のペニスでつくられたガムだそうだが、それを考えると、妊娠しているかどうかに関係なく、いつも胸がむかむかする。

スタンリーに顔をなめられ舌が唇に入ってきたとたん、込みあげてくる吐き気にアンディはうめいた。愛犬は申し訳なさそうにクウンと鳴いた。

「気にしないでね。最近はいつもこうなの。吐き気の原因はきみだけじゃないから」

ラップドレス、黒いタイツ、ブラ、ショーツを脱いで、体をチェックする。タイツに締めつけられていたウエストに赤い跡がついているのをのぞけば、お腹はいつもとまったく変わらない。触りながら目を凝らすと、まったく平らではないようにも感じた。しかし、ここがわずかに出ているのはいまに始まったことではない。ウエストがいくぶん太くなって、一、二カ月前にくらべてくびれがなくなっているような気がする。くびれはじきに完全に消えるだろう。理屈ではわかっているものの、ここに宿っている豆粒のような命を実感することはできないし、想像するのもむずかしい。

アンディは照明を薄暗くした。スタンリーはバスタブの横の台に敷いたタオルに寝そべっている（そこからときおり首を伸ばして、バスタブのお湯を飲むのが習慣なのだ）。お湯に浸かり、ふうっと息を吐く。マックスがドアをノックして、だいじょうぶかと訊いてきた。

「だいじょうぶよ。お風呂に入っているだけ」

「どうして鍵をかけているのかな？　なかに入れてくれよ」

アンディはスタンリーを見た。バスタブに顔を突きだして、はあはあえいでいる。

「わざとじゃないわ」こたえると、彼の足音が遠ざかっていくのが聞こえた。

タオルをお湯に浸して、胸にかける。深く息を吸って、長々と吐きだした。ほんの数分だけと自分に言い聞かせ、力を抜いてお湯に身をまかせる。お腹のなかの子どもの月齢に合わせたトピックを週に一度送ってくれるウェブサイト『ベイビーセンター』には、妊娠中の入浴はぬるま湯で、熱いお湯はいけませんと書いてあった。かなり熱めのお湯でなければ満足できないアンディは、湯船に浸かるのは五分間だけにした。これまで就寝前に楽しんでいたのんびりとしたバスタイムではないけれど、これで我慢しなくては。

お湯を落とす音が響くなか、アンディはパイル地のゴージャスなローブを着た。マックスの母方の祖母からもらった婚約祝いで、夫婦ペアのローブだ。アンディのローブは真紅で〝ミセス・ハリソン〟と左の胸に白い刺繍がしてあり、マックスのは白で〝ミスター・ハリソン〟と赤い刺繍がしてある。アンディはベルトを締めながら、この婚約祝いをマックスに見せたときに喧嘩したことを思いだした。

「かっこいいね」あのころからすでにいつも持ち歩いていた、ぼろぼろで不愉快なダッフルバッグをどすんと置くと、マックスが言った。

「とても心がこもったプレゼントね。でも、夫婦別姓にするかどうか、尋ねてもくれなかったわ」

「だから？」マックスは彼女を引き寄せてキスをした。「当然、姓を変えると思ったんだろ。お祖母さんは九十一なんだよ。大目に見てくれよ」

「たしかに、そうだけど。ただ……わたしは姓を変えるつもりはないから」

マックスは笑った。「まっ、そうだろうね」

なによりその偉そうな態度が、アンディの癪に障った。

「これまで三十年以上アンドレア・サックスだったから、ずっとそのままでいたいの。姓を変えるようにひとに言われたら、あなたはどういう気分になる？」

「それはまた別の話で……」

「いいえ、別の話じゃない」

マックスは彼女を見た。まじまじと。「ぼくの姓を名乗りたくないのは、どうして？」

心から傷ついている声に、さすがのアンディも即座にこれはまずいと思った。

彼女は彼の手を握りしめた。「なにも主義主張あってのことじゃないし、あなたの姓がいやだと思っているわけじゃないのよ、マックス。わたしはずっとサックスを名乗ってきたし、しっくりなじむのよ。これまで必死でキャリアを積んできたけど、そのあいだもずっとサックスを名乗ってた。わたし、それほど理解に苦しむこと言ってる？」

マックスは黙っていた。やがて、肩をすくめてため息をついた。このさき、この類の話し合いをわたしたちは無数にするのだろう、とアンディは思った。それが結婚よね？　話し合いと妥協なのよね？　マックスを抱きしめ首筋にキスした。ふたりともいったんはその問題は忘れたかのようにふるまったけれど、それはすぐさま、さらに深刻な問題をはらんだ言い争いに発展していった。夫の姓を名乗らない女性ってどうなんだろう、と彼は不信感もあらわに言いつづけた。「おふくろはきみのことを、実の娘のようにかわいがっているのに」と自分の母親を出してきた。ちなみにいまもあのセリフを思いだすと、アンディは悲鳴をあげたくなる。「ぼくの先祖がはるか昔から名乗ってきた、大切な姓なのに」と家系を引きあいに出すこともあった。かと思いきや「ぼくを夫にすることをきみは誇りに思っているんだと思っていた。ぼくはきみを妻にすることを誇りに思っているよ」とアンディに後ろめたい思いをさせる作戦にでることもあった。それだけやってもアンディを説得できないとわかると、「きみがぼくの姓を名乗らないというのなら、ぼくは結婚指輪を身につけない」と冗談半分に脅し作戦に訴えた。しかしアンディが肩をすくめて、あなたが指輪をつけようがつけまいがどっちでも構わないとこたえると、ごめんと謝った。そして、夫婦別姓はいやだけどきみの選択を尊重すると言ってくれた。そのときアンディは不意に、彼がそれほど大切に感じていることを、頑なに受けいれないのはばかげていると いう気になった。そもそもわたしだって、絶対に夫婦別姓にしたいと思っているわけでもないのに。彼の首に両腕を回し、仕事ではサックスを名乗るけどそれ以外の場面ではハリソンに変えるわと伝えると、マックスは喜びと安堵でその場にへたりこみそうになった。アンディも顔には出さなかったけれど、嬉しかった。フェミニズムに反していようが、古臭い考えであろうが、夫と名前を共有できるのだから。そしていま、ふたりの赤ちゃんもハリソンを名乗る。

「やあ」アンディが寝室に向かうと、《GQ》を読んでいたマックスは顔をあげた。彼はカルバン・クラインのトランクス一枚の格好だった。いつもわずかに日焼けしているように見える、浅黒い肌。気持ち悪くないほどに引き締まった腹部、頼りがいがありそうな広い肩。なんてすてきなのかしら、と思わず気持ちが昂った。「いいお風呂だった？」

「いつものようにね」ベッドサイドテーブルに置いてある水差しから水を注いで、一口飲む。ふり返って、彼の体をじっくりとながめたかったけれど、やせ我慢をして本を取りあげた。

マックスがそっと近づいてきた。後ろから抱きかかえられうなじにキスをされたとき、たくましい腕を感じた。下腹部がいつものように、甘く疼いた。

「きみの体、とてもあったかい。いいバスタイムだったんだね」マックスが囁き、アンディはすぐさまお腹のなかの子どもを思った。

いま一度うなじに彼の唇を感じ、いつの間にか、ローブを肩からするっと脱がされていた。乳房を両手でそっとつつまれる。アンディは身をかわして、ローブを着た。

「今夜はいや」顔をそむける。

「アンディ」失望が混じった暗い声。打ちのめされたようだ。

「ごめん」

「アンディ、こっちを向いて。ぼくを見てくれ」彼女の顎に手をかけて、そっと自分のほうへ向かせた。やさしいキス。「きみを傷つけてしまったことは自覚している。ぼくだってつらいんだ。今回のことは」手で何度か円を描いた。「おふくろのこと、きみに信じてもらえないこと、拒絶されてしまうこと……すべてこちらの落ち度だ。きみがぼくに心を閉ざしている理由はわかっている。でも、あれはたかが手紙だし、ほんとうになにもなかったんだ。まったくなにも。すまなかったとは思っている。でも、きみに黙っていたことを、申し訳なく思っているだけだ。ほかに疚しいことはいっさいしていない」いまやいらだちをあらわにしていた。「いい加減、水に流してもらわないと。そこまで機嫌を損ねるようなことではないんじゃないかな」

アンディは息苦しさを感じた。涙がつんと込みあげてくる。

「妊娠してるの」囁くような声で言う。

マックスは体を硬直させた。アンディは彼の視線を痛いほど感じた。「えっ？　いまのは聞きまちがい――」

「ううん。わたし、妊娠してるの」

「なんてことだ、アンディ。こんなすばらしいことはない」さっと立ちあがると、部屋を行ったり来たりしはじめた。つぎつぎと湧いてくる疑問に、気分を高揚させている。「いつ知ったんだ？　どうやって？　医者には診せたのかい？　何カ月なんだ？」ベッドのそばに膝をついて、アンディの両手を自分の手でつつみこんだ。

手放しで喜んでいるマックスを見て、アンディはほっとしていた。打ち明けるのはかなりの勇気が必要だった。彼がとまどいを浮かべたら（あるいは、困った顔をしたら）どういうことになったか、想像もつかない。夫はいま、わたしの両手を握っている。感謝の気持ちが込みあげてきた。

「先週ドクター・パーマーのところに行ったときよ。覚えてるでしょ？　アンギラ島に出張する前。尿検査もして、夜に電話がかかってきて知らされたの」性感染症の検査をお願いしたことは、伏せておいたほうがいいだろうと思った。

「先週から知っていたのに、教えてくれなかった？」

「ごめん」アンディはまた謝った。「すこし考える時間が必要だったの」

マックスはなにを考えているのかわからない表情を浮かべて、アンディを見た。

「それはともかく、妊娠したてではないんですって。どういう意味かはわからない。超音波検査を受けなければ、はっきりしたことはわからないけど、ヒルトンヘッドに旅行したときだと思う……」

マックスが記憶をたどるのを見守る。しばらく前に一週間ほど、エミリーとマイルスと一緒にサウスカロライナのヒルトンヘッドのコテージに泊まった。問題のその夜、ティーンエイジャーみたいにくすくす忍び笑いを漏らしながら、夕食の前に屋外のシャワー室で愛しあった。そのとき生理が先週おわったばかりだから今日は安全よと言ったから、避妊しなかったのだ。

「シャワーを浴びたとき？　あのとき妊娠したときみは思っているの？」

アンディはうなずいた。「ちょうどあの月はピルの種類を変えて休薬していたから、計算をあやまったんだわ」

「どういうことかわかる？　最初からこうなる運命だったんだ。この子を授かったのは運命なんだよ」マックスの好きな言葉。アンディとの出会いも――運命。アンディの雑誌が成功したのも――運命。ふたりが結婚したのも――運命。そして今度は赤ちゃんも。

「ふうん、わたしは運命だとかそういうこと、よくわからない」そうこたえながらも、ほほえまずにはいられなかった。「周期避妊法は当てにならないというたしかな証拠でしかないと思うけど、でもまあ、そう考えてもいいかもしれないわね」

「いつ超音波を受けられるんだ？　何カ月目に入っているか、それでわかるんだろ？」

「明日、産婦人科医に行く予約をしたわ」

「何時に？」アンディが話しおわらないうちに訊いてきた。

「九時半。もっと早い時間を希望したんだけど、時間がとれなくて」

マックスはすぐさま携帯を手に取った。明日の午前中のミーティングをキャンセルか、遅らせるかしてほしいと秘書にメッセージを吹きこんでいる。アンディは夫を抱きしめたくなった。

「診察に行く前に、どこかで朝食をとろうか？」

どうして彼に打ち明けるのをこんなに先延ばしにしていたのか？　これこそわたしのマックス、わたしの結婚相手だ。当然のことだけれど、彼はアンディの妊娠を小躍りして喜んでくれている。当然のことだけど、すでに取りつけていたまちがいなくすべての約束を、ためらうことなくキャンセルしてくれた。当然のことだけど、早くもごく自然にアンディの妊娠を自分たちの出来事と見なしている。マックスだったらそう思ってくれるはずだと思っていたが、それでも彼の反応を自分の目ではっきり見届けて、アンディは胸のつかえが一気におりた。わたしは独りではない。

「でも診察を受ける前にオフィスに行って、一、二時間仕事をしようかと思っていたの。仕事がたくさん溜まっているのよ。結婚式でしょ、吐き気でしょ、あとイライアスークラークの一件もあったから……」

「アンディ」マックスはアンディの手を握りしめた。「いいだろ」

「わかった。外で朝食もたまにはいいわね」

吐き気が込みあげてきた。表情にも出たのだろう。だいじょうぶかとマックスが訊いた。無言のままうなずき、バスルームへ駆けこむ。もどしていると、ジンジャーエールと塩味のクラッカーとバナナとアップルソースを角のストアに注文するマックスの声が聞こえてきた。寝室にもどると、気づかうような表情でアンディを見た。

「かわいそうに。ぼくがしっかり面倒をみてあげるから」

吐いたせいでまだ手はふるえていたけれど、この数週間にくらべると不思議なほど気分が落ち着いていた。「ありがとう」

「こっちに来て、脚を出して」隣にすわるように身ぶりで示して、アンディの脚を自分の膝に乗せた。

至福のマッサージだった。アンディは目を閉じた。「フィジー旅行は無理ね」十二月に予定していた新婚旅行を、久しぶりに思いだした。「でもまあ、すべてが順調だったら行けなくもないかも」

マックスはマッサージの手をとめて、彼女をじっと見た。「かかりつけの医者から離れて地球の反対側に行くなんて、とんでもない。大事な体を、海外旅行と時差ボケのストレスにさらす？　だめだよ。フィジーにはいつでも行けるんだから」

「新婚旅行に行けなくて、いやじゃないの？」

マックスはうなずいた。「これからは赤ちゃんのことを第一に考えないと、アンディ。完璧な子ども部屋をつくってくれ。ぬいぐるみと愛らしい服と、たくさんの絵本がある部屋を。赤ちゃんについて学ばなければならないことを、ぼくはすべて学ぼう。そうすれば生まれた一日目から、まごつかずにすむから。ぼくが娘のオムツを替えて、ミルクを飲ませて、ベビーカーで散歩に連れていこう。毎日読みきかせをして、ぼくたちの馴れ初めを教え、休暇には海へ連れていこう。そこでぼくたちの娘は砂浜を素足で歩く感覚を知って、泳ぎを覚える。とても愛される娘になるだろう。きみの実家にもぼくの実家にも」

「娘？」実に数週間ぶりに全身がリラックスして、胃が落ち着いていた。

「そうだよ、娘だ。きれいなブロンドの女の子。そうなる運命なんだよ」

ふたたび目を覚ましたとき、時計は午前の六時四十五分だった。アンディはローブを着たままで、体に掛布団がかかっていた。隣でマックスが静かに寝息を立てている。照明が薄暗く灯っている。話をしているうちに眠ってしまったらしい。

シャワーを浴びて服を身につけると、マックスがタクシーを拾って、アッパー・イーストサイドの〈サラベス〉に直行した。朝食メニューが充実している落ち着いた小さなレストランで、なによりかによりアンディのかかりつけの産婦人科医に近い。アンディはカモミールティーとホームメイドのジャムをつけたトーストしか食べられなかったが、マックスがチーズオムレツとつけあわせのポテトとかりかりに焼いたベーコンをぺろりと平らげ、オレンジジュース二杯とラージサイズのラテを飲みほすのを、にこにこしながら見ていた。彼は食事をしながらも饒舌で、このあとの診察に気分を昂らせて、予定日はいつだろうとか、ドクターにはどういう質問をすればいいのかとか、両家にどうやって知らせようとか、さかんに会話をふってきた。

支払いをすませ、マジソンアベニューを六ブロック北へ歩いた。クリニックの待合室は混んでいた。明らかにお腹が大きい女性がすくなくとも三人。夫が付き添っている女性がふたり。妊娠するには若いか、歳がいっているかの女性は数えるほど。待合室の様子に、どうしてこれまで目を留めなかったのだろう？　マックスとこのクリニックにいるのは、ひどく違和感があった。彼と手をつないだまま、受付で彼と自分の名前を告げる。受付係が顔をあげもしないことに、ショックを覚えた。超音波検査を受けにきましたと伝えたのに。初めての超音波検査を！　それはとくに注目を浴びるようなことでもないの？

十五分後、看護師に名前を呼ばれて尿検査のプラスチック容器を渡された。

「お手洗いは廊下のさきの右手にあります。容器は検査を行なう五号室にお持ちください。旦那さまはそこでお待ちいただけます」

マックスはアンディにほほえみ、待っているよと目で語りかけてから、看護師のあとについて五号室に向かった。三分後、ふたたび彼と顔を合わせたが、せまい検査室のなかをせわしなく行ったり来たりしていた。

「どうだった？」髪をかきあげて訊いていた。

「おしっこを手に引っかけちゃった。いつものことだけど」

「そんなに大変なの？」緊張が解けてほっとした様子で、くすっと笑った。

「男性にはわからないでしょうけどね」

さっきとは別の看護師が現われた。感じのいい笑みを浮かべた、白髪交じりの体格のいい女性だった。プラスチックの容器に妊娠検査薬を入れて、やはり妊娠なさってますねと告げ、血圧をはかり（問題なし）、最終生理はいつでしたかと尋ねた（アンディはおよその日にちしかこたえられなかった）。

「はい、わかりました。ドクター・クレイマーが間もなく参りますから。体重を量ってください。服のぶんを五百グラム引いてくださいね。それから、スカートをウエストまであげて下半身にこれを掛けてください」紙のシートを渡して、診察台を示した。マックスとアンディは怖いもの見たさで看護師の動きを見守った。彼女は超音波診断装置についているプローブにコンドームのようなものをかぶせ、そこに潤滑ゼリーを塗った。看護師は失礼いたしますと挨拶すると、ドアをあけて出ていった。

「つまり、これを挿入して調べるんだな」マックスが冗談を言うと、いっそうペニスそっくりに見えてきたプローブを見た。

「正直なところ、わたしはお腹をなぞる検査だと思ってた。テレビでやってるみたいに……」

ドアがひらいた。ふたりのやりとりが聞こえたのか、ドクター・クレイマーがほほえんだ。「お腹の超音波検査をするにはまだ早すぎる時期だと思いますよ。胎児はまだ小さいですから、経膣検査じゃないとわからないんです」

ドクターはマックスに自己紹介をすると、検査の準備を始めた。三十代後半の小柄なかわいらしい女性で、その動作は無駄がなくてきぱきとしている。「気分はどうですか？」肩越しに訊いてきた。「胸がむかむかするとか、つわりとかは？」

「両方です」

「よくあることです。つわりは大抵の場合、十二週から十四週目でおさまります。ソフトドリンクやクラッカーといったようなものは、吐かないんですね」

「大抵は」

「いまのところ、食べ物についてはそう神経質に考えなくてもだいじょうぶですよ。赤ちゃんは必要なものすべてをあなたの体から摂りいれていますから。すこしずつでもいいから頻繁に食べるように心がけて、たっぷり休養するように。いいですね？」

アンディはうなずいた。ドクター・クレイマーは紙のシートをわずかにたくしあげて、診察台に横たわるようにアンディにうながすと、足を左右の台に載せるように指示した。かすかな圧迫感とともに体に冷たいものがさっと挿入されたのがわかったが、じきに違和感はなくなった。婦人科の内診にくらべてはるかに楽だった。

「見えましたよ」ドクター・クレイマーがプローブをかすかに動かした。モニターに黒と白のおなじみの超音波画像が映しだされた。映画などで何度となく見たことがある映像。ドクターは黒い真空のちょうど真ん中にある塊を指した。「これです。見えますか？ちょうどこがぴくぴく動いてますよね？　赤ちゃんの心臓が鼓動しているんです」

マックスが椅子から立ちあがり、アンディの手を握った。「どれ？　これ？」

「ええ、そう」ドクターは言葉を切って、モニターに目を凝らした。「力強い、健康な鼓動です。ちょっとお待ちください……ほらっ」プローブをすこし動かして、ボリュームをあげた。リズミカルな鼓動が水中から伝わってくるようにくぐもって聞こえてきた。疾走する馬のように速い鼓動。それが部屋全体に響きわたった。

診察台に横になっているアンディは頭をすこししかあげられなかったけれど、モニターを見て鼓動する小さな心臓をたしかめることはできた。わたしの赤ちゃん。お腹のなかにほんとうに赤ちゃんがいて、刻々と成長しているのだ。涙が静かに流れた。診察台でじっとしていたけれど、泣きやむことはできなかった。マックスに視線を向けると、妻の手をまだじっと握ったままモニターに目を凝らしている。彼の目もまた潤んでいた。

「十週間と五日というところです。なにもかも順調ですよ」出産予定日を割りだす円盤状のチャートを手に取ると、なかの丸い計算尺を回転させた。「最終生理がわからないので、超音波で引きつづき妊娠何週目かを見ていきますが、今日診察したかぎりでは、出産予定日は六月一日ですね。おめでとう！」

「六月一日」それが一年のなかで一番すばらしい日であるかのように、マックスはうやうやしい口調でつぶやいた。「初夏のベイビー。最高だ」

すべてが消えうせたわけではない。問題の手紙をめぐっての疑惑、不安、怒りはまだくすぶっていて、アンディにしてもそれらがいずれ消えうせるとは思っていなかった。しかし、お腹のなかに小さな命が宿っているのをこの目で見て、マックスとのこの愛の結晶にじきに会える、この子の親になれるのだと思うと、心のなかのもやもやは小さくなっていった。このあとオフィスにいらしてくださいと言ってドクター・クレイマーが検査室から出ていくと、マックスが喜びに目を輝かせ診察台に飛びのらんばかりに興奮して、「愛してる」と大声を出した。アンディは思わず笑った。もやもやがさらにもうすこし小さくなる。マックスと一緒に乗り越えよう。彼を許して、疑いはすべて水に流そう。前進するにはそれしかない。赤ちゃんのためにそうしよう、アンディは心に誓った。

11 ビヨンセより有名?

《プランジ》が入っているビルは、ありがたいことに、イライアスークラーク社が入っているビルとはあらゆる点でちがっていたし、〝永遠に幸せに〟が拠点にしていたエレベーターのないウエスト・ヴィレッジのビルとも異なっていた。元々は一八九〇年代の材木置き場だったが、様々な変容——食肉包装工場、食品加工場、織物の倉庫、家具工房——を経て、よくあるパターンだけれど、がらんとしたロフトスペースに改修された。床から天井までの広い窓、レンガをむき出しにした壁、修理された木材の床、この物件の売りとなっていたハドソン川の眺望(つまり、ニュージャージーの眺望)。三年前、オフィス探しを依頼していた不動産業者に二十四丁目と十一番街の角にあるこのビルに連れて来てもらったときのエミリーのはしゃぎようを、アンディはいまでも覚えている。要塞を思わせるそのビルはとてもモダンだったけれど、アンディは思わざるをえなかった——この界隈ってちょっとばかり……刺激的すぎない? 入り口近くの路上で酔いつぶれている男性を恐るおそるまたいだアンディを、エミリーは鼻で笑った。「刺激的? ユニークな場所でしょ。わたしたちが必要としているのも、まさにそのユニークさでしょ！」冷暖房設備や治安のよさよりもユニークさを重視したことに、アンディはいまだに納得できないものを感じているが、ほかの物件にくらべてインテリアが格段におしゃれで、おまけに賃料が安いことは否定できなかった。

アンディは旧式エレベーターの格子状の扉をひらき、フロアに出てから扉を閉めた。いまや、片腕にホットコーヒーをいくつかかかえていても、この一連の動作をよどみなくできる。毎朝のように今日こそは階段を使おうと心に誓うものの、毎日のようにエレベーターに乗ってから思う——明日こそはと。四階にある《プランジ》の目下の受付嬢に、アンディはほほえみかけた。受付係にしておくにはもったいない新卒のスタッフだが、こういうタイプはすぐに辞めるので、アンディとエミリーはあらたな受付係をひっきりなしに面接しなければならない。

遅く出勤するのも、たまにはいい。

「おはようございます、アンドレア」アガサが声をかけてきた。ネイビーブルーのワンピース、クリーム色のタイツ、太いヒールの赤いエナメルの靴。このアシスタントはどうやってつねに最先端のファッションで身をかためているのだろう、とアンディはいつものことながら思った。さぞかし疲れるだろうに。

「おはよう！」元気よく言葉を返す。

番犬さながらにボスの命令を立ったまま待っているアガサの横を素通りし、アンディはアシスタントの部屋よりも広い、ガラスで囲まれた個室に入っていくと、「こっちに来てちょうだい」と声をかけた。すぐさま、つっけんどんな偉そうな口調だったかもしれないと思いなおし、とってつけたような笑い声をあげて「手が空いたらでいいから」と言い足した。

「実は、エミリーからひっきりなしに電話をいただきました。すぐに彼女のオフィスに向かうようにお伝えします、と言ったのですが」

「今朝は遅くなるってちゃんと言っといたんだけどね。この半年間、彼女がわたしより早く出社したのは今日が初めてなのに、それでぷりぷり怒っているわけ？」アンディはこたえた。エミリーがいらだっているのは、イライアスークラークからの電話の件が原因にちがいない。「わかった。いま行くから。ハーパーの結婚式関係の電話が来たら、エミリーのオフィスに転送してくれる？」

アガサはうなずいた。彼女はひどく退屈そうだった。

《プランジ》と《ランウェイ》の共通点。それはブランド物に身をかためた、スティレットヒールを愛する脚の長い女の子たちだ。会社を立ちあげるさいの取り決めで、社員の採用はずっとエミリーが担当してきた。唯一の例外は、特集記事担当であり常務取締役でもあるアンディの業務を補佐してくれるカーメラ・ティンダルだが、〝永遠に幸せに〟から引きぬいてきた彼女は、アンディにとってなくてはならない存在だった。カーメラはどう見てもスリムとはいえないし、茶色い髪はいつもぼさぼさで、根元は白髪が目立っている。体の線をかくすパンツスーツを好んで着て、それに冬にはクロッグ、夏にはサンダルをはいている。持っている唯一のファッションアイテムといえば、本物の（とエミリーが太鼓判を押した）プラダのバックパックくらい。盛りあがった図柄、ラインストーン、多色づかいなどの奇抜なデザインに一目ぼれしたとのこと。カーメラのファッションセンスのなさは明らかに超ド級だけれど、そんな彼女がアンディは愛おしかった。《プランジ》で働く女性たちはアンディとカーメラをのぞいて、全員が《ランウェイ》のかしまし娘たちの従姉妹たちだった。かぎりなく脚が長く、かぎりなくスリムで、かぎりなく美人。ひどく気が滅入ってしまうけれど。

「おはようございます、アンディ」イスラエル人のタルが挨拶した。すらっと伸びた手足、透けるような肌、黒髪。思わず立ちどまってしまうほどの美貌の持ち主だ。スリムなカーゴパンツに、丈の短いブレザー、ヒールの高いスエードブーツで決めている。

「おはよう、タル。OPIに連絡した？　イエスでもノーでも最終的な答えを週末までに欲しいんだけど」

タルはうなずいた。

アンディの携帯が鳴った。「よろしくね。はっきりしたことがわかったら、すぐに知らせてちょうだい」注意を携帯へ移す。「もしもし、マックス？」

「やあ。気分はどう？」

彼の声を聞くまでは、落ち着いていた。が、自分の体に注意を向けたとたん、吐き気に襲われた。

「問題ないわ。話し合いのためにエミリーのオフィスに行くところ。どうかした？」

「ずっと考えていたんだ。うちでディナーパーティをひらいて、ぼくの母と妹、お義母さんとジルとカイル、お義父さんとノリーンを招待するのはどうかって。式の写真を見てもらって、どれをアルバムに入れたらいいか一緒に選んでくださいという名目でね。で、いきなり嬉しい報告をする」

アンギラ島に行く前に母と姉のジルに会ったときは、妊娠を告げたくて仕方なかったけれど、いまはリリーとマックスが知っていて、エミリーもじきに知る（今日こそは知らせるつもりだった）。アンディとしては、それでいっぱいいっぱいだった。

「うーん、そうねえ……」

「いいアイディアだろ。今度、妊娠第一期の検査を受けるだろ。なんて言うんだっけ？」

「胎児頸部浮腫検査」

「それそれ。だから来週の初めにそれを受けて、すべて順調だということを確認してから、まあ、当然そうだろうけれど、親族にこの上なくおめでたいニュースを知らせよう。ぼくの会社のパーティプランナーにケータリングをさがしてもらうことにするよ。食事と片付けは彼らがやってくれる……きみは指一本動かさなくていい。どう思う？」

アンディはアート部のかしまし娘のひとりにほほえみかけた。おしゃれな感じにからみあっている五キロはあろうかと思われるゴールドのチェーンを首に巻いて、サイハイブーツをはいた彼女がそばを通りかかったのだ。

「アンディ、聞いてる？」

「ごめんなさい。えっと……いいんじゃない？　いいアイディアだと思う」

「きっとすばらしいパーティになるぞ！　来週の土曜は？」

「だめ。ジルとカイルが息子たちを連れて土曜の朝テキサスに帰るから。金曜はどう？」

「わかった。みんなに連絡して、細かいことを決めるよ。アンディ？」

「うん？」

「すばらしい集まりになる。みんなぼくたちを祝福してくれるはずだ……」

お義母さまはどうかしら、と思わずにはいられなかった。いけすかない嫁が、待望の孫を産む。なんというジレンマ！　ボトックスを打ちまくっているあの顔には、なんの表情も浮かばないだろう。でも、ひょっとしたら、赤ちゃんができた報せによってすべてが好転するかもしれない……。

「嬉しいわ」彼女はこたえた。「みんなに知らせる方法としては、最高よ」

「愛してるよ、アンディ」

一瞬、返事にとまどった。ほんのわずかだったけれど。「わたしもよ」

「アンディ？　入って」エミリーがガラス張りの個室から声をかけてきた。奇妙に耳になじんだ、セリフだった。

「だれかが呼んでいるようだね。じゃあ、またあとで」マックスは電話を切った。ほほえんでいる彼の顔が、アンディの目にありありと浮かんだ。

アンディはエミリーのオフィスに入って革のスリングチェアに腰かけると、モカシンを脱いで、ヤギ革のふわふわしたラグに足をうずめた。会社としては内装にかける予算はほとんどないけれど、エミリーは自腹を切ってインテリアに多大のお金をかけ《エル・デコ》で紹介されるようなオフィスにしていた。おしゃれなインテリアは、赤いラッカーを塗ったデスク、白い革のスリングチェア、ヤギ革のラグだけにとどまらない。雑誌や本を収納したファッショナブルな低いキャビネット、ドラマティックな窓を演出する半透明のカーテン、レンガの壁一面に並べられている、枠張りカンバスに入った《プランジ》の創刊号からこれまでのカバー写真。ほかのスタッフの共有部分とエミリー個人のオフィスを仕切る二枚のガラスのパーテーションには、ステンドグラスの飾りがいくつも下がっていて、それらが日射しを受けて色とりどりの光をあちこちに投げかけている。等身大のダルメシアン犬のふたつの置物が、隅に飾られている。低いキャビネットの横にある小型冷蔵庫にはエビアン、ロゼのシャンパン、低糖アイスティーがいつもよく冷やされている。大事なひとたちのスナップを入れた十個ほどのエレガントな写真立てが、あちこちに飾ってある。エミリーが十二歳からミランダのアシスタントになりたいと願っていたことを、アンディは思いだした。ひょっとしてエミリーはミランダになりたいの？

「ああ、よかった。やっと来てくれたわね！」エミリーはパソコンから顔をあげた。「もうすこしでメールを書きおえるから、ちょっと待ってて……」

アンディは自分の結婚式の記念写真が、横に積まれているのに気づいた。一番上の写真を取ってながめる。ネットでこの写真を見たときは胸がときめいたが、プリントアウトを見るとさらにいっそう嬉しくなった。式の当日は写真をたくさん撮られたが、自分が心からの笑みを浮かべていると感じられるものはごくわずかで、そのなかの一枚だった。新郎新婦のファーストダンスの曲が始まる直前に、マックスに後ろから抱きしめられたときに撮ったものだ。首筋にキスされたのがくすぐったく、びっくりするやら嬉しいやらで、笑いながら彼の肩に頭を投げだしている。カメラを意識していない、百パーセント自然体の写真。カバーにこのような写真を載せるのは常識からすればありえないのだが、革新的なそのアイディアをめぐってアンディとエミリーは議論を戦わせていた。

「二月号の校了が迫っているなんて信じられる？」アンディは自分とマックスの写真をながめながら言った。

「そうねえ」エミリーはモニターに視線を向けたまままつぶやいた。「カメラ目線してない写真をカバーに使えるって、ほんとうに思っているの？　それって……突飛すぎない？」

エミリーはため息を漏らした。「なんだかんだいっても、天下のセント・ジャーメインが撮った一枚なのよ。あなたのいとこが送ってきた写真とはわけがちがう」

「たしかにね。わたしだって気に入ってるけど……」

エミリーはデスクの一番上の抽斗をあけてマルボロとライターを取りだし、一本取ってアンディにもすすめた。

「場所を考えなさいよ」アンディは口うるさい母親みたいな自分にうんざりしながらも注意した。

エミリーはタバコに火を点けて深々と吸うと、きれいにたなびく煙を吐きだした。「お祝いだからいいのよ」

「やめて六年になるわ」アンディは吸いたい気持ちをこらえてタバコを見つめた。「どうしていまだに、こんなにおいしそうに見えるんだろう？」

エミリーがまたマルボロを差しだしたが、アンディは首をふっただけだった。エミリーが吸っているうちは、ここにいるべきではないということはわかっている。いまは自分ひとりの身ではない。お腹に赤ちゃんがいるのだから。でも、そんなことをしたらエミリーの怒りを買うこともわかっていた。

「なんのお祝い?」エミリーが吐く悩ましげな煙に心をうばわれたまま、アンディは訊いた。

「今朝、想像もつかないような人物から電話があったわ」エミリーは椅子にすわったまま、奇妙な踊りをおどった。

「ビヨンセ?」

「ちがう。どっからビヨンセが出てくるのよ」

「ビヨンセより有名? それともそれほどじゃない?」

「ビヨンセよりも有名だわね」

「エミリー。じらさないで言ってよ」

「想像して。いいから想像してよ。たぶん想像つかないだろうけど。でも、ともかく考えて」

「そんなすごい人物なの? そうね……ジェイ・Z?」

エミリーはうめいた。「ったく、鈍いなあ。うちのオフィスに電話をかけてきて、わたしたちに会いたいともっとも言わなさそうな人間はだれ?」

アンディは冷えてきた掌に息を吹きかけて、暖をとった。「オバマ大統領?」

「信じらんない。あなたって想像力のかけらもないのね!」

「エミリー……」

「ミランダよ！　あの性悪女ミランダが今朝、わたしたちに電話してきたの」

「まさかでしょ」アンディは首を横にふった。「ありえない。《ランウェイ》でいつの間にか大革命が起こっていたなら話は別だけど、ミランダがうちに電話してくるはずないわ。ミランダはみずからどこかに電話をかけたりしない。わたしの知っている彼女は、肉体的にも精神的にも、感情的にもだれかの力を借りずに電話をかけることができないひとなんだから」

　エミリーは最後にもう一回そそくさとタバコを吸うと、デスクにいつもかくしているステンドグラスの灰皿にもみ消した。「アンディ？　聞いてる？」

「なに？」エミリーに顔を向けると、あきれた顔をしていた。

「わたしの言ってること、聞こえてる？」

「もちろんよ。でももう一度、言ってちょうだい。なかなか頭のなかで処理できなくて」

　エミリーは大袈裟にため息をついてみせた。「そう、あなたの言う通り。彼女がみずからかけてきたわけではない。シニア・アシスタントの、南アフリカ出身のチャルラっていう娘《こ》が電話をしてきて、オフィスに来てくれないかって言ったのよ。来週にね。ミランダがじきじきに会いたいと申していますって言ってたわ」

「南アフリカ出身だってどうしてわかったの？」エミリーを怒らせるために、わざと的外れな質問をする。

エミリーはいまにもキレそうな顔をした。「いまの話、聞いてたの？　わたしたちは、あなたとわたしは、今度ミランダに会うのよ！」

「もちろん聞いてたわよ。なんとか過呼吸の発作を起こさないようにしてるの」アンディは言った。

エミリーは両手をぱちんと打ちあわせた。「考えられる可能性はただひとつ。うちを買収できるか持ちかけてくるんだわ」

アンディは携帯をたしかめて、バッグにしまった。「わたしが行くと思ったら、大まちがいだからね」

「だめ、一緒に行きましょ」

「行きません！　わたしは気が小さいからとても耐えられない。当然だけど自尊心も許さない」

「アンディ、彼女はイライアスークラークのエディトリアル・ディレクターなのよ。あの会社のすべての雑誌の編集責任者。そんな彼女がどういうわけか、来週の金曜日の十一時に来てくれってわたしたちに言ってるのよ。だからあなたも、わたしの友であり共同経営者であるあなたも、一緒に行かなきゃ」

「有名人の取材を取りつけるために、ミランダの名前を利用していること、彼女は知っていると思う？」

「アンディ、ミランダはそんなのどうとも思ってないわよ」

「ミランダがアメリカの知性を代表する高名な歴史学者に、自伝を書かせることを許可したって、どこかで読んだような。ひょっとして、その歴史学者にわたしたちをインタビューさせたいのかもよ」

エミリーはあきれた顔をした。「はいはい。それもありかもね。これまで彼女のもとで働いた三百万の部下のうち、三十人のスタッフの前でなんの理由もなくクビにされた人物と、パリでくたばっちまえって悪態をついた人物に、彼女は会いたがっている。どうしてかもう一度、考えてみて」

「見当もつかないわ。でもね、わからなくて、わたしは結構なの」

「わからなくて結構？　どういう意味？」

「言葉の通りの意味よ。ミランダ・プリーストリーがなぜわたしたちに会いたいといきなり言いだしたのか、わからないほうが充実したいい人生が送れるってこと」

エミリーはため息を漏らした。

「なに？」

「なんでもない。こうやってごねるとは思ってたけど。ともかくわたしは、行くって約束したから」

「嘘でしょ」

「ううん、した。これを逃す手はないわ」いくぶんヒステリックな口調になっていることは自分でもわかったが、

「逃す手はない？」

どうすることもできなかった。「あなたはわかってないようだから言わせてもらうけど、ここ数年は、ひとをひととも思わないミランダの奴隷にならずにやってきたのよ。わたしたちは必死でがんばって決断をして、自分たちの雑誌をここまで育ててあげてきたんでしょ。スタッフをおびえさせたり、一生を台無しにさせたりしないで。彼女のオフィスには、もう二度と足を踏みいれる気はありません」

エミリーは出ていってくれというように手をふった。「もうあのオフィスじゃないわよ。移ったんだから。ともかく一度会ってからじゃないと、二度と足を踏みいれる気がないとは言わせないわよ。わたしとしては、彼女がなにを求めているか知る必要があるわけで、ひとりで行くわけにはいかないんだから」

「ひとりで行けばいいじゃないの。ミランダがそこまで恋しいのなら。ひとりで行って、どうだったかわたしに報告してよ。あるいは、行かなくてもいい。わたしはどうだっていいけど」

「アンディ、彼女が恋しいわけじゃないわよ」エミリーは明らかにいらだってきている。

「でもね、ミランダ・プリーストリーが電話で会いたいと言ってきたら、やっぱり行かな

きゃ」デスクから腕を伸ばして、アンディの手を握った。唇をとがらせて、悲しげな目をしている。「お願いだから、一緒に行って」

アンディはさっと手をひっこめた。言葉は返さなかった。

「こんなに頼んでいるのに？　親友かつビジネスパートナーの願いを聞いてくれないの？　旦那さまを紹介してあげた人間の願いを」

「だったら、なんでもしてくれるんでしょうね」

「お願い、アンディ。あとで〈シェイク・シャック〉のバーガーを奢ってあげるから」

「なんと、奥の手を出してきたわね」

「ねっ？　わたしのためだと思って。一生、恩に着るわ」

アンディはふうっとため息をついた。ミランダの牙城をおとずれるなんて、一日刑務所に入るのとおなじくらいに気が進まないけれど、正直なところ、一体どういうことなのかアンディも好奇心をいだいていた。

デスクに両手をついて、わざと難儀そうに立ちあがる。「わかった、行くわ。でもバーガーとフライドポテトとシェイクのほかに、〈シェイク・シャック〉のTシャツも欲しいな。あと、生まれてくる赤ちゃんのカバーオールも」

「わかったわ！」エミリーは顔を輝かせて声を張りあげた。「なんだって買ってあげる、お安いごよう――」口をつぐんでアンディを見た。「いま、なんと言った？」

「聞こえてたでしょ」

「ううん。ちゃんと聞いてなかったみたい。赤ちゃんとかなんとか言ったように思うけど、あなたは新婚ほやほやなんだから、ありえない……」アンディの目をのぞきこんで、うめき声を漏らした。「まさか、嘘でしょ。できちゃったの？」

「まさにね」

「あなたたちにかぎって、どういうこと？　一体なんだって、そんなに急いでいるの？」

「計画したわけじゃなくて……」

「なになに、赤ちゃんがどうやったらできるか知らないわけでもないでしょうが。高校生のときからずっと、妊娠しないように気をつけていたあなたがねえ。一体どういうこと？」

「やさしいお言葉ありがとう」

「雑誌づくりと赤ちゃんの世話を同時にはできないわよ。わたしにどれだけの皺寄せがくるんだろう」

「まだ当分さきの話よ。まだ第二期にも入ってないから」

「早くも妊婦らしい専門用語ね」エミリーは暗算しているようだ。椅子にどさっと腰をおろすと、意地悪な笑みを浮かべた。「計画的に妊娠したわけではないのね」愉快そうに声を低めてつづけた。「マックスの子？」

けて？」

「当たり前でしょ！　なにそれ、独身前に女子だけのスパ旅行に行ったとき、わたしが夜中に抜けだしてヨガのインストラクターと激しいセックスにはげんだって思ってるわけ？」

「あなたもやるじゃない。それならそうと、素直に白状しなさいよ」

「ごく普通の質問はできないわけ？　予定日はいつとか、性別はわかっているのかとか。具合はどうなのとか」

「双子じゃないのね？　三つ子でもない？　だったら記事になるんだけどなあ」

アンディはため息をついた。

エミリーは両手をあげた。「わかった、わかった、ごめん。でも、これだけは覚えておいてよ。これって、青天の霹靂だわ。なになに結婚した。一ヵ月前に？　で、早くも妊娠三ヵ月？　この展開って、まったくもってアンディらしくないわ。お義母さまのバーバラはなんて言うかしら？」

義母の話をふられて、胸がずきっとした。アンディ自身もずっとおなじことを考えていたからだろう。「たしかに、まったくわたしらしくないわよね。でも、起こってしまったことは起こってしまったことなんだから、さすがのバーバラ・ハリソンでもこの展開をとめることはできないわ。でも、細かいことはさておき、赤ちゃんができたことだけを考えれば、たいへんおめでたい話でしょ。時期こそ早かったけど、おめでたいことには変わりない」

「まあね」エミリーの冷めたリアクションもおどろくにあたらない。子どもは欲しくない、と彼女が公言したことはない。それでも、結婚して五年経ち、マイルスの姪たちのこともそれなりにかわいがっているものの、エミリーは子どもを望んでいないとアンディは以前から思っていた。子どもは手がかかる。べたべたしているし、大声をあげるし、予測がつかない。子どもを産むと太る上に、かなり長いあいだおしゃれができなくなる。子どもはエミリーには、まったく似つかわしくない。

ドアをノックする音がして、アガサが入ってきた。「ダニエルが至急オフィスにいらしてほしい、とのことです。緊急の用事とかで。なにかをお見せしたいとのことですが、彼は電話も待っているそうなので」

「行ってちょうだい。このことについては、またあとで」ようやく妊娠を伝えられたことにほっとして、アンディは言った。

「もちろんね。でも、例のミーティングの件もちゃんと覚えておいてよ。いいわね。当日あなたが着ていく服について、話しあわなきゃいけないし……」デスクの向こうから近づいてくると、アンディのカシミアのカーディガンの前をひらいた。「まだ大きくなってないけど、よくよく注意しなきゃいけないわ。Aラインのウールのワンピを着るべきよ。ほらっ、ゴールドの肩章のついたやつ。シックではないけど、すくなくともお腹のあたりをカバーできるし……」

アンディは声をあげて笑った。「検討してみるわ」

「本気で言ってるのよ、アンディ。赤ちゃんのことは、たしかに大きなニュースだとは思う。でもいまはミランダのことに百パーセント集中しないと。つわりで吐いたりしないでよ。いい？」

「だいじょうぶよ」

「よろしい。ヴェラ・ウォンとの件がどうなっているかは、あとで報告するから。セント・ジャーメインに忘れずに連絡してよ。あなたからの電話を心待ちにしているから」

エミリーはトレンチコートとトートバッグをつかむと、アンディに背中を向けたまま手をふった。「まっ、おめでと！」声を張りあげたからアンディは肩をすくめた。スタッフにいまの知らせを喋ってはいけないということを、エミリーはわかっているだろうか。でも、まあいいか。妊娠しているのは事実だし、順調にいけば——順調にいくことを、アンディもいまや心から望んでいた——七カ月後には赤ちゃんが生まれてくるのだから。赤ちゃん。ふと立ちどまって、甘い匂いのする柔らかい肌の幼子を抱いている自分を想像すると、ミランダとの会合も噂話もどうでもよくなった。アンディはお腹に両手を当てて、ほほえんだ。赤ちゃん。

12　でっちあげられたハラスメント

アンディはイライアスークラークに一番近いスターバックスに入ると、カウンターに手をついて気を落ち着かせた。ここに来たのはほんとうに久しぶり。過去のつらい思い出があざやかによみがえり、失神してしまいそうだ。店内にさっと目を向けて、レジ係にもコーヒーを淹れているスタッフにも馴染みの顔がないことをたしかめる。じきに、隅のテーブルで手をふっているエミリーの姿が視界に入った。

「よかった、やっと来てくれたわね」エミリーは口紅が落ちないようにことさらに気をつかって、アイスコーヒーをごくごく飲んだ。

アンディは時計をたしかめた。「約束の十五分前に来たのよ。あなたはいつからいるの？」

「聞かないほうがいいわ。わたしは明け方の四時から、服を着ては脱ぐのを繰り返していたのよ」

「ずいぶんのんびりしてたのね」

エミリーは目玉をぐるりとさせた。

「まあ、それだけがんばったかいはあるけど」エミリーに称賛の目を向ける。ブークレ織のペンシルスカート、体にぴったりしたカシミアのタートルネックのセーター、とてつもなく高いスティレットヒールのブーツ。「とてもエレガントだもの」

「ええ。ありがとう。あなたもね」エミリーは携帯から顔をあげもせずに、社交辞令を口にした。

「借り物の服だけど、おしゃれよね。妊婦服にしては、悪くないでしょ？」

エミリーはいきなり顔をあげた。ひどくあわてている。

「いひひ、冗談よ。あなたに言われた通りの服を着てきたわよ。妊婦服じゃないやつ」

「よく似合ってる」

アンディは笑いを押し殺した。「いつ行くべきかしら？」

「五分後？ それともいま？ だれかが遅刻するとミランダの機嫌がどうなるか、よく知ってるでしょうに」

アンディは手を伸ばして、エミリーのアイスコーヒーを飲んだ。ストローが詰まってしまいそうなほど砂糖でどろどろしている。「よくこんなひどい代物を飲めるわね？」

エミリーは肩をすくめた。

「オッケー。ここで確認しておきましょう。わたしたちはミランダに借りがあるわけじゃない。今日はただ話を聞きにいくだけ。彼女が魔法の杖を一ふりするだけで、こちらの人生が台無しになるなんてことはもうない」アンディはまちがったことは口にしていないと思いつつも、ほんとにそうなのだろうかといぶかってもいた。

「なに言ってるのよ、アンディ。ミランダはイライアスークラークのエディトリアル・ディレクターなのよ。ファッション界と出版界において、絶大な権力を持ちつづけている人物。なんとなく気に入らないという理由で、わたしたちの人生を台無しにすることができるひと。あなただって、今日は夜明け前の三時に起きていたはずよ」

アンディは立ちあがって、ふわふわしたダウンコートのボタンをかけた。もっとエレガントなコートにしたかったのだが、凍てつくように寒い日で、ただでさえおびえている上に身が凍るような思いをする覚悟はつかなかった。今朝、身支度にかけた時間はいつもとおなじ三十分で、エミリーのアドバイスにしたがって肩章のついたワンピースを着た。称賛されないけれど非難もされない、無難な一着。「さあ、行きましょう。行くのが早ければ早いほど、早く帰れるから」

「ご立派な心構えですこと」エミリーは首を横にふった。それでも立ちあがり、ゴージャスな毛皮のショートジャケットのジッパーをあげた。

ふたりとも言葉を交わすことなく、イライアスークラークのビルまで歩いた。それなりに落ち着いていたアンディだったが、それもロビーに足を踏みいれるまでのことだった。来客用のセキュリティーカウンターに歩いていく。ふたりともそこを通るのは、はるか昔に《ランウェイ》の面接を受けるために来たとき以来だった。

「なんだか現実のことと思えない」エミリーが周囲を盗み見た。彼女の手はふるえていた。

「回転ゲートにエドアルドはいないわね。ニューススタンドのアーメドもいない。知らないひとばかり……」

「彼女のことは知ってるでしょ」エミリーは後ろのほうを見るようにアンディに目で合図しながら、来客用のバッジをバッグに入れた。

エミリーの視線を追っていくと、ジョスリンがロビーを横切っていくのが目にとまった。《ランウェイ》のビューティー・ディレクターに昇格したばかりの彼女は、どこへ行っても引っ張りだこの人気者だ。ゴシップブログで知るかぎりでは、ジョスリンのこの十年間は波乱に富んだものだったらしい。大金持ちの銀行家とのあいだに二児をもうけてから離婚したが、相続によって巨額の富を手にした男性と再婚して、さらに子どもをふたり産んだ。しかし彼女の外見は、そんな人生を微塵も感じさせない。若々しくスリムで楚々とした顔立ちを保っている。アンディがここに勤めていたときとまるっきり変わっていない。というか、きれいに年齢を重ねて三十代となり、若い女性にはない自信に満ちた威厳をただよわせている。思わず見とれてしまった。

「だめだわ」アンディはつぶやいた。不安が波のように押し寄せてくる。あんなトラブルを起こしながらまたのこのこ現われて、ミランダ・プリーストリーのオフィスに平然と足を踏みいれようとするなんて、わたしったらどういうつもり？　とんでもない。身の程知らずもはなはだしい。どうしようもなく逃げだしたくなった。

　エミリーはアンディの腕をつかむと回転ゲートに文字通り押しこみ、彼女を引っ張ってエレベーターに乗りこんだ。ありがたいことにそこではふたりきりになれた。エミリーは十八階のボタンを押し、アンディのほうへ顔を向けた。「やりとげなきゃだめ。わかった？」声がかすかにふるえている。「いいことだけ考えなさい。すくなくとも、わたしたちは《ランウェイ》のフロアに足を踏みいれる必要はない」

　反論する余裕もなく、すぐにエレベーターのドアがひらいた。イライアスークラークのどのフロアにも共通の、見慣れた真っ白な受付が目の前にある。ミランダは昇進してから、イライアスークラークの重役が使う広いオフィスに移ったが、《ランウェイ》時代の遺跡ともいうべきオフィスは手つかずのまま残っている。彼女はその両方のオフィスのあいだを、だれにもさまたげられることなく行き来して、あのころの半分の時間であのころの倍のスタッフを恐怖におとしいれているのだろう。

「ぜんぜん変わらないわね」アンディはつぶやいた。

　ブルネットのやわらかな髪を直線的すぎるボブカットにして、真紅の口紅をつけている受付係が作り笑いを浮かべた。「アンドレア・サックスとエミリー・チャールトンですね？　こちらにどうぞ」

アンディとエミリーがそうですとこたえるのも——あるいは、マフラーを取るのも——待たずに、受付係はカードを読み取り機にかざしてガラスの大きなドアを押しあけ、ふたりを導いていった。十二センチのヒールですたすたと歩いていく。アンディとエミリーは小走りでついていかなければならなかった。

ふたりは顔を見合わせて、受付係のあとを追った。迷宮のような廊下を歩いていく。途中、ガラスに囲まれた宮殿のようなオフィスがいくつもあり、エンパイア・ステートビルを見渡せる部屋で、高価なスーツに身をつつんだエグゼクティブたちが様々な仕事に従事していた。そのせわしなさといったら！　すわったり、一息ついたり、スタッフ同士ではげましの言葉をかけあったりする暇もない。受付係も来客であるふたりに、水をすすめもコートをあずかりもしなかった。そのときアンディは初めて理解した。心の底から完全に理解した。編集者やライター、モデルやデザイナーや広告主やカメラマン、さらにはあのころの《ランウェイ》の常勤スタッフたちが、比較的安全な自分たちのオフィスを出て、ミランダのオフィスを果敢におとずれるときにどういう気分だったかを。彼らがみな幽霊みたいな顔をしていたのも無理はない。

じきに、ミランダのかつての《ランウェイ》のオフィスに似たスイートルームに着いた。手前の控えの間には、疵ひとつないアシスタント用のデスクがふたつ。その奥にあるガラス張りの両開きのドアがあいていて、街を見渡す広いオフィスにつづいている。グレーと白のエレガントな無彩色を基調にしつつ、柔らかい黄色やターコイズブルーをところどころにちりばめた内装は、陽光溢れるビーチハウスといった趣だ。アンティークにもモダンにも見える、彩色をほどこした流木の写真立てに飾られているのは、現在のキャロラインとキャシディのスナップ。それぞれに個性がはっきり出ていて、片方はかなり反抗的で、もう片方はなんとなくふてくされている。隅々まで広がっている絨毯は目が覚めるような白だが、そのなかをターコイズブルーの一本の線が大胆に走っている。奥の壁にかかっている、絵画に似せたキルトのタペストリーにアンディが目を留めたとき、ドアがひらいてこのオフィスの主《あるじ》が姿を現わした。アンディやエミリーにも、ふたりのアシスタントにも見向きもせずにデスクのほうへつかつか歩いていくと、例によって例のごとく矢継ぎ早にまくしたてた。

「チャルラ？　聞こえてる？　ちょっと。だれかいないの？」

チャルラとおぼしき女性スタッフは、アンディとエミリーをちょうど迎えいれようとしているところだったが、お待ちくださいと人差し指でふたりに合図すると、クリップボードを胸にかかえて（おそらく報告書《ブレティン》だろう）、ミランダのオフィスにあわてて入っていった。

「はい、聞こえております。ご用件は――」

「キャシディに電話して、テニスのコーチに今週わたしたちの旅行先に来てもらえるかどうか訊きなさい、と伝えておいて。それからコーチ本人にも電話して、あなたからもお願いしてちょうだい。コーチにノーと言わせちゃだめよ。明日はきっかり五時にアパートメントを出るって夫に知らせて。車庫とコネティカットのスタッフにわたしたちの到着時間を報告すること。先週の日曜日に書評が載っていた例の本を、わたしたちが出発するまでにアパートメントに届けて。それから、著者と月曜の朝一で電話で話しあえるように段取りをつけておいて。本日一時にランチの予約を入れて、カール・ラガーフェルドのニューヨークのスタッフに知らせてあげて。ブルガリのひとたちがどこにいるか調べて、お花を送ってちょうだい。豪華なやつね。本日三時ちょうどに試着するってナイジェルに伝えてちょうだい。服とアクセサリーをすべてそろえておくようにって。ミラノでオーダーした靴はまだ出来上がってないけど、寸法はわかっているのだから、通し稽古《ランスルー》にはレプリカを用意しておいてよ」一気にまくしたてると、ようやく一息ついて、最後の命令を思いだそうとしているのか天井をあおいだ。「ああ、そうそう。家族計画協会に連絡して、春の慈善活動についてのミーティングをいつにするか決めてちょうだい。十一時に入っていたミーティングは？」

アンディはミランダの命令の一つひとつに、すっかり圧倒されていた。いまの情報をしっかり頭に刻みこんで理解しなければと思わず知らず力が入ってしまったために、彼女の最後の一言を聞き逃していた。エミリーに脇腹を小突かれて、ようやくわれに返った。

「さあ、行くわよ」エミリーは囁くと、コートを脱いでアシスタントのデスクのそばの床に放り投げた。

アンディもそれに倣った。「どうすればいいの？」

「ミランダが待っております」チャルラが言った。にこりともしない彼女の顔が、いかにも不吉だった。

アンディとエミリーを、ミランダのオフィスに案内することもなかった。このふたりは慣習を熟知していると思ったからなのか、小物のようだからそこまでする必要はないと思ったからなのか、ここ数年システムが変わったのか。いずれにせよ、奥に行くようにチャルラからうながされたとき、アンディはふうっと息を吐きだし、ほぼ同時にエミリーは息を吸いこんだ。ふたり並んで、堂々と胸を張ってミランダのオフィスに足を踏みいれた。奇跡としかいいようがないのだが、ありがたいことに、ミランダはふたりの頭のてっぺんから爪先までをじろじろながめなかった。ふたりには見向きもしなかった。着席をすすめることもなければ、挨拶もせず、ふたりがそこにいることに気づいた様子もない。ミランダに仕事の進捗状況や成果を報告したくなる気持ちを、アンディは必死でこらえた。ランチの予約はきちんといたしました。テニスのコーチはうまく説得できました。エミリーからも緊張している様子がひしひしと伝わってくる。なにをすればいいのか、なにを話せばいいのかわからないまま、ふたりは立ちすくんでいた。どんな理由であれ、かつてだれも経験したことがないような、居心地の悪い沈黙が四十五秒ほどつづいた。エミリーをちらりとうかがうと、恐怖と不安に体が動かなくなっているようだった。そういうわけで、ふたりはその場でじっとしていた。

ミランダは冷ややかな金属製の椅子にすわっている。ピンと張った背筋。カツラのようにつややかなボブヘア。ウール、いや、ひょっとしたらカシミアのチャコールグレーのプリーツスカート。あざやかなオレンジと赤の柄のシルクのブラウス。白くて柔らかいウサギの毛皮のケープが肩をエレガントにおおっていて、ウズラの卵ほどのサイズの大粒ルビーをあしらったネックレスをつけている。唇と爪をワインレッドに染めている。口紅に彩られたその薄い唇が紙コップの縁に当てられ、コーヒーを飲み、コップから離れるさまを、アンディは魅入られたように見守っていた。ミランダはわざとらしくゆっくりと上唇に舌をはわせ、下唇もなめた。獲物のネズミを見つけたコブラみたいに。

するとようやく――ようやく！――書類から顔をあげてふたりを見たが、じっと目を凝らすこともなければ、以前のアシスタントであることに気づいた様子もなかった。小首をかしげて、エミリーとアンディを交互に見た。「なにかしら？」

なにかしら？ なにかしら、ですって？ ひとのオフィスに勝手に入って来て、なんのご用ってわけ？ アンディは鼓動がいっそう速くなるのを感じた。わたしたちをここに呼んだのは自分だってこと、ほんとうにわかってないの？ アンディが感きわまって卒倒しそうになったとき、エミリーが口をひらいた。

「こんにちは、ミランダ」おどおどしている割には、しっかりした声だった。大きな作り笑いを顔に貼りつけている。「またお目にかかれて光栄です」

アンディもとっさに大きな作り笑いを浮かべて、熱っぽくうなずいた。クールで冷静沈着な物腰はもはやここまで。もうミランダに傷つけられることはないとか、ミランダにはなにも求めていないとか、ミランダの自分たちへの影響力はもうずいぶん前に消え去ったとか、いくら自分に言い聞かせたところでなにになろう。それでもふたりは、そこでチンパンジーのように歯をむき出しにしてにやついていた。

ふたりをじっと見ているものの、ミランダは一向にピンとこないようだ。自分から会いたいと持ちかけたことも、わかっていない様子。

エミリーは再度、口をひらいた。「わたしたちふたりとも、お声をかけていただいて大変光栄に思っているんです。なにかお役に立てることがございますか？」

控えの間にいたチャルラが息をのむ音が、アンディの耳に届いた。あっという間にとんでもなくまちがった方向へ話が展開しそうな予感がする。

しかしミランダはただ面食らった顔をしただけだった。「ええ、あるわ。あなた方をここに呼んだのは、そちらが手がける《プランジ》についてお話があったからよ。イライアスークラークは買収を考えているの。それはともかく、どういうことかしら？　『またお目にかかれて光栄です』っていうのは」

アンディは即座にエミリーに目を転じたが、彼女は身をこわばらせてミランダを凝視していた。恐るおそるミランダのほうをうかがうと、エミリーをじっとにらみつけていた。こうなったらわたしが説明するしかない。アンディは覚悟をかためた。「ずいぶん昔、わたしたちもここで働いていた、ということです！　かれこれ十年くらい前になるかしら。エミリーはシニア・アシスタントを二年間つとめて、わたしは――」

「二年と半年！」エミリーが声を張りあげて訂正した。

「わたしは一年」

ミランダは禍々しく濡れている自分の赤い唇に、赤い爪を添えた。記憶をたどっているのか、目を細めている。ぎこちない沈黙がさらにつづき、ようやく彼女は口をひらいた。

「覚えてないわ。だって、アシスタントなんて、それはもうたくさんいたから」

エミリーは怒りのあまり殺意のこもった目をしている。

アンディは友人が妙なことを口走るかもしれないと心配になって、話に割りこんだ。ハッと取ってつけたように笑ったものの、自分の耳にも嘘くさく、苦々しく響いた。「そうですか、だったらほっとしています。わたしは……なんというか……円満退職ではなかったので。あのころのわたしはまだ若くて、パリでの滞在はすばらしかったんですが、実際のところとんでもなく……」

エミリーににらまれているのを感じた。口を閉じなさいと無言で訴えている。しかし、アンディをさえぎったのはミランダだった。

「いきなりおかしくなって精神科の病院に入院させられた気の毒な娘《こ》がいたけど、あなたたちのうちどちらかだった？」

ふたりは首を横にふった。

「アパートメントに火をつけてやると何度もおどしてきた、危ない娘でもないだろうし……」質問というよりもただ思いついたことを口にしただけのようだったが、それでも、ふたりがなんらかの反応を見せるかどうかちらちらうかがっている。

いま一度、首を横にふる。

ミランダは額に皺を寄せた。「わたしがパワハラしたって嘘をでっちあげて訴えようとした、さえない娘がいたわ。いつもひどく安っぽい靴をはいてた。でも、あの娘はブロンドだったし」

「わたしたちではありません」アンディはこたえたけれど、自分のブーティをミランダが食いいるように見ていることを意識していた。とんでもなく安っぽいわけでもないけれど、ブランド物でもない靴。

「ってことは、あなたたちはそれほど印象に残らないアシスタントだったのね」

アンディはにっこりした。今度は心からの笑みだった。おっしゃるとおりですとも、と心のなかでこたえる。パリの街中《なか》でくたばっちまえと暴言を吐き、ショーの途中であなたを見捨てたていどじゃ、記憶にとどめておくこともないですしね。了解いたしました。

予想外の展開に茫然としたアンディだったが、ミランダの甲高い声にわれに返った。昔とまったく変わらない、アンディの記憶と悪夢そのままの甲高い裏声。

「チャルラ！　聞こえてるの！　だれかそこにいないの？　聞こえてる！」

チャルラに似ているけれど明らかに別人の、もっと若くてきれいなおどおどした女の子が入り口に現われた。「はい、ご用件は？」

「チャルラ、リナルドをこっちに寄こしてちょうだい。数字を検討してもらいたいのよ」

ミランダの要請に、アシスタントはあわてふためいた。「いや、でも、その、リナルドは今日は出社していません。休暇を取っていて。ほかの方を呼びますか？」

ミランダがさもがっかりしたように深いため息を漏らしたので、チャルラ二号がこの場でクビにされてしまうのではないかと、アンディははらはらした。共感を求めて隣のエミリーを盗み見したが、彼女は両手をぎゅっとかたく握りあわせて、昏睡状態になったような顔をしていた。

「だったらスタンリーでいいわ。至急ここに来させてちょうだい。以上、おしまい」

チャルラと呼ばれているけれどチャルラではないアシスタントは不安と恐怖に顔をゆがめて、あわててオフィスを出ていった。アンディは彼女を抱きしめたくなった。でも実際にはそうするわけにもいかず、飼い犬のスタンリーを思った。いまごろはなんの不安もなくぬくぬくしていることだろう。犬用のガムを嚙んでいるかもしれない。愛犬が恋しくてならなくなった。というか、ここではないどこかに行きたいだけなのかもしれないけど。

じきに、おどろくほど野暮ったいスーツ姿の中年男性が現われた。入っていいとの許可ももらっていないのにふたりの横をすり抜け、丸テーブルの前に腰をおろし、ミランダと向かいあった。「ミランダ、お客さまを紹介してくれるかい？」

エミリーはぽかんと口をあけた。アンディはおどろきのあまり、げらげら笑いだしそうになった。ごく普通の人間を相手にするみたいに、ミランダに声をかけるなんて。この冴えないスーツを着た、勇気ある人物は一体なにもの？

ミランダは一瞬だけむっとしたようだったが、アンディとエミリーに手招きしてテーブルに来るようにうながした。全員が腰をおろした。

「スタンリー、アンドレア・サックスとエミリー・チャールトンを紹介するわね。このふたりはブライダル雑誌市場にあらたに参入した《プランジ》の編集者かつ発行人なの。数週間前にお話ししたでしょ。お嬢さんがた、こちらはスタンリー・グローギン」

アンディはスタンリー・グローギンがいかなる人物なのか紹介されるのを待ったが、それでおわりだった。

スタンリーはなにやらつぶやきながらフォルダーをかき回し、革のケースからホチキスでとめた書類を三部取りだして、アンディとエミリーとミランダに配った。「われわれの申し出です」とスタンリー。

「申し出？」エミリーがキンキン声で言った。数分ぶりに発せられた彼女の声は、救いを求める懇願のようだった。

スタンリーはミランダを見た。「今回の趣旨は説明したんですよね？」

ミランダは彼をにらんだだけだった。

「さきほど、ミランダが、というか、あなた方……イライアスークラークが、うちの会社の買収を考えているとうかがいましたが」エミリーが言った。

「《プランジ》は三年前に創刊して以来、販売収入と広告収入のどちらにおいても好調に実績を伸ばしている。わたしが感心しているのは、気品と流行の先端がうまく溶けあっている点にあるの。ブライダル雑誌においては、そのふたつは相反するものだから。毎月組まれるセレブの結婚特集もすばらしい。あなたたちふたりは大したものだわ」ミランダは書類の上で手を組みあわせて、アンディを凝視した。

「ありがとうございます」アンディはつぶやくようにこたえた。声がかすれている。エミリーを盗み見することすらできなかった。

「時間をかけて検討してみてください」スタンリーが言った。「そちらの専門家にもお見せしたいでしょうから」

そのとき初めてアンディは悟った――〝専門家〟を連れてこなかったわたしたちは、やはり一流の業界人とは見なされていないのだろう。書類を手に取って、ぺらぺらめくる。隣ではエミリーもおなじようにしていた。様々な単語が目に飛びこんでくる。現在の編集部、移行、仕事場の移転、などなど――ぼんやりして、様々な用語が頭のなかで一緒くたになっていく。しかし、最後から二ページ目に提示されている買収額が目にとまったとき、あまりの高額にいきなりわれに返った。数百万ドル。数百万ドルを見落とすことはむずかしい。

アンディがよく理解できなかったいくつかの箇所をスタンリーがくわしく説明し、顧問弁護士用にと提案書のコピーを渡してくれた(注意事項、とアンディは心のなかでつぶやいた。顧問弁護士をやとうべし)。さらに、二週間後に疑問点を話しあうミーティングをしましょうと提案してきた。つまり向こうは、この取引はすでに既成事実であり、これほどの一流出版社からのこれほど寛大な申し出を断るのは明らかに正気ではない、と言いたいのだろう。買収が成立するのは時間の問題というわけだ。

チャルラではないアシスタントがオフィスの入り口に現われて、ランチを予定しているミランダの迎えの車がすでに到着して、階下で待っていると告げた。アンディはイゴールがまだ運転手なのかどうか訊きたかった。まだそうなら、元気でやっているのかしら? でも、なんとか口をつぐんでいた。ミランダはアシスタントにライムを添えたペレグリノを持ってくるように命じ、車の件が聞こえていたのかどうかについてはまったく触れずに席を立った。

「エミリー、アーンドレーア」彼女は言った。〝お会いできて光栄だったわ〟とか〝また会えて嬉しかったわ〟とか〝お元気で〟とか〝お返事お待ちしているわ〟とかいった言葉がつづくものとアンディは思ったが、数秒の沈黙がつづいて、このさきの社交辞令はないのだということがわかった。ミランダはふたりに向かってうなずき、すぐにでも返事が欲しいようなことをつぶやくように言った。アンディの目の前で、チャルラではないアシスタントがミランダに華やかなミンクのコートとペレグリノのクリスタルのゴブレットを差しだすと、その両方をさっとひったくった。彼女の姿が廊下に消えて初めて、アンディは自分がすくなくとも六十秒は息を殺していたことに気づいた。

「人生はいつだって冒険ってことですね」スタンリーが書類を集めだした。それからエミリーとアンディそれぞれに名刺を渡した。「きみたちの返事を待っています。できるだけ早くお願いしたい。なにかあったらわたしに電話してください。彼女よりわたしに連絡したほうがいいでしょうな。もちろんそのことは先刻ご承知でしょうけど」

スタンリーは手を差しだして、ふたりと心のこもっていない握手を交わすと、そのままなにも言わずに廊下へ消えていった。

「油断ならない人物ね」エミリーが独り言のように言った。

「わたしたちの経歴を知ってるのかしら？」アンディが訊いた。

「知ってますとも。わたしたちの星座まで調べているはずよ。賭けてもいい。ミランダの手下なんだから」

「あのふたりがチームを組めば、向かうところ敵なしってところね」アンディは声をひそめて言葉を返した。「いまのミーティングって、結局何分だった？　七分？　九分？　コーヒーひとつ出てこなかった」

　エミリーはアンディの手首をつかんで、痛いくらいにぎゅっと握った。「こんなことになるなんて、信じられる？　ここを出ましょう。話しあわなきゃ」

　チャルラとチャルラではないアシスタントに別れの挨拶をする。アンディはふと思った——さっきミランダはわたしの名前を正確に呼んだけど、いまだに信じられないわ。控えの間で長居をして、打ちひしがれているふたりの若いアシスタント（過酷な労働を強いられているもののチャルラはいくぶんやつれているていどで、完全に壊れてはいない。チャルラじゃないほうのアシスタントは死んだような目をしていて、うつろな表情をしている）にはげましの声をかけてあげたかった。あきらめさえしなければ、ミランダ・プリーストリーのもとを去ったあとでも人生は拓《ひら》けるのよ。心的外傷後ストレス障害《PTSD》みたいに忌まわしい思い出に悩まされることはあるけれど、いつの日かいまの奴隷労働を思いだして、この世でもっとも過酷なアシスタントの仕事をつとめた自分を誇りに思えるときがかならず来るからね。とはいえ実際はそんなことはせずに、お世話になりましたと言ってコートを受けとり、わずかばかりの威厳を保てるうちにできるだけ足早にエミリーのあとを追って、オフィスを出たのだった。

「アップタウンの〈シェイク・シャック〉？　それとも本店？」アンディは言った。ビルを出るなり急に空腹を覚えた。

「ったくもう」エミリーがため息を漏らした。「バーガーのことを考えている場合じゃないでしょうが」

「約束したでしょ！〈シェイク・シャック〉のバーガーとフライドポテトとシェイクを奢ってくれるって。あと赤ちゃんのカバーオール。そういう条件だったから、わたしはミーティングに出席したのよ！」

エミリーはほんの一時間前に待ちあわせしたスターバックスに、足早に入っていった。

「ちょっとでいいから、食事以外のことに集中してくれない？　奢ってあげるから。ほらっ、これ飲んで」

エミリーはアンディにはアイスティーを、自分にはブレンドコーヒーを注文した。それぞれのドリンクを受けとる。アンディはいらだちながらも揉め事を起こしたくなかったから、エミリーのあとについて一番奥の席に向かった。

エミリーは気が昂っているのか目を輝かせていた。手もふるえている。「まさかこんなことになるなんて、信じられない」上ずった声で言った。「実際、こうなればいいと祈っていた。マイルスは絶対そうにちがいないって言ってたけど、わたしは確信できなかった。あのひとたちが、うちの会社を買収したがっている。ミランダ・プリーストリーがわたしたちの雑誌を高く評価している。イライアスークラークがうちの会社を欲しがっている。あなた、わかってるの？」

アンディはうなずいた。「ミランダがわたしたちを思いだしもしなかったなんて、信じられる？　イライアスに出向いて、さあなんて言われるだろうってびくびくしていたのに、すっかり忘れ去られていただなんて。わたしたちが以前——」

「アンディ！　あの性悪女ミランダがうちの雑誌を買収したいって言ってるのよ！　わたしたちの雑誌を！　買収したいって！　それがどういうことか、わかってる？」

アイスティーを一口飲んだアンディは、自分も手がふるえていることに気づいた。「ええ、わかってる。こんな常軌を逸した話、聞いたことないわ。たしかに嬉しいけど、やっぱり常軌を逸しているとしか思えない」

エミリーは人目もはばからずに口をあんぐりあけている。下顎がテーブルにつくくらい口をあけたまま、永遠とも思えるくらい長いあいだアンディをまじまじと見ていた。やがておもむろに首を横にふった。「ふうっ、思ってもみなかった……」

「なんのこと？」

「でもまあ、もっともな話ではあるけど」

「えっ？」

エミリーは口をへの字に曲げ、額に皺を寄せている。どうして？　がっかりしたから？　失望したから？　怒っているから？

「エミリー？」

「あなたはイライアスークラークにうちの会社を売りたくないのね？　抵抗を感じているわけね」

アンディは喉元が締めつけられるのを感じた。まずいことになっている。アンディとしても、とても光栄なことだとは心のどこかで思っている。世界で一、二をあらそう出版社に注目してもらえるほど、自分たちは成功したのだ。イライアスークラークはわたしたちの会社を傘下におさめたがっている。つまり、わたしたちが手がける雑誌が最高のお墨つきをもらったということだ。それでも、イライアスークラークはミランダ・プリーストリーと同義だ。言葉はほとんど交わさなかったものの、アンディとエミリーのあいだの空気は一瞬にして変わっていた。

「抵抗を感じてる？」アンディは咳払いした。「ええ。そう言われても否定しないわ」

「アンディ、ふたりでこの事業を興して以来、これを目標にしてひたすらがんばってきたってこと、あなたは気づかないの？　このために雑誌を売ってきたんでしょ？　そしていま、あと数年実績を積まなければ無理だろうと思われるような申し出を受けたのよ。文字通り、この地球上でもっとも力のある一流出版社から、最高の申し出を。一体これのどこが気に入らないの？」

「気に入ってはいるわよ」アンディはゆっくりとこたえた。言葉を選びながら。

とたんにエミリーはにっこりした。

「あなたとおなじように、わたしも嬉しく思ってるわよ、エム。イライアスークラークがうちみたいな小さな雑誌を買収したいだなんて、まさに舞いあがってしまうわよ。あらゆる面で信じられないような話だわ。それに買収額を見た？」アンディは自分の額をぴしゃりと打った。「このさきの人生、あれほどのお給料をもらえることは絶対にないでしょうね」

「だったらどうして、愛犬を看取ったばかりって顔をしているのよ？」エミリーが言った。携帯に夫のマイルスの写真が浮かぶと、彼女はすぐさま〝イグノア〟ボタンを押した。

「わかってるくせに。あなただって、あの提案書を見たでしょ」

エミリーはとまどっているふりをした。「記されている言葉を一つひとつ吟味する余裕はなかったけれど、大体は――」

アンディは提案書を出して、七ページをめくった。「この小さな条項を思いだしてよ、ほらっ、ここの。移行にあたっては弊社の編集チームがすくなくともまる一年間業務にかかわる、ですって」

エミリーは手をふった。「たかが一年でしょ」

「たかが一年？ ふざけないで。たったの一年我慢すればいいからと聞かされて、わたしがそれを鵜呑みにしたのは、まさにあの会社だったのよ」

「いいじゃないの、アンディ。たかが一年なんだから」

アンディは友人をじっと見た。「ううん、実際はちがう。一年だけのこととはいえ、絶対にできないことがひとつだけある。それは、ミランダ・プリーストリーのもとで働くこと。それはすでに実証ずみだと思うけど」

エミリーはまじまじとアンディを見た。「あなたひとりのことじゃない。わたしという共同経営者がいるのよ。そしていま、夢が現実になろうとしているの」

今回の申し出そのものはまちがいなく嬉しいものだったけれど、一から育てた大事な会社をよりにもよってイライアス－クラークに売るなんて、またあそこで一年間こきつかわれるなんて、とても承諾できない。そんなことはありえない。アンディとエミリーがセレブのゴシップを楽しむことはもうないし、いまさっき見聞きしたことをもう一度やりなおす気は毛頭ないのだから。〝ふたたびのミランダ〟や、ノイローゼ気味のアシスタントなどがいる過酷な現場をまた体験する気は。

アンディは目をこすった。「わたしたちふたりとも大騒ぎしすぎているのかも。専門の弁護士に依頼して、交渉をまかせたらどうかしら？　一年間の移行期間についての条項は取りのぞいてもらえるかもよ。今日みたいな申し出があったということは、ほかの出版社からもそういう話がくるかもしれない。イライアスークラークがどうしてもうちを買収したいと思うなら、ほかの出版社だってそう思っていてもおかしくないでしょ」

エミリーは首を横にふった。「相手はイライアスークラーク社よ。なんと、ミランダ・プリーストリーなのよ。彼らが特別にわたしたちを指名したのよ」

「わたしだってできるだけのことはしようと思ってるわよ、エム」

「できるだけのことはしようと思ってる？　このチャンスをつかもうとしないなんて、信じられない」

アンディは口をつぐんだ。「なにをそう急いでるの？」しばらくして訊いた。「買収を持ちかけられたのは、これが初めてなのよ。そういう話がくるのは、数年後だと思っていたのに。どうしてすぐに飛びつかなきゃいけないの？　時間をかけてじっくり検討して、おたがいにとってベストな決断をしましょうよ」

「本気なの、アンディ？　この申し出を受けないなんて、どうかしてる。わたしはそう思うし、あなただってそれはわかってるはずよ」

「《プランジ》を愛しているの」アンディは静かに語った。「わたしたちが力を合わせて育てあげたものを愛しているの。オフィスもスタッフも愛しているし、毎日あなたと一緒に過ごすのがなによりも嬉しい。だれかにああしろこうしろと命令されないのが、なによりも嬉しい。いまの環境を、すべてを投げだすなんて考えられない」

「それはよくわかる。わたしも愛しているもの。でもね、これはだれもが願ってやまないような大きなチャンスなのよ。なにもないところから事業を興してきた人間だったら、だれもが願ってやまない絶好の機会なの。広い視野をもたなきゃ、アンディ」

アンディは立ちあがると、私物を集めた。手を伸ばしてエミリーの腕をぎゅっとつかむ。

「いまさっき知らされたばかりのことでしょ。ふたりでじっくり考えましょう。いいわね？　きっと納得のいく答えが出るわ」

よほどいらだったのか、エミリーはとっさにテーブルをばんとたたいた。それほど激しくはなかったけれど、アンディはぎょっとして手をとめた。「わたしもそれを望んでいるわ、アンディ。この件についてはもっと話しあいましょう。でも、はっきり言っておくけど、このチャンスは絶対に逃せないわよ。自分たちの成功を自分たちで邪魔しちゃだめよ」

アンディは肩にバッグを勢いよくかけた。「自分たち、じゃなくて、あ、あなたでしょ。あなたの成功をわたしが邪魔しちゃだめなんでしょ」

「そうは言ってない」

「でも、結局はそういう意味でしょうが」

エミリーは肩をすくめた。「あなたはあのひとたちが嫌いなんでしょうけど、ビジネスの相手としては最高だし、わたしたちが自分たちの力で裕福になれる方法を提案してくれているのよ。今度ばかりは、長い目で考えてみることはできないの？」

「なにそれ、あなたがいつもイライアス－クラークを崇拝しているみたいに、こんなありがたいお話はないと思えってわけ？　正直な話、ミランダのことも崇拝しているようだけど」

エミリーは険しい顔をした。ここでやめておくべきだということはわかっていたけれど、どうにもとまらなかった。

「なによ、その顔？　クビになったのは自分が悪かったからだって、あなたは思ってるんでしょ。そうにちがいないわ。悪臭を放つゴミみたいにミランダに捨てられるだけの落度が自分にあったんだ、って思ってる。この上なく気が利くアシスタントだったのに」

エミリーの顔に怒りが浮かんで、アンディは言い過ぎたことを悟った。しかしエミリーは「その話はしないことにしましょう、いいわね？」と言っただけだった。

「わかった。ランチタイムにいくつか用事をすませてくるわ。あとでオフィスで会いましょう」アンディはそう言うと、その場を去った。今日はとてつもなく長い一日になりそうだ。

13　そのときまでには、わたしはもう死んでいる

アンディはタクシーのシートに頭をあずけて、車内にぶらさがっているバニラの芳香剤の匂いを吸いこんだ。不快な匂いではない。なにかの匂いをかいで吐き気をもよおさなかったのは、記憶にあるかぎり数週間ぶりだった。ふうっと息を吐いたとき携帯が鳴った。

「もしもし」アンディはマックスに話しかけた。今朝のミーティングの話はふられませんように、と思いながら。今夜、家族に赤ちゃんができたことを報せるのが楽しみだ。ミランダのことはできれば考えたくない。

「どこに行ってたんだ？　アガサに数えきれないほど何度もメッセージを残したんだ。ミーティングはどうだった？」せきたてるような口調だった。

「わたし？　わたしならだいじょうぶ、心配してくれてありがとう。さぞかし心配してくれてたみたいね！」昨日の夜、アンディはミーティングが不安でなかなか寝つけず、マックスもろくに眠っていないのだった。

「真面目な話、アンディ、どうだったんだ？　向こうはきみの会社を買収したがっている

んだろ?」

その一言に、アンディは居住まいを正した。「ええ、そう。どうして知ったの?」

「それ以外に考えられないだろ」勝ち誇ったように得意げに言った。「わかっていたさ。当然わかっていたよ。買収額をめぐって、マイルスと賭けをしているんだ。エミリーもきみも小躍りして喜んでいるだろうな」

「わたしだったら、小躍りして喜んでいるという表現は使わないわね。おびえているっていう表現のほうが近いかな」

「大いに誇りに思うべきだよ、アンディ! たいしたものだ。きみとエミリーはあらゆる困難をものともせずに一から会社を立ちあげて、業界きっての一流出版社が買収を申しこむまでに成長させた。こんなにすばらしいことはない」

「たしかに名誉なことだけれど」アンディはこたえた。「でも、どうしても気になる点がいくつかあるのよ」

「だいじょうぶ、きみが解決できないことはないさ。有能な弁護士を紹介しよう。うちも世話になっているんだが、エンターテイメント関係に強い法律事務所の弁護士だ。どんな問題だって決着をつけてくれる」

アンディは両手をもみあわせた。ついさっき申し出を受けたばかりなのに、マックスはすでに商談が成立したような口ぶりだ。

「ところで、みんな何時に集まるのかしら？」ちがう話題をふる。「みんなうすうす感づいていると思う？」

「前にも言ったけど、ぼくが万事ぬかりなくやってるから。出張シェフの夫婦がもう来ていて、ごちそうをつくっているよ。あと一時間ほどでゲストが来るだろう。赤ちゃんのことを報せたら、だれもが大喜びするぞ。おまけに、今日のすばらしいニュースもお報せできるんだ」

「だめよ、この件はまだ伏せておきたいし――」

「アンディ？　聞こえてる？　実はね、ほかに何件か電話をかけなきゃいけないんだ。またあとで。いいね？」

電話を切る音がして、アンディはまたシートに頭をもたせかけた。夫は投資家だ。手堅く成功をおさめている投資家なのだ。彼が喜んでいるのもなるほど理解できる。今回の一件は彼に先見の明があったことの証拠だし、さらにはハリソン家の金庫が潤うのだから。それでもアンディはこのニュースを報せる心の準備がまだできていなかった。赤ちゃんの話はまた別だ。未来のお祖父ちゃんお祖母ちゃんにぜひとも知らせたい。あのバーバラ・ハリソンにすら知ってもらいたい。でも一晩中ミランダ・プリーストリーの話で盛りあがるのは？　勘弁してもらいたい。

始まる前は不安だったものの、十時を回るころには、いいパーティだったとアンディも認めざるをえなかった。その時間になってもみな意気揚々としていた。アンディの家族がそうだったのはおどろくにあたらない。〝そろそろお暇する時間〟を〝お別れの挨拶をして抱きあい、また抱きあい、最後で最後の質問をして、お手洗いを借り、お片付けを手伝いましょうかといま一度申しでて、そこにいる全員にキスをする時間〟だと見なしているひとたちなのだから。しかしマックスの母のバーバラは、そういうタイプではない。訪問先の家に失礼ではないていどに敢えて遅刻する彼女は、気づかいを忘れない礼儀正しい客で、お招きありがとうございますと礼を言って早めに引きあげるのがつねだ。マックスの妹のエリザベスは友人に会う約束があると言って一時間前に帰ってしまったけれど、ほかの肉親たちはみなまだリビングにいすわり、ティーンエイジャーのように陽気におしゃべりをして大いに飲み、笑っていた。

「ふたりとも、ほんとうによかったわね」義母のバーバラ・ハリソンが祝福の言葉をかけてくれたけれど、心にもないことを言っているのは明らかだった。でも、ひょっとしたら、ほんとうにそう思っているのでは？ 子どもが、つまりハリソン家のあらたな跡取りができたことで、ようやく嫁として認めてもらえたのか？ アンディとバーバラは背もたれのない長椅子に並んで腰かけていた。「まあ、まあ、孫ができたとは。もちろんわたくしはずっと望んでいましたよ。でも、こんなに早いとは！ まったくもっておどろきだわ」

アンディは『こんなに早いとは』を聞き流そうとした。予期せぬ妊娠だったことは伏せておこうとマックスは最初から言っていた。不注意でできた子どもだと思われたくない、と。でも息子夫婦が結婚する二カ月前にあえて子どもをつくったことに、バーバラは釈然としない思いをいだいているようだ。いかにも下層階級の嫁がやりそうなことじゃないの？

「男の子だったら、お祖父さまの名をとってロバートにするんでしょ？」ミセス・ハリソンはつづけた。これは質問ではなくて意見表明だといわんばかりの口調。さらに輪をかけて腹立たしいことに、アンディではなくマックスに向かって話しかけた。子どもの名前を決めるのはもっぱらマックスだと言わんばかりに。

「もちろんだよ」マックスはアンディのほうをちらりとも見ないでこたえた。

男の子だったらマックスの父の名前をつけるだろうし、女の子だったらロバータだろうとアンディも思っていた。それにはまったく異存はなかったけれど、義母にそう言われるのは癪に障った。

ジルがアンディと目を合わせて、咳払いをした。コホンと大きく。

「まだわからないけれど、わたしは女の子のような気がするんです。ちっちゃくて、非の打ちどころのない、かわいい女の子。わたしの三人の息子たちとは似ても似つかない、甘くていい匂いのする赤ちゃん。ともかくわたしは、女の子だといいな」

「女の子もよろしいけど」ミセス・ハリソンはうなずいた。「でも、いずれ家業を継ぐのはやはり男の子でないと」

わたしは女ですけど会社をちゃんと経営していますから、わたしの娘だってそのはずですよ、と言いたい気持ちをアンディは押し殺した。さらには、マックスのお父さまは男性ですけど、〈ハリソン・メディア・ホールディングス〉を代表して決断を下すさい、賢明なビジネスの手腕を見せたわけではなかったし、とも言わなかった。

マックスと目が合うと、言葉に出さずに感謝の気持ちを伝えてきた。

向かいのカウチにすわっていたアンディの祖母が、声を張りあげた。「七ヵ月経たなきゃ、ひ孫の顔が見られないんだね。そのときまでには、わたしはもう死んでいる。もしそういうことになっていたら、赤ん坊にはぜひわたしの名前をつけてほしい。アイダがまたよみがえるんだ。古風な名前がまた流行っているし」

「お祖母ちゃんはまだ八十八でしょ。健康体そのものじゃないの。まだまだ長生きするわよ」アンディは言った。

「だといいがね」祖母はユダヤ人らしく、チッチッチッとつづけて舌打ちをした。

「名前の話はもうたくさん」ジルが両手をぱんとたたきあわせた。「カフェイン抜きのコーヒーをもっと欲しい方は？　いらっしゃらないのなら、そろそろお暇して未来のお父さんとお母さんを休ませてあげましょう」

アンディは姉に感謝の笑みを向けた。「そうね、かなり疲れてるし……」

「うちの家系はみな、八十までに亡くなっているんだよ」祖母がアンディに言った。「いますぐ死んでもおかしくないのに、まだ長生きすると思っているなんて、あんたはどうかしてるよ」

「お母さん、やめてちょうだい。健康そのものなんだから。さあ、帰り支度をしましょう」

アンディの祖母はそっけなく手をふってみせた。「この子の結婚を見届けるまで長生きするとはねえ。まさか思ってもみなかったよ。結婚だけじゃない。妊娠までして。おどろいたのなんのって」

気まずい沈黙が一瞬だけ流れて、アンディはぷっと噴きだした。まったくもう、お祖母ちゃんったら。頭がかたいんだから。祖母をハグして、ジルに囁く。「帰るように号令をかけてくれて、ありがと」

「お帰りになる前に、もうひとつ非常にすばらしいお報せがあります……」マックスが立ちあがって、みんなの注目を集めた。

「まあ、なんと。双子なんだね」アンディの祖母がうめいた。「そっくりのおチビさんがふたり、一時に増えるわけだ」

「双子ですって？」ミセス・ハリソンの声がすくなくとも三オクターブ高くなった。「あらあら」

アンディはジルの問いかけるような視線を感じたものの、マックスに警告の視線を送るのが精いっぱいで、姉にはこたえられなかった。マックスは妻の視線に一向に気づかない。

「いや、ちがいます。双子ではない。《プランジ》の件です。アンディとエミリーのところに――」

「マックス、お願い、やめて」アンディが淡々と言った。この場を緊張させないように、落ち着いた物静かな口調で。

夫は聞こえていないのか気にしていないのか、言葉を継いだ。

「――《プランジ》を買収したいとのすばらしい申し出が、イライアス－クラークからあったそうなんです。もっと正確に言えば、とんでもなく気前のいい申し出です。刊行してまだ日が浅い雑誌が、これほど早く注目されて買収を持ちかけられたとは、彼女たちは不可能を可能にしたんです。アンディのがんばりに、みなさん乾杯しましょう」

だれもグラスをかかげようとしなかった。だれもがいっせいにアンディに話しかけてきた。

アンディの父――「イライアス－クラーク？　それって、例のあのひとのもとでまた働くってことか？」

義母のバーバラ――「偶然にも願ってもない時期に買収の話がきたわね。これであなたも、どうでもいいくだらない仕事をやめて、もっとやりがいのあることに打ちこめるわ。

子育てに専念するみたいなことに。よかったら慈善事業にたずさわっていただきたいわ……」

ジル――「ワオ、おめでとう！　売るつもりはないにせよ、そういう申し出があったということ自体、光栄よね」

アンディの母――「わたしはいやだわ。あなたがまたあのひとのもとで働くなんて。ほら……なんでしたっけ……彼女の名前。一年間あなたをいたぶりつづけたひと」

祖母――「あんなに必死になって働いて築いたものを、あっさり売ってしまうのかい？　いまの若い者は理解できないね」

アンディはマックスをにらみつけたが、じきにリビングの向こう側から近づいてきた彼にぎゅっと抱きしめられた。「すばらしいじゃないか。きみのことを、とても誇りに思うよ」

そのときアンディの顔に浮かんだ表情を、ジルは見てとったようだ。その証拠に、いきなり立ちあがると、今晩はじゅうぶんに盛りあがったから、アンディとマックスがゆっくり休めるようにもう帰りましょうと提案した。

「明日、飛行場から電話するわ。いいわね？」ジルは爪先立ちになってアンディの首に抱きついた。「赤ちゃんができて、ほんとうに楽しみだわ。こんなにすばらしいことはないわね。お義母さまより前にわたしに報せてくれなかったことも、ぜんぜん気にしてないから。こっちは水臭いだなんてまったく思ってないから、気にしちゃだめよ」

「よかった」アンディは苦笑した。「だって、妊婦さんのすることはすべて正しいからね。わたしも妊娠してすぐに気づいた」

ジルはダウンのコートを着た。十一月にしては、ぴりっと冷えこむ夜だった。「せいぜいぬくぬくしてなさいな。みんながちやほやしてくれるのも、第一子までよ。第二子となったら、九カ月でいまにも産まれそうな状態でもだれも席を譲ってくれない。で、第三子は？」ふんっと鼻を鳴らした。「ほんとうに欲しくて妊娠したのか、って面と向かって訊かれる。すすんで三人目をつくるなんて信じられないと言わんばかりに……」

アンディは声をあげて笑った。

「まあ、つくろうと思ってつくったわけじゃないけど……」

「もういいって」アンディは手を伸ばすと、ジルの髪を耳の後ろに払った。姉とふたりで過ごす時間がどのようなものだったか、ほんの一瞬だけれど思いだせなくなった。アンディはニューヨークに、ジルはテキサスに住んで遠く離れているために、ふたりが顔を合わせることはめったにない。合わせたとしても、子どもたちやカイル、マックスや母などがほとんどいつもそばにいた。少女時代にずっと一緒にいたわけでもない——年が九歳離れているから、ジルが大学入学と同時に家を出たとき、アンディはまだ子どもだった。それでもここ五、六年は、定期的に電話でお喋りを楽しみ、もっと頻繁に会えるように計画を練ったりしていた。アンディが婚約したときは、姉に聞いてもらいたいことがさらに増え、結婚式の計画から夫やフィアンセがいかに腹立たしい謎の生き物かについてまで、ともかくよく話をしたものだった。そしてジルは頼もしくて思いやり溢れる、花嫁の付添人になってくれたのだった。今回の妊娠によって、姉といままでになく気持ちがひとつになった。ジルが茶色の乗馬ブーツをはくのをながめながら、アンディは思った。この十年間、ジルの生活は息子たちの子育て中心に回っていて、アンディも頭ではそれを理解していたものの、しみじみと実感することはできなかった。やがて母になれば、ジルとはこれまで以上に話が合うだろう。子育てにまつわるいろいろなことを姉と話せるようになる日が、不意に待ちきれなくなった。

全員が靴とコートを身につけ、最後にもう一度さよならの挨拶をしてハグをし、おめでとうと言うのに、さらに二十分かかった。ようやく玄関のドアが閉まったとたん、アンディはその場にへたりこみそうになった。

（下巻につづく）

本書は、二〇一五年三月に早川書房より単行本として刊行された『プラダを着た悪魔　リベンジ！』上巻を文庫化したものです。

訳者略歴　早稲田大学第一文学部卒，英米文学翻訳家　訳書『プラダを着た悪魔』ワイズバーガー，『SEX AND THE CITY キャリーの日記』ブシュネル（以上早川書房刊），『パークアヴェニューの妻たち』マーティン他多数

HM=Hayakawa Mystery
SF=Science Fiction
JA=Japanese Author
NV=Novel
NF=Nonfiction
FT=Fantasy

プラダを着《き》た悪魔《あくま》　リベンジ！
〔上〕

〈NV1404〉

二〇一七年二月　十　日　印刷
二〇一七年二月十五日　発行

（定価はカバーに表示してあります）

著　者　ローレン・ワイズバーガー
訳　者　佐《さ》竹《たけ》史《ふみ》子《こ》
発行者　早　川　　浩
発行所　株式会社　早　川　書　房

郵便番号　一〇一 - 〇〇四六
東京都千代田区神田多町二ノ二
電話　〇三 - 三二五二 - 三一一一（大代表）
振替　〇〇一六〇 - 三 - 四七七九九
http://www.hayakawa-online.co.jp

乱丁・落丁本は小社制作部宛お送り下さい。
送料小社負担にてお取りかえいたします。

印刷・株式会社精興社　製本・株式会社フォーネット社
Printed and bound in Japan
ISBN978-4-15-041404-7 C0197

本書は活字が大きく読みやすい〈トールサイズ〉です。